谨以此书献给我的母亲

武汉大学出版社

WUHAN UNIVERSITY PRESS

群山回响

我的川藏『骑遇』记

黄祯宝

著

图书在版编目(CIP)数据

群山回响:我的川藏"骑遇"记/黄祯宝著.—武汉:武汉大学出版社,2023.6

ISBN 978-7-307-23619-6

Ⅰ.群… Ⅱ.黄… Ⅲ.游记—作品集—中国—当代 Ⅳ.I267.4

中国国家版本馆 CIP 数据核字(2023)第 065396 号

责任编辑:黄 殊 责任校对:汪欣怡 版式设计:马 佳

出版发行:**武汉大学出版社** (430072 武昌 珞珈山)

(电子邮箱:cbs22@ whu.edu.cn 网址:www.wdp.com.cn)

印刷:武汉精一佳印刷有限公司

开本:720×1000 1/16 印张:15.25 字数:231 千字 插页:1

版次:2023 年 6 月第 1 版 2023 年 6 月第 1 次印刷

ISBN 978-7-307-23619-6 定价:50.00 元

小杯具

搭车进藏前，小杯具骑车来到了金沙江大桥正中央的"川藏界碑"。

书培正坐在玉曲河畔的土堆外沿，吃着"丰盛"的午餐：一盒脆皮饼和一壶凉白开。

书培

邓先于我们，第一个将自行车骑到了此行的终点：布达拉宫广场。

邓

经过27天的奔波，我终于骑上了最后一座高山，海拔5013米的米拉山垭口，山的那边，就是拉萨。

金鸡关隧道是出发后遇到的第一个公路隧道，穿过隧道就是雅安城区。"熊猫故乡"雅安是世界首只大熊猫的发现地和命名地，也是世界自然遗产"四川大熊猫栖息地"和大熊猫国家公园的重点区，有"大熊猫国家公园第一市"的美誉，金鸡关隧道上方是两只憨态可掬的熊猫雕像。照片左起分别是我、邓和小杯具。拍摄于四川省雅安市金鸡关，骑行第2天。

从挂满经幡的折多山垭口回望康定城区方向，山坳里的盘山路为翻越折多山时的上山路。拍摄于四川省康定市折多山垭口，骑行第6天。

离开折多山垭口，我们就到了被称为摄影师的天堂的新都桥镇，高原气息扑面而来。拍摄于四川省康定市新都桥镇，骑行第6天。

海子山姊妹湖，曾作为《中国国家地理》2006年第10期"中国人的景观大道"的封面出现过。拍摄于四川省巴塘县海子山姊妹湖观景台，骑行第11天。

从宗巴拉山回望海通沟，沟两侧的山体被雨水冲了一夜，泥泞的公路和河水都变成了绛红色。拍摄于西藏自治区芒康县宗巴拉山，骑行第13天。

澜沧江大峡谷。拍摄于西藏自治区芒康县翻越觉巴山途中，骑行第14天。

业拉山怒江72拐，318国道出镜率最高的一段，也是骑行途中最刺激的一段。拍摄于西藏自治区八宿县翻越亚拉山途中，骑行第17天。

豹纹般的山体下豹纹般的民居和农田。拍摄于西藏自治区八宿县，翻越安久拉山途中，骑行第18天。

冷曲河谷。拍摄于西藏自治区八宿县翻越安久拉山途中，骑行第18天。

　　"神仙居"，山峰上云雾缭绕宛如仙境，山峰下一条清澈的溪水流出，神仙居所也不过如此吧。拍摄于西藏自治区波密县松宗镇，骑行第20天。

　　横跨易贡藏布的通麦大桥（现已被北侧的通麦特大桥取代），易贡藏布在不远处汇入帕隆藏布江，更加势不可挡地朝着雅鲁藏布江奔去。拍摄于西藏自治区波密县通麦，骑行第22天。

八一镇到工布江达县段尼洋河景观。拍摄于西藏自治区林芝市，骑行第25天。

尼洋河中的"中流砥柱"。拍摄于西藏自治区工布江达县江达乡，骑行第26天。

工布江达县境内尼洋河峡谷。拍摄于西藏自治区工布江达县到金达镇路段，骑行第26天。

大昭寺外缭绕的烟火。

拉萨河畔的云、山和水。拍摄于西藏自治区墨竹工卡县到拉萨市区段，骑行第28天。

自　序

对于骑行，我算是"大器晚成"。

大学时，为了争取 10 分钟的赖床时间，经前辈介绍，我在北京市西城区缸瓦市花八十块钱买了一辆二手自行车。上大学前，我几乎没骑过自行车，所以我的骑车水平极其有限。校园里的非机动车道上有限宽路桩，对自行车来说完全不算障碍的路桩在我眼里却是一个大难题。在空无一物的道路上我能保持笔直的骑行路线，可到了有路桩的路段中我就开始控制不住地左右摇晃，有时有惊无险地通过了，有时就只能眼睁睁看着脚踏板撞向路桩，如此一来一去，两个脚踏板最终就剩下两根轴了。骑着这样一部车上下学，车锁在变形的车筐里随着筐左右摇晃，轧过减速板时，铃儿如遇世界末日般发出令人心碎的哀号。

这部车在大学四年中换过一次车座，终究未能熬到我大学毕业。毕业前夕，我找来收废品的大叔，想让大叔把车收走。大叔端详着"饱经风霜"的自行车，问道："还能骑不?"我说骑走没问题。大叔像在车上搜寻某种遗留物般把车上下看了个遍，说："我只收废纸和瓶瓶罐罐，不收自行车，你这个车座卖不卖?""不卖!"说完，我将车重新推回车棚，从那以后再没去碰过，后来当想起来再去看时，车已不在了。

工作后骑车上下班，习惯了骑车穿梭在大街小巷，时不时地，会和好友邓到北京周边骑行。某一天，邓说带我去玩一个"大的"，我不知道何为"大"，他说："周五下班，我们从西直门坐火车到延庆，第二天早上骑白河峡谷，走延庆—滴水壶—黑龙潭—密云，很漂亮的一段路，大概200公里，晚上从密云坐980回市区。"

我没骑过那么远，也没去过那么远，我喜欢骑车也只是在市区的小巷胡同儿里瞎窜，偶尔出去"攻克"一个坡也只是像凤凰岭、香山、八达岭、十三陵这样的近郊路线，再远的就没去过了。不过听邓说路况很好，风景也绝对不差，我就满怀信心地答应了，谁知这一趟却是一次无比痛苦的煎熬，还遭遇了骑行以来最严重的一次膝盖拉伤。

白河之行让我整整瘸了一个半月，回来后走路都不能自理。膝盖好了后，我又开始到大街小巷刷街，起初是为了检查膝盖的恢复程度，渐渐地又不自觉地骑起来，就像春天到了花儿必会开放、早晨来了太阳必会升起一样自然而然。

回想起来，白河之行并不是一次彻头彻尾的折磨，一路上的风景同样让人赏心悦目，更重要的是，它让我开始关注北京周边骑行游、关注骑行网站，让我知道了妙峰山、四座楼、禅房。不知不觉中，骑行作为一项日常活动跌跌撞撞闯进了我的生活。在不到一年的时间里，我骑遍了北京十六个区，骑到了天津。某一天，川藏南线进入了我的视野。

在中国地形图上有这么一块区域，它不同于华东地区的蓝绿、不同于西北地区的棕黄、不同于青藏高原的褐白，它时而蓝，时而绿，时而褐，时而白，中间点缀着几圈橙黄，这就是举世闻名的横断山区。我曾无数次地想：在这片褶皱里隐藏着一个怎样的世界？穿梭其间会是怎样的一种体验？

一百多年前，西方园艺学者、地理学家、植物学家、探险家、传教士来到这里，赐予了它"世界园林之母"的美誉，它让英国爱丁堡皇家植物园成为世界杜鹃花研究中心。奥地利美籍探险家 Joseph Rock 的到来，把横断山区推向了世界，直接促成了英国作家 James Hilton 传世之作——《消失的地平线》的诞生，从此，香格里拉名扬海内外。

一百多年后，我从成都出发，沿着骑行者的朝圣之路——川藏南线，横穿横断山区到达拉萨。28 天，骑行 2210 公里，带来了这些故事。

黄祯宝

2023 年 3 月 18 日于湖北荆州

正值春风又绿荆江岸，麦青柳绿桃花开

目 录
CONTENTS

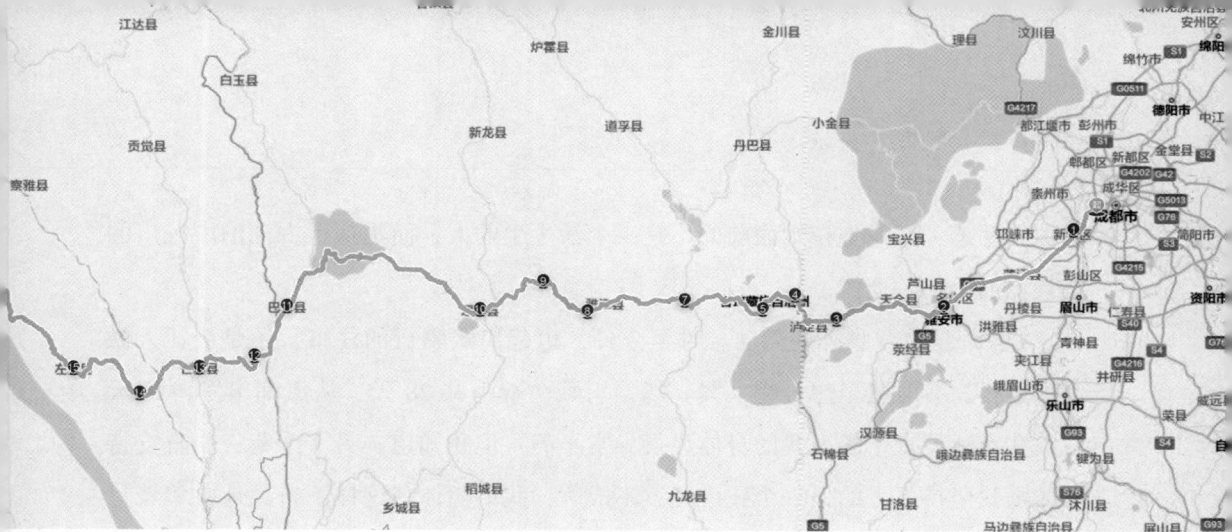

我们去骑行川藏吧

"为什么骑车去拉萨?"小兢往皮蛋粥里倒了些醋,捧起胸前的热奶确认好温度后又放回桌面,用打量一件失而复得的艺术品般的眼神看着我。小兢是我在拉萨认识的,我们住同一家客栈。她独自一人到拉萨后开始寻找旅伴,想组团到周边的景区游玩。我们在客栈的玻璃屋顶下的大厅相遇时,她正打算去纳木错,我刚从纳木错回来。在大厅的沙发上,我给她看了纳木错的照片,她希望我能和她再去一次。我当时行程已定,所以没能同行,就此分开旅行了。这次在北京见面,我们一起到王府井吃饭。

"为什么突然这么问?"我往嘴里送了一大口咖喱牛肉饭,将热奶中的吸管抽出放在桌面上,端起杯子喝起来。骑行归来后,这种毫无优雅可言的狼吞虎咽形象丝毫没有减退地保留了下来。

"因为很多人去拉萨都是为了疗伤呀!"小兢用调羹不停地搅着眼前的皮蛋粥,淡褐色的醋在皮蛋粥里画出一个个同心圆,"什么工作啦、感情啦,和我一起去珠峰大本营的两个女孩就是因为失恋才去西藏的。所以,你为什么骑车去拉萨?"

"宿命。"我放下勺子,用纸巾擦了擦油乎乎的嘴,端坐在她面前。

"宿……宿命?"她停下手中的调羹,将目光重新打回我脸上,显露出不小的吃惊和困惑，好像坐在她面前的不是一个活生生的人，而是从远古湖泊中挖出的一具史前生物的遗体。

"宿命般的。"我有些激动。时至今日，想起川藏骑行的往事，还是会让人激动得颤抖，有时甚至想号啕大哭一场。川藏骑行一共28天，从成都出发，28天后站在布达拉宫广场，我的身体显得异常平静，但我知道，另一个我，一直支持和鼓励我坚持下去的另一个我已经泣不成声，我的躯体就这样不自觉地收集着另一个我的眼泪。川藏就像掀起海浪的风，一直吹着存在于身体某处的眼泪池，直到有一天，眼睛再也衔不住泪水。出发前川藏是梦想，回来后川藏还是梦想，因为发生的一切就像梦一样，还没来得及现实性地感受就已结束了，或者，它本身就是一个异于现实的存在而给予我梦一般的感受。

有人说西藏是一个净化心灵的地方，也是一个重新开始的地方，那里是天堂。通往"天堂"的路，最广为人知的有四条：滇藏线（云南—西藏）、川藏线（四川—西藏）、青藏线（青海—西藏）和新藏线（新疆—西藏）。滇藏线和川藏线是骑车进藏人数最多也是最集中的两条线，每年的4月到10月，每天数以千百计的骑行侠们从昆明或成都出发，开始这一堪称世界顶级自行车越野路线的征程。从川西或滇西北进入西藏，都要穿越横断山脉的庞大山体和无数的江河峡谷。特殊的地理位置使该地区的雨季绵长而猛烈，滑坡泥石流频发。也因该地区地形复杂、气候类型多变，造就了该地区丰富多彩的自然景观——热带丛林、原始森林、草原、雪山、温泉，应有尽有。加之生活在此的古老民族，其民俗民居、茶马古道、藏传佛教和无数庙宇，无不让人神往。青藏线和新藏线则完全是另外一番景象。处于青藏高原的青藏线，高寒、戈壁、昆仑山、风火山、念青唐古拉山是它众所周知的挑战，隐藏在其中的危险只有亲身经历的人才能知道。新藏线，翻山越岭、狂风、海拔、荒无人烟是它的主题。如果说滇藏线和川藏线发生车毁人亡之事故多半要归咎于其变化无常的天气和令人望而生畏的高山险道，那青藏线和新藏线折磨人的就是高原反应。

我是偶然间看到一段川藏骑行的电子相册才做出骑车进藏的决定的。相册配着一段优美的背景音乐《爱琴海》。每一次打开相册，音符从耳旁掠过，读着相册里附上的每一段文字，我也会跟着感动和骄傲，看到作者流下眼泪，我也会湿了眼眶。从那以后，每一次听到央金兰泽的《爱琴海》，便会在脑海里印出相册的每一幕。我知道那影像与我无关，却给我一种似曾相识的感觉，好像自己也一起经历过，这种感觉让我不知所措。我想象作者一路都经历过什么，想到深处却觉得头皮发麻，大脑也开始自己呼吸，不断向外吐气，气体从头顶的毛孔争先恐后逃向空中。我嘴巴酸酸的，像委屈的小孩，眼泪开始打转。打那以后，我像着了魔一样，每天下班都要看一遍相册，然后把自己弄得像一个委屈的小孩，再后来，我把相册放进了回收站。我想，只有这样，才不至于每一次打开电脑都看见相册，也不至于每一次又不受控制地打开。

就像太阳每天都会升起，川藏这个字眼也会每天到访，轻轻磕着脑门，有时也怕是来得太快而绊倒，重重地摔在脑门上。我失眠了。

"我准备骑车去拉萨，从西宁。"我对邓说。

"你要去骑青藏线！"听我这么说，邓很吃惊，"不过，为什么是青藏线呢？"

"因为青藏线是四条进藏路线中最容易完成的。"在决定骑哪条路进藏之前，我已经了解了四条进藏路线的里程、海拔以及天气情况，还有一些相关的骑行记录。"滇藏线在芒康和川藏南线会合，所以不论选择滇藏线还是川藏线，从芒康到拉萨走的都是同一条路。两者的区别在于滇藏是昆明到芒康，而川藏是成都到芒康，不过，"我停顿了一下，"芒康到拉萨这一段已经决定了这两条线无论选择哪一条都是一样地极具挑战，澜沧江和怒江集中在这一段，还有七座不轻松的大山要翻越。北京的山是翻了个遍，可绝对海拔和相对高度都不算高，这两条线的海拔变化剧烈，一天之内可能从两千到四千，甚至五千，负重爬山不说，可能海拔就让人吃不消。"

"确实，别的不说，这样的海拔，就是我去也不敢保证一点问题没有，别说负重了，就是平路也不敢保证，"邓说，"可青藏线也不低啊。"

"所以到西宁先稳一稳，用一个星期环青海湖，适应一下高原气候和氧气浓度。"我说，"计划 8 月 1 日到西宁，8 月初青海湖的油菜花开得正是时候，这样，就能看两个海了。"

"不赖啊!"

"8月17日是雪顿节,到拉萨还能赶上雪顿节。"

"越说心越痒呀!"邓露出期待的神情,搓着手心。

"要不你和我一起去吧,请一段时间的假就行了嘛。"青藏线虽然骑行的人数不如滇藏线和川藏线,但也不少,所以我没有约伴儿,想着到西宁准能遇上一路同行的,但还是想"忽悠"邓。

"你说你都要去挑战青藏线了,我不去找点事儿做得有多憋得慌。"邓停顿了一下,"不过,我要去的话只会选择川藏,其他的路线不想去考虑了。"

"为什么?"我问。

"很明显新藏没什么可看的,条件又恶劣,滇藏线和川藏线一个样,走川藏离家近。至于青藏嘛,坐火车出藏就一条线:青藏线!到时候不可能再骑车出藏了吧,这样还能从火车上感受不一样的青藏高原,多好。"

"这样的组合确实好,一举两得。不过就现阶段而言,我还是觉得青藏适合我一点,川藏算是终极目标了吧,哈哈。"

慢慢地,我开始了青藏之行的准备工作。写好物品清单,没有的物品通过网购和商店采购。考虑到出发时间和工作性质,6月底便开始了工作交接,整个7月份几乎是满打满算的工作交接时间,好在工作交接顺利完成。

"要不我们一起骑川藏吧。"7月中旬的一个下午,邓在QQ上给我留言。

"为什么?我青藏计划得差不多了。"我将电脑设为静音,等着信息的反馈。

不一会儿,一条信息出现在屏幕上:"因为一个女生要去骑川藏,问我去不去,一想到你要走青藏,她要走川藏,而我却上着什么课,心里极其羡慕嫉妒恨!你要是走川藏,我就和领导要一个月的假。"

"女生!!"我很惊讶。

"对呀!不知道骑川藏也有女生的呀!!"邓表现得比我还要惊讶。

我回复道:"知道,可为什么一个女生能这么轻易地说服你,而我却不能?"

"你什么时候说服过我,再说你去的是青藏啊,哥不感兴趣。"

"可我和你说过,川藏确实不行。我不想上去丢骑车进藏的兄弟姐妹们的脸,更不想丢自己的，我不想因为自己的半途而废而玷污了'川藏骑行'这块无数骑行人用汗水、泪水，甚至是生命筑起的精神丰碑。骑行路上的那些故事之所以让人感动，是因为故事的缔造者对他们的梦想的坚守，对梦想的不离不弃。我不选择川藏线，不是因为不想去，我想，很想，非常想。可还不是时候。"

"你激动了。"半晌儿，屏幕上跳出四个字。

"也许。"我礼貌地回了两个字。我不知道自己为什么打出那些话，我想这会不会就是川藏最初感动我的东西，我却一直说不清道不明，而现在却像是在哪儿堆砌好后径直被推到眼前一样。我在想是不是自己顾虑太多了，大不了从头再来的那种豪迈呢？为什么在川藏骑行上我没有给自己半点让步？为什么一定要一次成功呢，两次就不行吗？为什么出发就要非到达不可呢？是害怕松懈，我想。"这次不行，还有下次嘛！"我一直认为这是一句很可怕的话，它让多少坚持最后成了放弃，让多少梦想最终只能是梦想，让多少失败一直失败下去，而本该取得的成功却在"这次不行，还有下次的嘛"的安慰声中慢慢闭上眼睛，消失于无形。

"想多了，"没多久，屏幕上跳出了邓的信息，"没错，川藏确实是无数骑行人的梦想，但是川藏线上不是只有挑战成功的故事才感人，或是值得称赞的，一些挑战失败的故事也一样让人钦佩。对于川藏，2000 多公里路本来就有许多不确定因素，有的时候不是你想不想放弃，而是不得不放弃。真正的骑行者，出发前都是由衷地希望自己能顺利走完全程，当然，他们也知道，即便是不能走完全程，只要无愧于心，那也是一段完美的旅程。有一句话不是说嘛：人生当中总有你能力所不能及的范围，但是如果在你能力所及的范围内，你尽到了自己全部的努力，那你还有什么可遗憾的呢？一些未能骑完全程的骑行者和顺利完成的人一样伟大，只要你有一颗骑士的心，不允许自己犯错，不允许自己轻易放弃，但请允许自己也有接受失败的胸怀。"

我没再回信息。

"那女孩什么情况？我是说，她之前都骑过些什么地方？"几天后，我给邓打电话。我仔细想了想上一次和他的对话，我觉得自己太过于追求完美，或是想要有一个好结局的愿望严严实实地遮蔽了川藏骑行本来的精神，而这些也是最初打动我的东西：对自己的尊重，只求无愧于心！

"想通了？"邓笑着说，"她的车是刚买的，和我去骑过两次，剩下的基本在市区逛。"

"那她能行吗？"

"人家有这个胆量就已经比你强了，你既然定下来了，那我也着手准备请假的事了。我们现在出发有点晚了，一定要赶在八月前出发。"

我说："既然这样，事不宜迟，我们分头行动吧。驮包各自准备，一些共用的东西和保险我来买，还有，她叫什么名字？"

"以前叫杯具。"

"哦？那现在呢？"

"小杯具！"

我一听，不禁打了个寒战："那好，让她买火车票吧，7 月底或 8 月初的，那个时候应该一切都好了！"

就这样，我的骑行计划从青藏线切换到了川藏线，开始了 28 天、2210 公里梦幻般的旅程。

成都初体验

当我醒来时，列车正行驶在四川盆地的边缘。翻过秦岭，就见不到高耸入云的山峰和无休止的隧道了，呈现在眼前的是不高的山丘，山腰到山顶被茂密的常绿阔叶林和竹林裹得严严实实，山腰以下是稻田、玉米地和农家菜园子。浑浊的溪水表明不久前有雨来过，山间水汽凝结成的新鲜的云沿着山坡往山顶爬去，阳光透过云层洒向点缀在田间的农舍，烟囱打着哈欠般吐出的袅袅青烟，像害怕打破昨夜的宁静似的小心翼翼地扩散向头顶的天空。玉米到了收获的季节，三只白鹭掠过眼前，朝远处的田野飞去。

邓和小杯具都是四川人，但工作后很少回成都，这一次回来，打算和许久未见的同学朋友聚一聚，而我也要去看看两年未见的老同学佐儿，佐儿在成都生制所工作。当年就业形势严峻，除了保送或已经考上研究生的同学像模像样地计划着自己的毕业旅行外，其他人都在为工作而校里校外忙碌着——白天抱着一大袋中英文简历跑各种招聘会，晚上回宿舍修改简历、复印简历、查邮件，如果没有通知面试，第二天继续跑，如果有，便开始准备面试。总之，好像唯独工作这件事才是这二十多年来真正值得认真对待的事，就算是当年的高考也不值一提。一天，成都生制所到学校招聘，我和佐儿都去了，面试就在京师大厦里负责招聘的老师住的客房里进行。老师让我们看了单位的宣传片，之后问我们的工作意向。

我已经忘了当时说了些什么，唯一记忆犹新的是窗台上的那盆水仙，可能刚浇过水，叶肉厚实坚挺的水仙，叶片上挂满了水珠，白净的鹅卵石将球茎稳稳地固定在花盆中央，花盆本身做得也相当考究，整体给人一种欣欣向荣、雍容华贵之感。最后，佐儿去了生制所，我进了北京的一家化学品公司工作。佐儿是重庆人，到成都工作算是响应国家号召，支援国家西部大开发。毕业典礼那会儿，他随其他到西部工作的同学一起上台接受了证书和奖金。这次到成都，佐儿特别要求我到他那儿坐一坐，我当然义不容辞。

自行车比我们早到一天，我们下了火车就到托运部取车。三部车中只有邓的装了货架，我和小杯具的都没有，当时不装货架的原因是托运是计重收费的。为了省钱，我考虑到了成都再安装，就连头盔都不舍得随车一起托运。可没想到托运自行车默认为25公斤，超重部分才计运费。我的两个侧驮包只能让邓帮忙先驮着，顶部驮包（放置在自行车货架上的有背带的驮包，类似于书包，顶部驮包两侧通过拉链可以和两个侧驮包相连）自己背，还有一个前驮包（相机包）、腰包自己带着。小杯具的驮包是她平时徒步的35升背包，小杯具喜欢玩户外，自行车玩得不多，倒是一个徒步高手，她想等装了货架，直接用绳子把背包捆上去就行，后来她也是这么做的。

本想先去组装车，但天公不作美下起了雨，驮包七零八落，雨罩也用不上，我们只能就近找一个能避雨的地儿。周围除了小门市部，没有较为宽敞的场所，店老板抬头看看我们又将眼睛转回到牌桌。想必见得多了，我想。我们走出去不久，在一个路口看见一棵树冠茂密的黄桷树，成都市区有很多黄桷树和榕树，我们决定在这棵黄桷树下避雨，虽然能挡的不多，但总比一直淋着雨强，我心想这真是出师不利啊。

我们在树下站定，扫视一周才看见不远处有一家冷锅鱼店，店前一个向前延伸的大阳台正好起到挡雨的作用，阳台下放置着两张餐桌，店门前一块大大的招牌上写着鸡和鱼的价格，最高不过35元，最低有18元的。

"要不我们就在这里吃饭吧，这雨也不知道什么时候能停。"小杯具在一旁整理着背包，"反正也饿了，不如吃完饭再去装货架，到时候雨估计也能停，这边的雨来得快，去得也快。"

"不坏。"我说。

店老板在收拾餐厅，这时候吃午饭太晚，吃晚饭又太早，店家在这个时间段会择菜、擦桌挪凳，总之是一个当问正常人现在最想做什么而绝对不会回答吃饭的时间点。看到我们三个进去，店老板迎了过来。

"三位吃饭？吃鸡，还是吃鱼？骑车的吧，吃鱼吧，鱼做得快。"说完，就安排一个服务员过来给我们倒水。

"把那桌子移开，把他们的自行车移进来，不要淋到雨。"他又安排另外两个服务员帮我们移自行车。

我们吃了罗非鱼——将鱼下好料煮好了端上来，看似火锅但又不用煮，这就是冷锅鱼，我这样理解。

吃完了，雨也奇迹般地停了。晚上三个人还要骑车赶往各自的聚会地点，分别在城的三个方向，为了避免第一天就赶夜路，我们抓紧找了自行车专卖店安装货架。除了货架，我还购置了一些配件，换了链条和一条内胎，又让师傅调试了一下手拨，再购置了链条油、两对刹车皮、两根刹车线、一条内胎(加上之前有的，一共3条备用内胎)、一个折叠外胎。将这些东西分好类后放进驮包容易拿取的位置，将侧包挂到自行车两侧，顶包放置在货架上。折叠外胎、气筒，还有三脚架用绳子牢牢绑在货架上，罩上雨罩，得，体积和重量与拉一个人没什么两样。一切准备就绪，我们就分头行动了，出发的时间定在第三天，第二天集合，留在成都休整，第三天出发。

装了驮包，沉，不习惯。成都好像在挖地铁，又好像在搞路面返修，总之，本来双向四车道的街道被硬生生挤成了双向二车道，机动车上了人行道，而自行车道却怎么寻找也不见踪影。绑扎绳还没有装上挂钩，所以驮包没用绳子固定，仅仅靠两个塑料钩死死地扣在货架上，经过不平整的路面或排水沟时，驮包发出沉闷的咯吱声，真担心塑料挂钩承受不住驮包的重量而发生折断，如果真那样，会给接下来的行程带来很多麻烦。驮着六十斤重的东西在人来人往的大街上骑行，除了控制车速和保持平衡，还要随时避让横冲直撞、莫名其妙出现在眼前的逆行摩托车，对于我来说不是一件容易的事。上了二环路，沿着二环路一路向南，转过两个大的路口，过了横跨府河的大桥，在一段坡路的南面，迎着马路有一个大门，大门的顶上写着"蓉生"二字。进了门往前走，就是单位的生活区，佐儿是这么说来着。

进了门，前面是一段很长的上坡路，我试着往上蹬，后来还是作罢，确实上不去。下车推吧。重不说，突然在车后加了一个六十斤重的驮包还挺不习惯的，我推着车往上走。路两旁是硕大的榆树和梧桐树，左侧的山坡上（或称之为类似山坡的土丘也未尝不可）长满了苔藓和藤蔓植物，依坡铺成的石板路上长满了一层薄薄的青苔，看得出这里很湿润，空气也不坏。坡顶有一个水果摊，我停好自行车，买了半个西瓜，没走几步，前面一个人就迎了过来。

"佐儿!"我高兴地叫道。

"大宝呀! 我们终于见面了!"佐儿兴奋地说。

我到的时候，佐儿已经下班，穿着凉鞋，花格子短裤和咖啡色短袖衬衫。五十平方米大小的员工宿舍本来住两个人的，舍友搬走后，佐儿索性把房间一改，除了卧室，还留出一个厅，这样就有了家的感觉。

"大宝，不要客气，随便坐，驮包卸了放到厅里面来，自行车可以搁到阳台上。"佐儿开了房门，开始收拾放在桌子上的一些杂物。我把身上的腰包解下来放到桌面上，将车前的相机包取下，车后的驮包拉开连接处的拉锁，一下就拆解成了三个包，一个一个取下放到厅里。

"两年不见，你还是一点没变呀，大宝，哈哈!"说着，佐儿递过来一瓶可乐，"刚下过雨，这又热起来了。"

"是啊，"我说，"成都的空气真好，天空也很蓝。"

"郊区，也就是我这个地方还可以，城里还是灰大，还没吃饭吧?"佐儿好像在收拾厨房。

"哦，出车站在附近吃了，不饿，晚上怕是不需要了。"我说。

"还没尝过成都的串串香吧，晚上带你吃夜宵去。"

吃完夜宵已是晚上十二点，串串香确实香，回到住处，佐儿抬出两把椅子，我们坐在阳台上纳凉。

"你就这么走，女人愿意？"佐儿发出一声坏笑。

"目前一个人。"我说。

"哦，喜欢孤独？"

"没人喜欢孤独，只是有时候，沉默比孤独更可怕。"

"深奥了。来，喝酒。"

我拿起手边的易拉罐，往嘴里送进久违的液体，不久前我还对喝酒深恶痛绝，而如今却有一种一见如故的感觉。楼下的高大榆树此时呈现在眼前的是茂密浓厚的树冠，一阵清风拂过，树冠婆娑，远处橘黄色的路灯照向空无一人的操场，还有不知从哪儿传来了猫的叫声。

佐儿要上班，且工作繁忙，他一直在为不能陪我逛成都而感到抱歉，我说又不是第一天认识，朋友就是到一个地方能一起念叨聊天的人，而不是一定要陪吃陪玩。走之前，佐儿推荐我到锦里、宽窄巷子逛逛，说那些地方不错，我也打算这么做。但我想先看看成都这座城。我不知道作为一座城，什么才是它的灵魂，但有水就肯定不差。府河从成都穿城而过，西面的清水河、摸底河，还有东面南北走向最后也汇入府河的沙河，让成都市民在城市的任何一个方位都能遇到河。有水就有桥，就有依河而建的亭子、公园，亭子与桥一结合，就有了廊桥。河滨大道、河埂公园，为成都人的休闲提供了上好的场所。一方水土养一方人，成都被称为休闲之都，并不是因为这里的人都很闲，只是这里的人不会让自己在繁忙的工作中牺牲掉享受的权利。遛狗、钓鱼、打麻将，他们至少努力地让自己舒服些。

小杯具家里有急事，回了家，我和邓不得不在成都等两天，出发时间未定，但也不能这么耗着。躺着坐着，身体必将得不到充分的放松，这并不是说非要抓住每一分每一秒在这两天之内将体质提升到前所未有或自己希望达到的程度。其实，就两天，再怎么练，体质也不会发生实质性变化，只是闲得久了就不想动，成都比较养人。想来想去，我还是决定去爬青城山。

成都到青城山有城铁直达，票价 15 元。成都的交通很方便，去重庆、绵阳等周边城市都有城际铁路，到近郊或景点有城铁，如都江堰、青城山。到青城山站下车后，直接在站里买了当天回成都的火车票。景区有公交车和客车往返于青城山站和青城山后山。客车离开青城山车站来到山脚下，就沿盘山路上山，在两辆车几乎是贴着会车的公路上，客车也丝毫没有要减速的迹象，发动机像是一直在高档位上运行，活塞猛烈地抽动声似乎在说："没有办法，只能这么快了，要不然，还想再快一些呢。"坐上这样的车，心中会有一种莫名的恐惧感。

成都西北方向的青城山是天然的大氧吧，崇山峻岭，山谷两侧是稠密的森林，山谷中有清凉泉水。依溪而建的休闲场所很早就聚满了从城中赶来度假的人。景区内的泰安古镇现如今变成了向游客兜售各种纪念品、特色小吃的大型集市，唯有泰安古寺还显得较为清净。上山的栈道沿溪伸向河谷的深处，一直盘到山顶。遇水搭桥，遇山搭栈道，遇到平缓的坡地，也会凿出一条石头路来，总之，我就是一路听着水的响声在茂密的林间行走。爬山的人很多，包括老人和孩子，偶尔会遇见一些拍写真的年轻人。当然，也少不掉一些相貌甚是精致的美丽姑娘，脚步轻盈，身材小巧，登山却毫不含糊。一双登山鞋、一条短裤、一件短袖 T 恤、一顶遮阳帽、一瓶矿泉水，看上去并没有经过精心准备，就像突然决定"今天去青城山可好"就来了一样。到了映翠湖，需要搭船到栈道的另一头，我看了看时间，掏出返程车票，离发车时间还有两个小时。

该下山了。我对自己说。

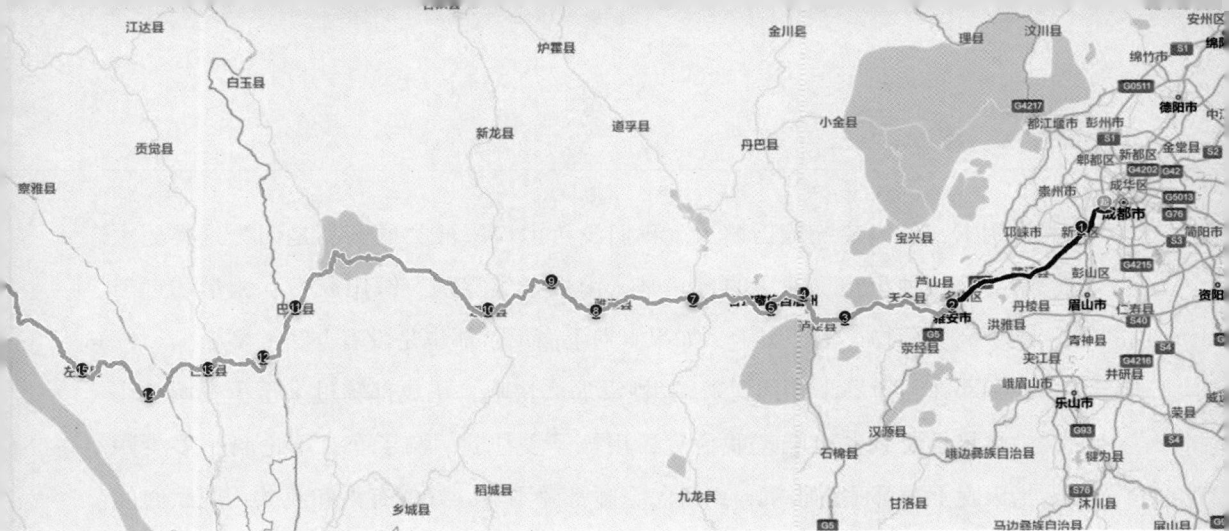

笑得像花一样的女人

"快起床！小杯具已经到新津了，马上要到这里来。"邓拍了拍床沿，看着窗外对我说。

小杯具回家办事，我和邓决定到双流等她，这样出城方便，也好会合，可没想到一路找吃的，骑着骑着就出了双流县城。"得，得，既然这样，就直接到新津吧，今天多走一点，明天就少走一点，反正第一站肯定是雅安。"邓说，"我会和小杯具说我们在新津等她，她明天一早到成都，到新津的时间估计十点左右，到时候一起出发。这样在雅安也能好好休整。"我觉得这主意不坏，住在新津，到雅安的路程就只有110公里左右，早上十点出发，即使其间不适应身后驮包带来的负重感，但两天并不困难的行程下来或多或少也能适应一些，这对接下来的旅途也是大有益处的。新津是川藏骑行的经过站，一般很少有骑友停留，所以见不到骑行客栈、驴友客栈等针对骑行、徒步或自驾的专门旅店，好在宾馆不贵，条件也算不赖，我和邓就选了进城后遇到一家住下了。吃过饭，我们到药店选备一些常用药。从成都出来，除了自行车上要用的一些备用零部件外，我们没有添置别的什么，可这一路恶劣的天气，还有饮食的不方便，一些应对突发事件的药品和常用药还是有必要带一些的。预防感冒的、退烧的、治咳嗽的、治拉肚子的、治便秘的、止痛的都买了一些，为了最大限度地减少负重和节省空间，只留下药片和说明书，外包装统统扔掉了。我们没考虑口服液类的药品是因为这类药太沉，带着是一种负担。外用的自然是云南白药气雾剂、医用胶带、绷带和创口贴。至于高反药物，罢了罢了，如果真遇上高反，那也是没有办法的事。

我和邓在新津等小杯具到来。"她没那么快吧，从成都骑过来至少要两个小时，她再早也要到九点吧。"我说完，用被子盖住脸。骑了车，不论骑了多少距离，当天晚上我都睡得很沉，而且怎么睡都睡不够，好似有人和我共用睡眠时间而大部分被其抢走一样。

"她坐车来的，"说完，邓就往门口走去，"赶紧起来，我去接她。"

"噢!"我心想，让我死在床上算了。

我平躺在床上，看着头顶的天花板，想着一直赖床也不是办法，让人家等也过意不去，再说心里有顾忌也睡不踏实，不如起床吧，今天还要赶路来着。我刚坐起来，小杯具闯进来了，门也没敲。

"哎，哎，哎! 你，你进来怎么不敲门，这里是男生寝室。"我赶紧用被子把身体包住。我睡觉时脱得比较干净，而且大热天的，出行也没带睡衣，身上除了内裤就没有其他遮挡物。

"什么男生寝室女生寝室?"小杯具把背包放在地上，倒理直气壮起来，"以后这一路上住一起的时候还多着哩，你还不起来，好意思让我和邓等着?"她坐在对面的床上，眼睛直勾勾地盯着我。

"可我……什么都没穿啊，你这样看着我，我怎么起来?"现在的我，更像是一个黄花大闺女，而对面坐着的是一个八尺大汉，这个八尺大汉还看着我，而我光着身子。

"看，看，看，谁稀罕看，我不看就是。"说完，小杯具把目光从我脸上移开，转身对着自己的背包收拾起东西来。

我看着小杯具的背影，确定她确实在专心摆弄自己的行李后，迅速把被子掀开，一溜烟跑到洗手间，关上门，这才意识到自己什么都没拿。我看着头顶亮着的灯，这真是超囧的瞬间，怎么办。大声吆喝让邓递一下，可这屋里明明有人为什么还要大声吆喝惊扰左邻右舍呢，让小杯具递，可她要偷看怎么办。想到这里我真想给自己一大嘴巴子，别人女孩子都无所谓，你一大老爷们扭扭捏捏的算什么，再说，就算专门看一眼又怎么了，今天不也还穿着内裤的吗。就让小杯具递一下好了，我想。

"嗨，美女，那个，能递一下裤子吗？忘记拿了。"我打开门，露出半个身子，对小杯具说。这种时候说难为情也实在是难为情。

"我又不是狼，至于这么紧张害怕吗？"小杯具递过来裤子，还有一件 T 恤。

三个人第一次在出发路上聚齐，除了个人用品外，对于公用物品，我们也进行了整理并主要由我和邓负责携带，一方面减少女队员的负重，另一方面需要时也能迅速找到。到成都以来，除了到达的当天遇到阵雨外都是晴天，这使得空气异常干燥，我们也想尽快出发，在正午热起来之前能赶多少路就赶多少路，这样一来，后半段的路程即使天热，也不用急着赶，慢慢走也无大碍。收拾好，吃完饭，已经上午十点，出发的时间也该到了吧。

路是自不用说，好得很，但太阳却烤得人难受。我泠毛巾绑在车把上，擦着不时流下的汗，头盔只好戴着，太阳烤得脸难受，不得不把头巾也戴起来，这样整个人的脸就一直蒸着，还没到邛崃，水就已经喝了一半。离开成都平原就进入丘陵地带了，上上下下的起伏代替了之前的平坦，这样的路开始让人感到难熬起来。平淡的路让人感到枯燥乏味，特别是穿梭在随处可见、即便是一整个搬移到江浙也不会有人怀疑它来自蜀地的乡镇田野中，景象就这么单调地重复着，就连自己的呼吸和踏频都是如此的单调，好像这世界上唯一在变的就是路的一侧定时出现的里程碑。数里程碑成了这一路上唯一有意义的事。起伏路的下坡固然让人兴奋，但上坡却让人难熬，虽然现在看来，这一段的上坡下坡就是小打小闹。这样一上一下，没骑几公里我们就饿了，而距离雅安还有很长的路要走。具体的位置记不清了，这一段路分布着不少的酒厂，其中包括一些国内知名的白酒企业。风吹过，混杂着泥土味，偶尔有动物粪便的气味，酒糟味会随风一起飘进鼻孔，清香醇厚。酒厂分布在国道两侧，一直绵延好几公里。我突然想，不胜酒力的路人像我这样慢慢通过此段时会不会醉倒。

到了临邛镇，是正午最热的时候，身体也有些疲惫，邓建议找一家馆子吃点饭，歇过这一阵再走，我和小杯具当然没有二话。

啤酒是最好的解暑饮品。我们在马路边找了一家餐馆坐下，刚坐下我就要了一瓶冰镇啤酒。工作时对啤酒没有任何好感，如今骑车上路却是无比地思念，现在喝上一口，透心凉，而且气体能带走多余的热量。我们点了几个小菜，不紧不慢吃着，身旁的工业用大型风扇呼呼转着，时不时地将面前的空气抢起，重重地向身上砸来。

"有队友！"小杯具突然叫道。

我和邓朝路边望去，小杯具说的那位骑友已经走远，但身后紧跟着又出现一位。

"从成都出发的吧。"我说。

后来陆陆续续又过了几个，还有女生。了不起，我想。

见到队友一批批从眼前骑过，我们坐不住了，不能落后太多呀，他们可是从成都过来的，如果是跑 800 米，我们这都算被套圈了。

队友的出现，让骑行变得有期待了。这一路就这么单调地骑着，能遇上几个聊天的人也不错。邓和小杯具在后面，我决定赶上前面的几个人，按照邓的说法是：有妹子，你得跟紧了。我确实跟紧了，一个男生，一个女生，上前搭话才知道，他们一共 11 人，大部队在后边，为了避免大家住得分散，现在急着赶去雅安订房间，雅安虽不小，但接待驴友的旅店不多，现在是旺季怕房源紧张。我们这样一前一后骑着，天竟然不知不觉下起雨来，雨点很大且来得急促，很明显是阵雨，但阵雨也得找地方避雨才是，找来找去，就一家老乡的门开着，我们也顾不了许多，骑着车就到院子里。老乡夫妻俩正在摘豆子，看到我们冷不丁出现在眼前，表现出不小的惊讶！

"老乡，能在你们家避一下雨吗？"还没说完，我就已经将车推到了门口。

老乡起身挪了一下凳子："快进来，快进来，车子也推进来吧。哎呀！这大雨天的，你们要去西藏？"

对于生活在川藏线两侧的人们来说，骑行川藏已经是司空见惯的事了。我们把车挪到了老乡家里。女主人这个时候已经拿来三张凳子，对我们说："快坐吧，

快坐吧，雨有一会儿才停哩!"我们连连道谢但也不客气。

"这里是什么地方?"我问老乡。

"黑竹镇，"男主人重新坐下，剥着豆子，"现在人少了，六七月份那会儿每天也就这个时候，一路上全是你们这样的人，女孩也不少。你说你们这样图什么，风吹日晒的，而且前面的路也不好走。"

我们只是笑了笑，没有回答老乡的疑问。我想没有一个人能代替所有人回答这个问题，每一个人出发的动机都不一样，自然图的也各不相同，即便当时只有我一个人，我也说不清楚自己图的是什么。我站到门口望着来时的方向，搜寻邓和小杯具的身影，在想他们找到避雨的地方没有，终于在不远处的屋檐下看到他俩，邓在给驮包上雨罩，也在弄自己的雨衣。我把侧包里的雨衣取出，直接用绳子固定在雨罩下方，这样下雨就能随时取出，不至于像今天这样手忙脚乱。

雨果然在半小时以后停了，临走前老乡硬要给我们一人塞上一瓶水，说路上会渴，我们说水壶架已经塞满，也不想带多余的水增加重量，况且离雅安不远了，只能委婉拒绝老乡的一片好意。从老乡家出来，我就和刚遇上的骑友聊起来。

"今天从哪儿出发的?"我问。

"从成都，你们还挺快，路过时看到你们在吃午饭，我们都还没吃呢。"他面带微笑，眼睛看着前方，有节奏地踩着脚踏。

"我们今天从新津走的，所以，实际上算慢了。"我停了一下，"你们11个，都是从成都出发的?"

"对，一大早。"前面是一个缓坡，他开始按节奏逐一拨着手拨。

"都认识?"我也调着手拨，保证自己能跟上他的速度。

"也不是，以前都不认识，也是来自四面八方，"说着，他又拨了一下手拨，链条咯噔一声，从一个牙盘滑进另一个牙盘，"大家说好了在成都集合，互留了联系方式，选了带头人，就这样。你们呢?"

"我们，我们一共三个人，就刚才在你我后面的两个，一男一女。"

"你们也是约好在成都集合的?"不知不觉，缓坡已经到顶，他开始往回调手拨。

"我们是校友，在同一个城市工作，所以一起出来了。"我看了看码表的时速，17 公里每小时。

"嚯，你们是同学！"他表现得很惊讶。

"是啊，要不然也和你们一样组一个大队伍，哈哈。"

"真好，"他好像比我还激动，"现在和同学关系还这么好，还能一起出来这么玩，很让人羡慕。毕业没几年，同学之间的联系越来越少，关系也越来越淡了。"说着他好像有点失落，"这也是没办法的事，慢慢地，大家都忙着结婚生子、挣钱养家，共同爱好越来越少，也就慢慢疏远了。"

"是各有各的原因。"我说。

"所以，你们也是辞职出来玩的？"

"不全是，邓请了一个月假期出来的。"

"我是辞职出来的，"说着，他脸上变得轻松起来，"那样的工作我受够了。压抑。生活太压抑，工作太压抑。我是六月份提出辞职的，这一弄就是这么长时间的交接。不是什么了不起的工作，但交接起来并不顺利，什么数据呀、材料呀、合同呀、社保呀，乱七八糟、乱麻麻的。"

"是这样的。"我说。我往身后看了一眼，没见到邓和小杯具的影子，想必是把他们落下很远了。

"后来老板找我谈话，希望我留下来，说愿意给我半个月假期，半个月？"说完，他发出冷冷的笑声，"半个月能干什么，带薪休假又怎么样，人要是没了那份激情，再怎么劝说都无济于事。"说着，他也往身后看了一眼队友，之前的一个缓坡也将他和队友拉开了不短的距离。"再说我决定出来骑川藏，也希望自己无牵无挂。留着工作，鉴于工作责任，半个月的假期也不是真正的假期，其实就是换一个地方工作罢了。一些电话不得不接，而且在路上不能用电脑，一些问题根本不能解决，出现大的工作问题就有可能葬送这一次旅行。我喜欢没有期限的旅行，想停就停，想走就走，放几天的假，自己说了算。"

他分析得不无道理，骑了一天还要处理突如其来的工作，怎么说都有点不太实际。

下了一个大坡，前面就是一个上坡，典型的 U 形起伏路。我们都没有捏手刹，一路冲到坡底，然后拨手拨换挡，就在换挡的瞬间，我的车链子掉了。自从在成都的专卖店调了手拨后，我的后拨就一直拨不准，往小盘上拨问题不大，但是往回拨就一直挂不上。我让他先走。

"一个人能行？"他把车停下，走到我面前。

"问题不大，你们还有任务，先走，我也等一下同伴。"

"保重，朋友。"说完，他上车走了。

由于下坡速度快，突然的变速让链条卡得死死的，我把车子挪到路边，考虑着怎么弄，变速车好在有导轮，能使链条在一定长度范围内活动，所以弄起来并不困难。等车弄好后骑到坡顶，这一路闲聊的车友已经走远了，我决定在坡顶等邓和小杯具。

过了路上遇到的唯一一个隧道：金鸡关隧道，就到了雅安市。下了一个大坡，坡脚处就有一些人迎过来，喊着"住宿吗，住宿吗"，并一个劲儿地往你的手里、车架上塞名片。我们自己也摸不着头脑，不知道这些住所靠不靠谱，和我们一样困惑的还有旁边的一些刚到不久的骑友。犹豫片刻，我们还是决定继续往前再看一看，遇到合适的就直接住下来。沿着穿城而过的 318 国道，眼睛不停地搜寻着路两边的旅社，希望能看见熟悉的、专供驴友住宿的场所，毕竟，雅安也是川藏骑行的休整地点之一。不知不觉就到了雅安大桥桥头，这时，像是已经在桥上等了很久的一位中年妇女向我们走来。

"三位骑车的吧，上我家住去吧，我家刚住进去几个，也是和你们一样骑车的。"女人笑得像一朵花。

"你们家的旅社在哪里，远不远？"我问道。到雅安时已经过七点，累得不行，肚子也不知在什么时候咕咕叫起来。再说，有人已经住进去，环境应该不错，现在骑车的就这么一些人，说不定就是刚刚在路上见过的，明天还能一起出发。

"不远不远，"女人笑得更像一朵花了，"跟我走，跟我走。"说着，走向斜靠在桥头的自行车，这时我才知道原来她是骑着自行车来拉客的。

我们跟在女人后面拐过两个弯，骑过一条街道，过了红绿灯又往回走了一段，拐进了一条不宽的街道，往里骑了一段来到一个不大的菜市场，里面人来人往，叫卖的声音很大。市场里不能骑车，我们只能下车推着走，走到菜市场对面，女人指着不远处的楼梯间说："上面就是旅馆，自行车可以搁在一楼的仓库，一点问题没有，不会丢的。"

我心想，除了车，也没什么东西值得偷呀！可是睡在这种地方还是人生第一次，晚上散市后虽说不会吵，可一下楼就看到一个菜市场在眼前还是觉得不可思议。菜场就在两座不高的楼房中间的场地上，几根钢梁挑起一个很大的拱形塑料屋顶，白天可采光，不觉得暗，两侧是导水槽。我们决定先看一看房间。就性价比来说，房间不错，有多人间，也有三人间，我们正好在楼道里撞见了11人组，就再没多想，把车放进车库，取了驮包，住进了三人间。

早就听说雅安的三雅，而今天老天也丝毫不含糊，刚收拾好行李下楼吃饭，就遇上了淅淅沥沥的小雨。相对于雨，我关心的还是鱼，饿了一下午，中午吃的饭早已消耗殆尽，想到艰苦的行程，也要奖励自己一番，更何况这是我们首次出征，出发前没能一起好好吃一顿，今天算是要补上吧。吃鱼还是冷锅鱼合算，虽然离开了成都，但价格并没有贵多少。当然，这里的雨只能算是雅安下的雨，我们吃的鱼也只算是雅安的鱼。至于"雅雨"所说的雨，在现阶段不想被自己遇到，"雅鱼"所说的鱼怕是也不容易吃到。有雨有鱼，话题自然就绕不开雅女了。对于"雅女"，我不清楚雅女的特质，或是何种女子可称得上雅女，反正我在雅安街头观察了一番，也找不出什么区别来，后来还是作罢——作为匆匆而过的路人，我怕也看不出什么名堂。

回到旅社，我本想和其他的骑友聊聊，可大家都已闭门休息，也不好打扰，从成都一天赶过来实属不易，更何况明日还有新的征程。

"洗澡是你们先来还是我先来?"回到房间，小杯具就开始整理洗漱用品和睡衣。

房间类似于标间，除了三张床，还有独立的洗手间。

"要不就你先吧。"邓说。

"需要回避吗?"我说,这一直是我关心的问题之一。

"干吗啦!"说完,小杯具抱着一堆衣服牙膏牙刷香皂洗面奶就进去了。

我把今天的衣服换下洗了,开始在床边写日记。洗澡的水声停下没多久,小杯具穿着齐膝的睡衣从洗手间出来,头发紧紧地收在白色毛巾里。

不赖。

我们去稻城

房间迎着街，但菜市场的声音一点也没有，倒是街上的讲话声、汽车鸣笛声响个不停，夜幕降临后路边摊多起来，叫卖声乱作一团，烧烤摊上"嗞嗞"的烤肉声随烤肉的香味飘进房间。等写完日记洗完澡，已过了零点，但这些声音丝毫没有褪去的迹象，罢了罢了，继续等下去也不会有实质性改变，躺在床上努力睡一下试试，想必也没那么糟糕。

夜里雨下得很大，昨天到的时候天阴着，下过一阵小雨，没想到夜里的雨会大到如此程度。我可能是被雨声吵醒的，也可能是雷声，总之，被其中任何一种声音吵醒都不奇怪，天像漏了一样，雷声也毫不示弱，震得整个雅安市都跟着颤抖。不知不觉在这样的气氛中睡着了，我醒来已是第二天早上，听见清洁工在马路上清扫树叶的声音，确定雨已经停了，至少不会影响行程。邓起床到楼下取自行车，我和小杯具整理着驮包。不一会儿，邓跑了上来："得！雨又下起来了！"我朝窗外看了一眼，貌似雨还不小，还没等收拾好下楼，雨就已经大到不可收拾的地步，雨声盖过了世上所有的声音，好像自己的呼吸也配合着雨的节奏发出一样的声音来。我提着驮包下楼，阳台上早已积满了雨水，到了楼底，菜市场里站满了买菜被困的人。密集的雨点打在头顶的塑料拱棚上，发出震耳欲聋的响声，好像置身在一个巨大的生产车间，听不到任何别的声音，我找了一块地方，放下驮包，去取自行车。车库里的自行车比昨天少了几辆，但大部分还在，说明早已经有人出发，但这会儿肯定和雨交锋上了。我走到驮包前，一面把驮包往车上装，一面问台子对面的小贩："大哥，这雨什么时候停啊？"

"你说什么？"他扯着嗓子喊道。

很明显雨声盖过了我的声音，我也扯着嗓子重新问道："我说，这雨什么时候能停？"

"我也不知道啊！"他在台子上张罗着蔬菜，将新鲜干净的菜叶朝外放着，我俩的距离不过两米。

"经常这么下吗？"

"你说什么？"

"我说，这里经常下这么大雨吗？"我的喉咙吼得发痒，除了学校组织的大合唱，我好久没有这么大声吼过了。

"晴好几天啦！这是第一次，这样的雨下不久的，至少，不会一直这么大。要一直这么下，就要出事啦！"说完，小贩钻到台子底下，又去张罗另一筐蔬菜了。

小杯具下楼后，看到形势不乐观又上楼去了，邓帮她整理着驮包。一些商贩提着水桶到导水槽下接水洗菜，不小的水桶瞬间就装满了，这样倒也方便。我考虑着只穿皮肤风衣还是把雨衣也穿上，今天必然要走，雨一直这么下的可能性不大，但突如其来的阵雨肯定还是有的，就像今天早上一样，只是什么时候能走还无法确定。我们就像大多数人一样站在菜市场里，等着这突如其来的暴雨结束。

雨就这样下了一个多钟头后才停，看时间十点刚过，还不算太晚，今天的目的地是二郎山下的新沟镇，努力赶一赶应该能到。出发前，我们就统一了赶路的原则：尽量不赶夜路。吃了早饭，买了几个馒头带上（这一路，午饭基本上都是在路上解决的。吃早饭的时候买几个馒头带上，到了目的地再正经吃一餐，一天的伙食就是这样安排的），出城后就一路沿着青衣江前进。青衣江的落差有多少，我们就爬升多少。由于昨夜的暴雨，青衣江的水势很大，浑浊的江水拍打着山体发出震耳欲聋的声音，到了两山夹峙的路段，江水的声音震得耳膜生疼。山体就像一个大水塔，山涧和山体间似有流不尽的泉水一直往外冒，随便往哪儿插进一根管子都能把水引出来。路面很湿，一些路段发生了滑坡，堵住了排水沟，沟内的水顺着路面奔流不止。这一路上搅拌车、工程车、水泥车川流不息，在本就不宽的路面上你来我往，骑车的我们只能紧贴着山体前进，等路跨到江的另一面，我们又只能贴着护栏前进，看着脚下浑浊的江水不免有些担惊受怕。路况算不上如意，常年的雨水加上卡车的无节制通行，路面早已是坑坑洼洼，坑中积满了泥水，卡车一过，泥水便四处飞溅。我们自知是"弱势群体"，面对迎面而来的卡车或后面驶来的卡车，都会靠边减速或停车。

今天虽然一路上起起伏伏，但整体来说是爬升，毕竟是逆流而上。新沟镇海拔 1300 米左右，从雅安出发到新沟是 90 公里，相当于 90 公里路程海拔上升 700 米。中间没有大山需要翻越，这样的海拔变化不会引起植被的明显改变或天气的反常，所以给人一种不知不觉就上来了的印象。离开雅安之后没有下雨，这天气说变化无常也是变化无常。竹林开始变得多起来。

出天全县的时候遇上了大堵车，堵到自行车都无法通行，交警似乎也无能为力，只能眼睁睁看着前面的车一辆辆地往前挪，我们也成了堵车大军中的一员。

"不知道前面什么情况，这样堵下去，今天怕是到不了康定了。"我旁边是一个骑摩托车的小伙，这时已经将头盔取下挂在车把上，后座上是一位年轻女性，双手抱着小伙的腰，但头盔还戴着，后面的货架上是一个大包和两个侧包，还有睡袋和帐篷，车尾插着一面沾满泥土的五星红旗。我俩停在两辆车中间的空隙里。他好像在对我说话。

"嗯，"我应道，"本来今天就出发晚了，这样下去也没办法赶了呢。"

一些车友尝试着将车推上沟渠后再往前挪，小杯具人小车小，很容易就朝前去了，我也想试着能不能行。

"嗨！朋友，我走这边了，一路顺利！"我对骑摩托车的小伙做了一个往前走的手势。

"嗯，你们骑车先走，加油！"小伙也做了一个手势，表示再见。

沿着沟渠没走多远，前面又堵死了，一些车甚至开到了路的边缘。行李太重，自行车推起来很不顺利，我彻底放弃了。

不久后，车流开始松动，我顺势重新回到车道中间，跟着车一起往前挪，骑摩托车的小伙又再次来到我跟前。

"嗨，伙计，我们又见面了。"他微笑着说。

"似乎开始动了，"我笑着说道，"你也去拉萨？"

"啊，我不去拉萨，这次带着老婆，想走一走稻城，然后去香格里拉，走丽江、大理，再从昆明回去。"

"曬！让人羡慕的生活啊！"我露出无比羡慕的神情。

"这没什么羡慕不羡慕之说，"小伙笑着说，"每个人都有自己的生活态度，我认为，只要你觉得这样的生活方式适合你，那就这样去做。比如说我，就喜欢看不同的风景，那收拾好行囊去看就是了，看又不要钱。"

"很同意，"我也笑着说，"但是，像你们这样两个一起出来玩的，我还是第一次遇到。"

"我们刚结婚，"小伙说，"而且，我们都喜欢这样的生活方式。以前是一个人跑，现在是两个人，风景虽然还是原来的风景，但心情不一样了，哈哈。"

"不赖。"我说。

小伙不紧不慢地跟着前面的车，一有空当就往前送车，这样慢慢地就挤到了堵车的前方。

"兄弟，我们先走了，康定见吧。"说着，他将头盔重新戴回去。

"祝旅途愉快！"我向他挥手，康定离这里还有 150 公里呢，我们肯定是见不上了吧，看着码表记录的里程，这一路堵车堵了 6 公里。

耽搁了这么久，我们只能拼命往前赶了。从离开雅安的那一刻起就注定前面的路会越来越艰难，山也会越来越高。今天一路上都有注意飞石的警示牌，由于昨夜的大雨，造成一些路段发生塌方，虽然不严重，但是给人一种随时有危险降临的感觉。一面是山，另一面是江，天灰蒙蒙随时可能下雨，在这样的地方赶夜路是一件多么可怕的事情。

长时间的上坡下坡，早上吃的是包子馒头，中午吃的也仅仅是两个馒头，能量早已耗尽，除了水，身边没有任何吃的东西。到新沟前的一段路是在峡谷中穿行，沿途没有什么村寨，我们只能这么扛着。天色渐渐暗下来，路上的车子少了很多，路的一边树木丛生，另一边江水咆哮，骑友前后之间拉开了不少距离，明知前后都有人但怎么也看不到，开着前灯，自己就像山谷里的一只萤火虫，随时可能自生自灭。想到这里，我禁不住打了一个寒战。看到前面出现了庄稼地，我确信距离村镇不远了，这平时并不起眼的人工痕迹此时给了我无穷的动力。再坚持一下就好，我这样给自己打着气。

当拐过一个弯，灯光出现在眼前的时候，心中的忐忑化为乌有。我跌跌撞撞来到屋檐下，早到的骑友已经收拾好车子坐在桌前等着吃饭了。我不知道这里算新沟的什么位置（因为已经看到"新沟第一家"字样），总之今天只能到这里了。小杯具和邓半小时后也到了，陆续到的还有其他一些骑友，就像事先约好一样，大家都不再往前赶，就在沟口的几家店里随意住下了。

房间的窗外是山，窗下是奔流不息的江。住在安静小镇里的我们，像等待总攻命令的士兵。我们明天的目的地可能各不相同，但起床后的第一件事却是相同的，那就是：翻越二郎山。

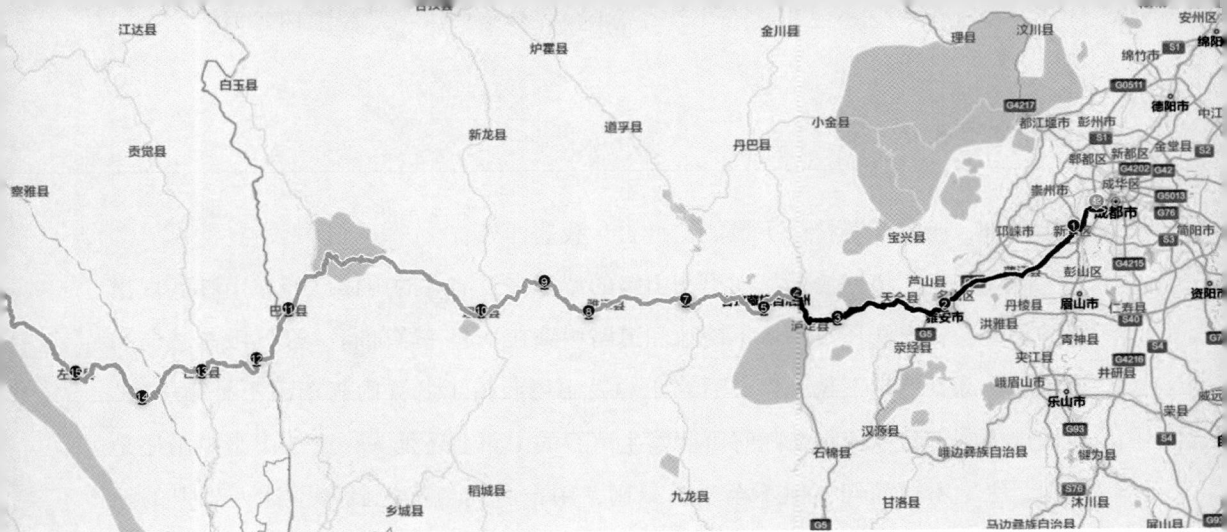

冒雨翻越二郎山

　　二郎山笼罩在薄薄的雾里，大家都在整理行李，今天要赶到康定的队伍，天还没亮就出发了，现在剩下来的人，要么到泸定，要么到瓦斯沟。我们要去瓦斯沟——一个让人听起来感觉随时都会发生爆炸的地方。店老板在给大家煮面，这是早上唯一能吃到的东西，还有甜饼子。

　　窗外的水声响了一晚上，我虽说是睡着了，但整晚都在做莫名其妙的梦。开始是抗日被杀，后来是开摩的在地铁口拉活收到假币，就骑摩托车穷追不舍但怎么都追不上，再后来，梦见自己冒着雨翻越二郎山。前两个是一点可能性都没有，后面这个不会是真的吧，我心想。昨天累了一天，今天又起得太早，导致胃口大减，但想到接下来的行程，不得不逼自己把本来就不多的面塞进肚子里。吃完面条出来，天倒是淅淅沥沥下起雨来，第一次翻山就来这么一个下马威？不管怎么说，此地不宜久留，再大的雨，至少也要赶到瓦斯沟才行。

　　冒着小雨，我们陆续出发了。离开住的地方没多远，前面的房子渐渐多起来，看起来这才是新沟镇所在地。房屋紧挨着国道，密密实实地分布在一条斜坡的两边，一两户人家已经生起了火，举向天空的烟囱将青色的烟导入浓浓的水雾，两者混杂在一起，在墨绿的山峦背景下，分不清哪是雾，哪是烟。有雾是好的，这样爬山不会太热，等雾散开，到不了二郎山隧道也应该离隧道不远，即使太阳出来，咬咬牙坚持一下也能挺过去，我这样想着。

越往前走，道路慢慢呈现出盘山路的特征来，前方的山体已经在山腰展现出路的痕迹，青衣江还是不依不饶地和道路纠缠在一起一路随行。雾气没有减弱的迹象，雨却开始越下越大，最后终于一发不可收拾了。冒雨骑车已不是第一次，但像这样驮着包袱骑行在随时可能发生落石的山路上还是头一遭。雨是中雨还是大雨，级别不得而知，但不至于是暴雨，雨本身的气势也到不了让人恐惧的地步，但当满山的阔叶林木和杂草苔藓在不经意间将雨声放大，发出声势浩大的"沙沙"声、江水拍向岸边发出势不可挡的"隆隆"声，各种声音交错成团在山谷间来回荡漾，似不知疲倦地在耳边穿梭不停时，也会让人生畏。

雨虽不小，但由于骑车爬坡的缘故，身体并没有感觉到凉意，倒是能感觉到遍布全身的毛孔争先恐后地往外排着汗液。雨水透过头盔滴落到眼镜上，混杂着汗液的雨水顺着额头流进眼睛里，刺激得眼睛一个劲儿地流眼泪，眼角火辣辣的，这样的感觉只有在睡太久又没洗脸的情况下才会发生。我采取睁一只眼闭一只眼、让眼睛轮流休息的方式继续前进，这样既保证了视力不受影响，又不至于随时停车擦揉眼睛，镜片上的雨水则通过时不时地甩头来将其摆脱。这样骑着骑着，不知不觉上了二郎山的盘山路。在一个拐弯的断崖下方，一个骑友帮另一个骑友摆弄着自行车，前面的护栏上还靠着另一辆，发扬天下骑友一家亲的精神，我将车慢慢停过去，下车问有没有什么需要帮忙的，蹲在地上的骑友抬头看看我说到这里就扎胎了，刚把胎换上，但是带的打气筒太小，气无论如何都打不进去。我说我这里有一个大的，说完回到自己的自行车旁，将一直挂在后架上的打气筒取下来递过去，骑友见了露出惊讶的表情，说他们也知道气筒大的要好用一些，但图方便就带了小的出来，没想到后面太重气打不进去，马路边满是积水，拆卸行李也不方便。我说大的也不沉，找个位置挂着就行了。打气的间歇里算是歇了几分钟，雨势没有减小的迹象，继续向前骑，看到飞石和滑坡地段，我想迅速通过但怎么都提不起速度来，就像狂风中脱手飞向天空的气球，再怎么努力去抓也无济于事。

雨中，二郎山的雾不愿散去，就这样萦绕在山体周围，加之不小的高差和巨大的山体，说是仙境也未尝不可，想用相机拍下这一切，可相机已经用自封袋包好藏在驮包内，手机也因为几度进水完全不能用了，只能一路上用眼睛去感受。到老318国道路口时，我还想会不会有人从这里去挑战二郎山，当我看到老318国道的面目时，我才意识到自己想多了。老国道已经杂草丛生，路口被碎沙石封堵，频繁的降雨已经造成部分路段被填埋和冲毁，大自然正在用自己的力量改造着人类废弃的一切，让它们恢复以前的样子。

我开始疲倦了，肚子像突然想起来似的饿了。我试着将注意力从疲惫和饥饿中移开，我试着唱歌："这里的山路十八弯，这里的水路九连环……"单曲循环 N 遍后，开始吟诗，可想来想去，似乎也只能想起《春晓》这一首。这样还是很奏效的，至少在另一个能鼓励我继续坚持下去的目标出现之前。就这样，当我看到路边的指示牌指示距离二郎山隧道还有 2 公里时，不知是汗水、雨水还是泪水，顿时湿了眼睛。

到了隧道口后，我就在隧道口前的停车场等着邓和小杯具上来。这里少了江水的喧嚣，没有森林的造势，雨下得很平静，有可能在上山过程中变小了许多。陆续有骑友上来，大家开始在隧道口拍照。这是第一座山，当然会有人认为，自从二郎山通了隧道之后就不能称之为川藏线上真正意义上的山了，但不管怎样，我们也是实实在在爬上来的。和后面的山比起来，虽然二郎山隧道海拔只有2200米，但今天也是从成都出发以来最费工夫的一天。我想它的意义在于教导我们怎样在长距离爬山路上保持自己的节奏，合理地分配体力并掌握好时间。这在长距离翻山、高海拔翻山时是尤为重要的。

一些骑友已经迫不及待钻进隧道去看另一面的世界了，还有一些骑友和我一样，等着后面的同伴上来。站在停车场，国道的另一侧是一个检查哨所，有武警值班，停车场这一侧看似是一个游客服务中心，但我想不出这附近有什么景区可以进入。几个货摊摆满了干果和水果，小贩没有吆喝，也没有刻意要引起周围人的注意，就这样安静地坐在摊位的后面，显露出怎么都无所谓的神情。我在雨中吃着甜饼子。

长时间不动，身体开始凉下来，整个身体不知不觉开始颤抖。算不上快，但小杯具在邓的帮助下还是顺利地闯过了这一关，对于女孩子，在这样的雨天驮着这么多东西骑行实属不易，大家吃了点东西，决定继续朝前走。说二郎山是气候分界线一点都不为过，穿过长达4176米的隧道后就是另一种景色。隧道这一侧阴雨绵绵，雾气缭绕，好像多吸一口都会被湿漉漉的空气呛到，而穿过隧道后，雨没了踪影，倒是雾气成了主角，每一座山都被云雾缠绕，并有新生成的雾气不断从谷底升起。刚才还清晰可见的谷底霎时间又全部淹没在薄雾里。被大渡河分隔开的崇山峻岭，在大渡河河谷的映衬下显得更加巍峨高耸，出隧道后爬上一个两公里长的坡，泸定县城出现在了眼前。

有滔滔江水相伴的泸定县城，从来都不会感到寂寞。

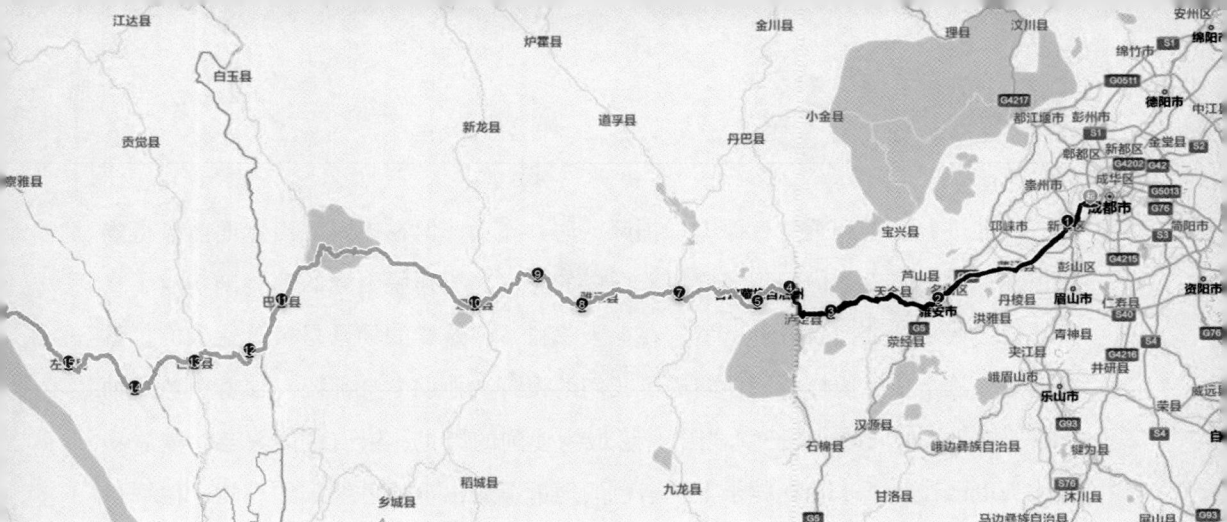

新朋友

　　我们是在去瓦斯沟的路上首次遇见的，一路上就这么交替着前进。

　　从二郎山上下来，虽然没下雨，但是山那边的连续降雨使得山这边迷雾蒙蒙，路面湿滑得很。云层就像一个大水滴摇摇欲坠地挂在头顶，巴不得有一个小小的动静将其震破，然后势不可挡地倾泻下来。第一次在这样的天气环境下，一路下坡超过 30 公里（还有身后沉重的驮包），说紧张也好，说害怕也罢，总之，下坡并没有想象中的轻松。下坡不需要用力，身体自然产生不了热量，而下坡生成的强大风力一层一层带走体温，加之身上的衣服潮湿，脸马上就木了。到山脚时，雾散云开，我却冻得全身发抖、牙齿打架。在进城路口写着"红色名城"的巨大牌坊下，我脱下雨衣晒太阳，牌坊下几个闲聊的老者用异样的眼光看着我。

　　在泸定吃了形式意义上的午饭。我要了一瓶啤酒，同时灌上一瓶带上，身边的黄色长龙已不再是青衣江，而悄悄然变成大渡河了。山上的植被也不像翻越二郎山时见到的那样长得毫无节制，而显得更加秩序井然，样子也精致耐看很多，像是被精心修剪过。阳光没有水汽的折射，变得异常灼热起来，顿时有了高原的感觉。

　　今天要到康定的骑友已经马不停蹄往前赶了，到泸定的人算是完成了赶路任务，卸行李卸包，整理容装，感受这座红色之城去了。我们以这种"不入主流"

的方式前进着，看到美景就停下来拍照，河谷宽大，但在庞大的山体面前显得幽深很多，虽是晴天，但山顶还聚集着白白的雾气，等挣脱山脊的那一刻就成了自由的云，快乐地变换着各种造型。在蓝天映衬下，这样的场景是极其迷人的。就在这时，三个学生模样的同伴闯进了我们的视野，他们上身都统一穿着白色短袖T恤。骑在最前面的，是三人当中身形最为瘦削的男生，银白色的头盔，戴着墨镜，头巾已经收下来套在脖子上，蓝色的短裤下露出古铜色纤细的小腿，他踩得轻盈，自行车却喘着粗气般前进；骑在中间的是三人当中身形看上去最平常、车子也是最破旧的一位，红白相间的头盔将其中一块头巾死死地框住，贴着在头皮上，另一块头巾则将脸部除眼睛以外的其他部位遮得严严实实，蓝色防风裤下是和车一样风尘仆仆的绿胶鞋；骑在最后面的男生，相貌已经被头巾盖得严严实实辨识不清，蓝白相间的头盔下是一副紧贴着鼻梁的眼镜，斑马纹长袖套让手臂远离了高原紫外线的炙烤。三个人的速度不算快，但快过我们，他们一路蹦蹦跳跳，不时摇车拍照，其间我们将他们超过，但总是被他们又超回来。看到不一般的场景，我们也会停下来拍几张照片。爱拍照的他们自然不会放过这样的机会，但我们仅仅是同时驻足，并没有进行交流，偶尔四目相对，只是相互报以微笑。

在河谷中前进，虽然少了磨人的爬山，但是上上下下的起伏路也很磨炼人的意志，特别是翻过二郎山以后。到了去往丹巴的路口，太阳已经将一天中最后的余晖洒向对面的山顶，拐过一个弯，我们离开了大渡河，这里就是瓦斯沟了吧。"Y"字形路口的一边是去往康定的318国道，另一边是去往丹巴的省道，像其他集散地一样，这里聚集了几家餐厅和旅馆，但房子的分布前后不过百米，再往前又是只见树木不见村庄的沟谷了。我们不知道这里是不是大家常说的瓦斯沟，也不清楚瓦斯沟是一个村还是一个乡镇。正好一辆客车停在了不远处，从上面下来一些老乡。我们迎了过去，问下车的老乡这里是不是瓦斯沟，其中一个中年男人看了看我们和我们身后的自行车，告诉我们这里没有住的地方，但往前走没多远有一个村子，村子里有专门接待游客的家庭旅馆。我们喜出望外，既然到了瓦斯沟就不怕赶夜路了，而且今天多走一点，明天就少走一点（这一直是我们鼓励自己继续前进的最具煽动力的话语之一）。峰回路转，功夫不负有心人，骑出去两三公里的时候出现了一个村子，村子沿路两侧分布，一面是山，另一面是水势很大但清澈的河（后来知道这就是从康定穿城而过的折多河，也叫康定河）。村子就是村子，路上几乎见不到行人，我们一路走一路左观右望，看到几家家庭旅馆但没人，就在快出村的时候，路边一位择菜的大妈叫住了我们，问我们是不是在找住的地方。我们连忙说是，心情很激动。大妈指了指对面的一户人家说："那里就有一家，现在人不在，你们要是决定住下，我就给主人家打电话，让她马上回来。"大妈所指的是一栋三层小楼，院子很宽，房子看上去也干净漂亮，门前水沟边上立着一块牌子，写着：瓦斯余四姐骑游之家。

大妈打过电话没多久，一位中年妇女就出现在了前方不远处，背着满满一篓子大白菜，面带笑容朝我们打招呼。她放下背篓就让我们去看房间，说今天刚走了六个人，也是我们这样的，昨天到这里已经晚，就在她家住下了。楼房像是盖起来没多久，楼梯瓷砖都很新很漂亮，窗户也不小，房间显得特别通透明亮，洗漱也方便，楼顶还能晒衣服。我们没二话就住下了，同样住下的，还有路上碰到的学生模样的三个男生。

大家在院子里拆行李，把驮包放进房间。我想把车洗一洗，链条上的灰需要擦一擦，车身也脏得让人有些过意不去。天快黑的时候，男主人也回来了，同样背着一篓子大白菜，放下背篓，喝了口凉水，和我们聊起来。他说近些年骑车去拉萨的人多了不少，虽然瓦斯沟处在泸定与康定之间，也是个小地方，但离开瓦斯沟之后就是一路爬坡到康定，自驾的自然不在话下，骑车的就不那么容易了，很多人都会选择在瓦斯沟住宿，第二天再走，于是，他盖了新房，做成家庭旅馆提供食宿，夫妻俩经营着家庭旅馆，还会卖点蔬菜，说着又指了指背篓里长势不错的新鲜白菜。

我们很饿，但也不好催促同样忙碌的主人家。女主人问我们想吃什么，我们说什么都行，男主人用镰刀将白菜根部和一些杂草烂叶清理掉，我在沟边洗着换下来的衣服，邓在给刚洗过的自行车上油，其他人则不知道跑到什么地方去了。

吃饭的时候天已完全黑尽，我们六人围坐在长方形茶几边上狼吞虎咽吃起来，其间聊天才知道，前面提到的走在最前面的瘦削男孩叫王明，骑在最后的叫王海，而中间的叫书培。三个人都来自四川，王海是攀枝花人，书培是乐山人，是从乐山出发开始自己的川藏之旅的，按他的说法，假期没事可干，所以出来走走。

吃过饭后，我到楼顶晾衣服，走上楼顶，天空中是满天的星星和银河，我激动地叫出声来。

夜深人静，窗外传来的依旧是隆隆的水声，在这世上仅有的声音里，我只想爬上屋顶，静静地看向头顶的星空。

在康定的短暂休闲时光

早上起床后，我刚来到院子里，书培就跑过来对我说："宝哥，要不要去感受一下他们家的厕所，绝对比野厕所还要野。"

"怎么个野法？"我不解地问。

"你不知道便便去了哪里！"说完，他兴高采烈地跑回了小楼，像中了 500 万元彩票。

我丈二和尚摸不着头脑，不知道其中有什么蹊跷，书培说的厕所就在马路边上，过了马路再往前走几步就是。我走过去，刚要开厕所门但转念一想，人生之快事总结成五个字就是"吃喝拉撒睡"，虽然有的时候吃不好喝不好也睡不好，但拉一定要拉好，书培说这厕所能把便便给整没了，还不知道去了哪里，肯定不是一般的厕所，至于如何不一般，想必只有去过的人才知道，这样的厕所蹲进去定会让人胡思乱想。一大早就把心情搞复杂了，接下来的路还怎么赶？想到这里，我决定另找一个，听女主人说过，她家的厕所有两个，一个就是路边的这个，另一个在河边，我决定去河边那一个。沿着小路行走，来到一片菜田，刚长出的菜苗托着细细的水滴，可爱得很，菜田沿着河的那一边，除了几棵果树，还有一间杂物屋模样的房子，毫无疑问，另一个厕所就是它。我走过去，刚要打开厕所门就听到一阵短促的骚乱声，仔细一听才知道是猪弄出的声响。这里怎么会有猪呢。我绕到房子后面，才发现房屋后面有一个猪圈，三头成年的猪听到我弄出的声响，惊慌失措地挤到墙角，目不转睛地盯着对面的墙，原来厕所和猪圈是一体的，一房两用。我重新回到厕所的位置，推开门进去，听着后面江水的咆哮声，得，也不安心。

吃了一个馒头，夹了几口咸菜，喝了一碗稀饭——早上只能吃到这些东西。由于要送蔬菜到县城里的缘故，主人一家起得很早，我们也早早地吃上了简单的饭菜。出发时，路上的人比昨天多了很多，都是去地里干活的，或是像主人家一样到城里卖菜的，他们无不用异样的眼光看着我们，我们就这样被目送出了瓦斯沟。在村尾的小卖部，我们买了出发前要带的水，随着太阳一起爬上山头。

如男主人所言，一出村就是坡路劈头盖脸迎面压过来，还没适应骑车的节奏，身体就已经疲劳不堪了。我们像赶了很远的路一样，一边气喘吁吁地爬坡，一边随时就势停在路边休息。太阳像一个大火炉烤着眼前的一切，水瓶在水壶架和自己之间频繁交替着，汗水流进眼睛，眼睛火辣辣地疼，全身上下没有一寸肌肤不在拼命地往外喷着水汽，头发在头盔的压迫下早已湿得不成样子，挂在车把上擦拭汗液的毛巾都能拧出水来了。公路下山一侧靠着山体，阳光照射不到，上山一侧是折多河，在阳光照射下，河水泛着粼光。我们本想靠着山体往上骑，但那样是逆行，迎面而来的车下坡速度快，路面又不宽敞，怕出事，只能顶着太阳前进。这样下去会中暑的，我想。

从泸定开始，318 国道成了全国乃至全世界最长的涂鸦长廊，骑友们不会放过他们所能见到的任何一块里程碑，甚至是新修的指示牌、路灯、护栏，还有路上的黄色分界线，上面都画满了各种吐槽的图文。看着路上留下的文字或漫画，无论你是什么来历，什么人，骑在这段路上，至少当时的心情都是一样的。看着路边的涂鸦赶路，在一定程度上缓解了疲劳，至少不会将注意力一直集中在自己身上。这一路上看到几条有意思的话语：①哥骑的不是车，是蜗牛；②推吧！别扛了！③你是傻×吗？还敢说不是？再骑十四公里试试；④这一刻，身上的内衣都显得多余，你看男生，可以光膀子！⑤好饿，康定在哪里，我要唱情歌！！……看到这里时，我也很饿，饿到胃痉挛、头发昏、两眼泛光，但快没水了是更严重的问题，喉咙干得似乎划一根火柴扔进去就能引燃，身上带着压缩饼干也不敢吃。就这样坚持了很久（至于多久，我已经没有时间概念了，有的时候车上一分钟也给人度日如年的感觉），在两棵大白杨树下、一座吊桥旁，出现了一家小卖部，先到的邓、书培和王海已经在树下等着我们了。

康定是一个看上去很闲的城市——当我没有中暑，也没有饿死，站在康定街头的时候，这是它给我的第一印象。在坡口停了一会儿，我们进城去找住的地方。康定不小，大家都是第一次来，不知道该朝哪个方向走，路边多了一些背包客和骑友，问过之后，知道前方不远处有一家叫登巴客栈的青年旅社，价格不高，环境不错，我们就照着指示牌找了过去。登巴客栈的装饰风格同其他青年旅社一样，简单但不失格调，朴素但不失华丽，旅馆分多层，由一个小巧的楼梯间相连，一楼宽敞的过道是所有楼层的出口，通过一扇看上去坚不可摧的木板门，进门左手边是休闲区模样的服务大厅，也是木板地面。此时的服务大厅除了靠服务台的一侧有几张供闲聊的桌子外，其余部分已经被自行车围得水泄不通。我们六人被分进一个不大的六人间，地上放了驮包之后基本上没有落脚的地儿了。今天虽不轻松，但赶的路是出发以来最少的，所以时间尚早。小杯具去洗澡，邓不想动，书培要去邮局盖邮戳，我劳烦他帮我也盖一个，而我，想去城里走走。

都说康定是情歌的故乡，我不知道这一说法的由来，但李依若创作的那首《康定情歌》让康定从此红遍大江南北、走向世界却是大多数人知道的事。我还小的时候就听过《康定情歌》，从此记住了一个叫康定的地方，会想要看一看跑马山，会想是不是那里的人都会唱情歌。当然，现在知道即便是这样一个情歌的故乡，也不是所有人都会唱情歌，就像不是所有的中国人都会武术一样。折多河从城中流过，河水异常清澈，要不是河水奔流不息的声音，会让人以为这河道中间是一块巨大的绿翡翠，从街的那头一直延伸到街的这头。大理石花雕护栏装饰着河道两边的人行道，绘有藏文图案的灯罩把路灯装饰得异常漂亮。顺着河道逆流而上，渐渐进入繁华区域，车和街道开始多起来，跨河而过的石桥将河两岸的交通连接起来，再往前走就来到一个我不知道怎么称呼的广场，我称之为"不知名广场"（我对自己不感兴趣的事物总是不擅长记忆，明知道记住可能会大有益处的东西也是如此。广场就是我不太感兴趣的场所，但写于此又不得不提，只能用"不知名广场"称之)，广场前方是一座供行人行走的跨河大桥，桥的正中有一些雕塑，材质是金属无疑，雕塑旁放置着可供歇脚的石条凳。我找一石凳坐下，朝来时的方向望去，康定城被高大的山体包围，几乎找不到一块开阔的地面进行城市建设，街道上的楼房在两岸高山的夹峙下，似无可奈何地分布在河的两岸。坐在城中的石桥上，要使劲仰起头才能看到两侧的山顶。康定作为甘孜藏族自治州的州府，自然成了甘孜州藏传佛教文化较为集中的地区，县城两边的山坡上插满了风马旗，甚至悬崖上都绘制了巨大的佛教图案。藏传佛教高深且复杂，但我对佛教没有任何研究，在此之前是零接触，所以看到这些也看不出一个所以然来。

虽说是八月，但太阳西斜后，河边吹起的凉风还是给人送来一丝凉意，我穿着拖鞋，不想坐太久，此时原路回去想必也到了吃饭的时候。回去时走了河岸的另一边，还是一样，楼房抱在一起般挤在河岸边上。不知不觉走进了菜市场，我顿时对里面的各种商品感兴趣起来，其中最引人注意的自然是各种野生菌了。其他商品在全国各地都见得到，但野生菌就不一定了。不是所有的森林都能长出野生菌，且野生菌在离开森林后极易腐烂，所以一些野生菌只能在产地才能见到。云南和四川都是野生菌主产区，野生菌种类多得不计其数。这些东西在哪里都算得上山珍，而且每一年的上货季节都集中在6—9月的雨季。在一家专门加工松茸的店门口，我停下来看一个藏族年轻人娴熟地给装有松茸的箱子打包，见我目不转睛地看着旁边的一筐松茸，他笑着说："这是出口日本的，打包完了就马上送机场去，这个在国内卖八十块一斤，你手边的那个，只卖四十。"说完，用下巴点了点我手边已经用苔藓包好的松茸。在家的时候，松茸到雨季也能吃到，时而贵，时而便宜，便宜的时候，老爸会买上一些回家，用纯正小酒泡上。松茸酒是何种滋味，我不清楚，白酒泡过的松茸是何种味道，我也不得而知，但用青椒腊肉一起炒的松茸的确是所有野生菌中最好吃的。

转回客栈，时间不早了，大家都在等我吃饭。书培早已回来，听他讲回来的路上碰到一个特别豪爽的藏族青年，带他去吃生牦牛肉，吃不完带了点回来，想当做明天的口粮。王海吃过饭后去了网吧，剩下我们五人就在门口找了家餐馆随便吃了点。饭毕，邓和书培回去了，而我和王明、小杯具想去看看康定的夜景。

三人一前一后沿着河岸走向城区，河边的柳树在橘黄色的路灯照耀下将斑驳的树影甩进眼前的河里，我们站在雅拉河汇进折多河的河口桥头上，看着前方的街景。

"宝哥，如果明天高反，这一路上我就保护不了你们了。"王明看着眼前的河水说。

王明说他从小练武术，而且因为见义勇为的事迹，他在攀枝花小有名气。在海子山一带，一直流传着骑友被抢的消息，之前王明就说要和我们一起走，有他在就不会让那些人得逞。

"怎么会。"我说。其实，我心里也没谱，安慰他也是在安慰自己："明天顺利过了折多山，以后就不用担心高反的事了。"

小杯具用相机拍着街灯，而我看着眼前的河水随街灯变换着颜色。

明天过折多山，都会顺利的。我对自己说。

折多山高反

闹铃此起彼伏响了好几遍，终于听到有人起床的声音。

折多山，对于康定城内每一个想要翻越它的同伴来说都是一个不小的挑战。连续上坡的长度（超过 35 公里）、爬升高度（约 1900 米）、海拔高度（4298 米）都是川藏骑行以来的新纪录。骑行川藏的队伍里流传着这样一句话：顺利过了折多山，后面想要高反都难。

虽是八月，但康定的早晚很冷，睡觉时除了被子，每个人还有一条毛毯。从房间的窗户往外望，天还未亮，但楼道里已经传来其他同伴出发的声音。我起床后来到放置自行车的大厅，发现自行车比昨天少了一大半。没有热水，我们只能用冰冷刺骨的冷水洗漱，整理完内务，开始收拾各自的驮包。驮包每天装了卸、卸了装，不知不觉娴熟了很多。我把前一天买的两个大饼挂在驮包后，罩上雨罩，今天不至于下雨，罩上是为了阻挡灰尘，也可以防止太阳暴晒。检查完车况，推着车来到公路上，天才微微亮。昨天爬山时，小杯具表现得力不从心，今天她将不和我们骑车上山，而是坐车到新都桥等我们，新都桥是我们今天的目的地。吃完早饭，太阳已经将第一缕阳光洒在了对面的高山上。

过了横跨国道的跑马山索道，我们不得不以爬山的方式告别康定城。康定天生就是一个让人不得不停留的地方，接近它，要爬山，离开它，还是要爬山，它就这样静静地躺在群山的怀抱里，等着各地游客的光顾。慢慢爬出康定所在的河谷，视野变得开阔起来，高原的太阳像用镜头纸擦过一样明亮，阳光像仔细筛选过般纯净锋锐，径直扎进皮肤。高大的山峦以咄咄逼人的态势强烈压制着将其收入视野的世人的眼睛，这种不可一世的孤傲带来催人泪下的震撼。天空蓝得像用全世界的蓝精心调制后抹上去一样，又在其中雕出几朵云来，这样的非现实感受无不让人有一种如入梦境般的错觉。一路上坡，出康定城约两公里，在太阳升起的方向，看见了旅途中的第一座雪山，什么名字不得而知，太阳刚好掠过山顶，在向阳面和背阳面形成明显的界线，停留在山麓中的白雪像一面镜子反射着阳光，刚生成的白雾厚墩墩地缠绕在山腰间，飘向山顶的天空。如果说康定城里看到的山像康巴少女，那现在看见的就是康巴汉子了，山体就是康巴汉子健硕的身躯，护着浪漫之城。

　　刚出城就遇到狗是我始料未及的。听说川藏一线的狗很多，而且脾性凶残，会主动攻击人。我对遇到狗该采取什么措施并不是心中有数，想着如果不小心遇上了，停下来或给点东西应该不会错，我是不会试图骑着自行车和狗赛跑的，下坡也不例外。在一户农家的小院儿前，我想停下来歇脚，刚站稳脚跟还没来得及取水，突然听到一阵短促的奔跑声并伴随狗吠，循声望去，只见一只硕大的狼狗龇着牙朝我跑来，我顿时吓得丢了魂，遇到狗该怎么办的种种设想早就飞到九霄云外，大脑一片空白，我把瓶子立在手中，做出搏斗状。狗在离我两米的地方一跃而起，我大叫一声，顺势举起瓶子，这时候才看清狗的身后拴着长长的铁链。它用爪子不停地刨着前方的土，喘着粗气，从喉咙里发出让人毛骨悚然的声音，脸上呈现出极度愤怒的表情，鼻子向上翘起，露出一排锋利的牙齿，整个背部连同尾巴上的毛统统向上竖起，像一根根钢针，目光所及之处似乎所有的一切都会融化。我慢慢收起已经高举的手臂，将瓶子轻轻放回水壶架，一面看着发怒的狼狗，一面缓慢地向前推着车，等终于退回到我认为安全的距离，并再次确定狗是被牢牢拴住之后，我上车迅速狂蹬。太阳像是突然变得燥热一样，只觉得全身汩汩冒着热气，脸颊火辣辣地发烫，手心势不可挡地往外冒着冷汗，心怦怦狂跳，车也好像有了脉搏跟着咚咚跳起来。身后的狗吠声让人胆战，但我始终不敢回头看，低着头一直往前骑，直到狗吠声淹没在心跳声中后才停下车来，此时已是以汗洗面，喉咙像用吹风机一直吹着，干得生疼。

到了折多塘时才刚过九点，而我已经有了饿意。邓还在朝前走，书培和另外的两个队友在后面，路上陆陆续续跟上一些人，远远的，前面已经开始有人推车了，我决定吃点东西再走。吃了几口大饼，书培他们还没见上来，我决定继续前进，到前面再等等看。

还是一路上坡。当然，在知道目的地是一个海拔更高的地方，而且还有里程的情况下，我还是希望一路上坡的。一路上坡，意味着爬升一米，高度就少一米，上前一公里，距离垭口就少一公里，最怕的是在上山过程中遇到下坡，这样一来，在余下的里程里又要爬回去，意味着坡也会变陡，这是很伤士气的，甚至在上山的路上都不希望有平路出现。朝前慢慢骑着，我开始遇上一些新面孔，这些都不是昨天一路到康定的，可能是从折多塘出发的(位于折多山山腰的折多塘是一个留宿点，一部分骑友会选择从这里出发，这样上山就会变得容易些)，也有可能是早些时候从康定出发的。有的推着车，有的朝前骑着但速度不快，与其说是我超过他们，不如说是我挪得比他们快一点，我也骑得很慢。前面一个左转是坡，爬到坡的尽头右转还是坡，总之，坡没完没了地在眼前出现，只有不时往回看时，才看到像"羊肠小道"一样盘在山间的来时的路，同伴们就这样慢腾腾向前移动着。眼前驶过满载货物的下山的大卡车，轮子冒着掺杂着橡胶烧焦气味的水汽，提醒我们前方的坡还很长。

太阳无情地烤着眼前的一切，路面上像有一层薄薄的水雾折射着光线，出现了如火苗般跳动的影像。我用舌头舔了舔发干的嘴唇，有一股淡淡的血腥味儿，嘴唇开裂了。高原上的紫外线强烈，骑车时水分蒸发量巨大，嘴唇开裂也是没有办法的事。两边的景色固然不差，但无休止的爬坡正在一点点磨蚀着人的意志，让人分不出心思来看什么景色了，现在几乎所有人都只有一个念头：爬到垭口。

我低着头只顾往前骑，看着汗水落到车架上慢慢蒸发，留下白白的盐斑。车架上只剩下最后一瓶水了，要省着点喝才行，我心里想。前面是不认识的两位同伴，走走停停，他们停下的时候，我报一声"加油"，又继续前进，我停下来的时候，他们报一声"加油"，又超过我向前。我们这样交替着前进了一段距离之后，他们就彻底推起车来，其中一位的脸色很难看。

我继续机械地踩着脚踏，看着前轮一圈一圈将路面往后抛，从一个里程碑到另一个里程碑的时间越拉越长了，时间像突然静止了一样，空间也随之静止，只有我还在不停地前进，近乎静止地前进。某一时刻，我开始感觉到身体的细微变化——至于在何时何地我不得而知——胸口像有一大股气在乱窜，胃变得不舒服起来，就像刚喝下一大瓶碳酸饮料，撑得整个肚子难受，想吐。我慢慢将车停在路边，太阳晒得人无处可逃，此时，茂密的森林早已被低矮灌木和草甸代替了。我取下驮包后的饼，虽然胃不舒服，但实实在在能感觉到饿，我决定吃点东西再走。往嘴里送了饼，喝水喝得太急，一个喷嚏倒是把饼从鼻孔里送了出来。抹了抹嘴，还是决定继续走。轮子咬着路面艰难地前进，自己看着都有点过意不去。远处山腰上出现了汽车的影子，预示着就算到了那里也不是坡的尽头，至于前面还有多少路，只能骑过去才知道。越往前骑，头变得越沉，呼吸开始变得急促，心跳也开始快起来，我把车停在路边，等着脉搏恢复。之前和我一起交替着前进的两名同伴和我已经拉开了很长距离，远远地看着身后的他们一步一步往前挪，我开始想我们这样是为了什么。私家车一辆辆地从眼前驶过，有时会从车窗里飘来一句"加油"，有时会从窗户里伸出一个大拇指，有时会有拍照的声音从耳边飞过。拍倒无所谓，只是现在我的脸色肯定难看得很。我晃了晃脑袋，耳鸣还是挥之不去，腿上像吊着一块铅坨，跨上自行车也显得有些艰难，不管怎么说，这山还是得自己慢慢翻过去。和大多数人一样，我在烈日下继续前进。

头疼得厉害，是那种排除一般意义上的头疼的疼，疼得我想不出什么直截了当的类似的感受，总之，就是疼。想睡，看到慢慢移向身后的草甸就想倒下去睡个天翻地覆，怎么都行。汽车从旁边驶过，抛过来的热浪重重地拍在身上，整个车子都跟着摇晃起来，休息的时间间隔变得越来越短，并不是刻意地去休息，而是坚持不住不得不休息，脉搏速率下降得快，上升得也快，脉搏过快让我不得不停下来。就这样，我趴在车把上睡过去了，迷迷糊糊之中只听到汽车从身边呼啸而过。像是来自另一个世界的声音，在告诉自己不能睡，但无论如何都睁不开眼睛。我不知道这一段时间里有没有骑友从身旁经过，等我终于睁开眼睛准备重新出发时，已经是半个小时以后的事情了。我依然低着头踩着脚踏，沿着公路前进，虽然知道只要坚持一定能到达垭口，但也给人一种在沙漠中迷路的感觉，不知道这样的煎熬什么时候才到头。我稍微喝了点水，让自己提提神，心率过快就停下来休息，避免再一次昏睡过去，就这样，我一百米、一百米地前进着。

前面一个骑友似乎在用同样的方式一步一步往前挪，但他的速度比我还要慢。他每一次上去骑几步就下车推着走或停下来，上坡推车其实比骑车累很多。我就这样不紧不慢跟着，最终到了他的跟前。

"兄弟，有水吗?"他问。

我停下比他快一点的车。他的脸色很难看，嘴唇发紫，眼睛极不情愿地强打着精神睁着。我从水壶架上取下唯一的一瓶水，晃了晃，说："我也只有这么多了，将就着喝吧。"我给他分去一半，自己留一半。很明显他已经渴了一段时间了，并不多的水被他一口气喝了个精光。

"谢谢。我的水给别人了，没想到这么久了还没到垭口。"他努力压着疲惫，挤出一个会心的微笑，像沙漠里盛开的花。

"哪里的话。"我微笑着说道。

"还有大约五公里就到垭口了。"他指着露出塔尖的信号塔对我说。

"嗯，一起加油吧，就快到了!"

五公里，在平时是一个很短的距离，现在却显得异常的长，每一次休息相对于前一次也就前进一百米左右的距离。我不敢抬头看，只顾着低头前一脚后一脚地踩着，看着码表上的时间，我告诉自己，再坚持一个小时就到了，再坚持一个小时就翻过折多山了，而此时的一分钟却怎么跳都跳不过，车子也和我一样煎熬着。当最后一个弯道出现在眼前，山坡上飘起平生第一次见到的经幡时，我激动得全身发软，差点连人带车摔倒在马路上，双脚突然间有了力量，双手却不停地颤抖。

在微微细雨中，我一口气冲上了海拔 4298 米的折多山垭口，喘着粗气，发出咆哮般的吼声!

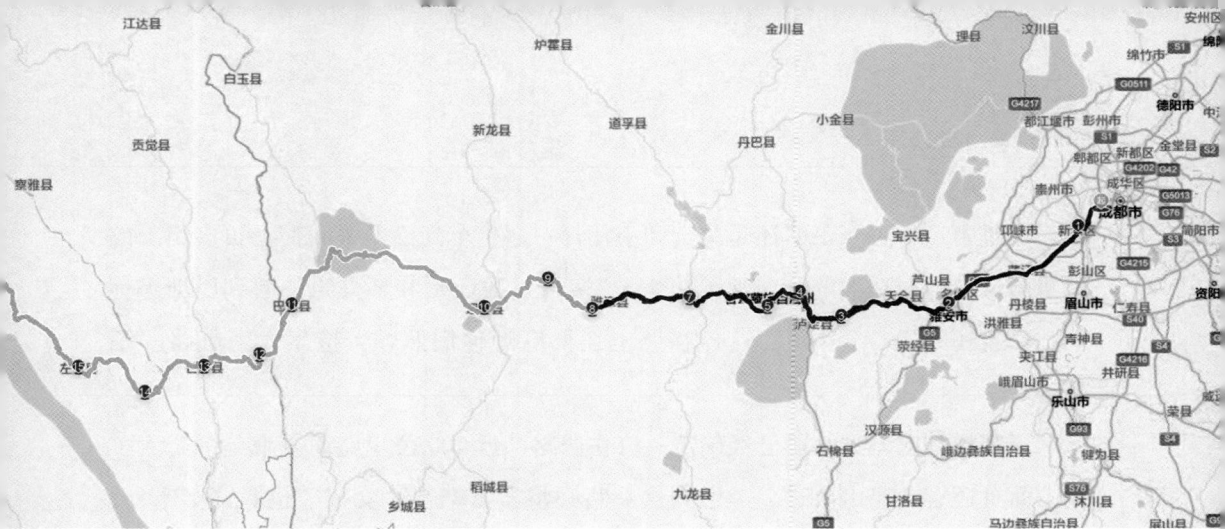

让人崩溃的高尔寺山

　　过了折多山，我们的队伍发生了很大的变化。

　　折多山的磨人不仅在于它没完没了的上坡，还有能影响一般人生理机能的海拔。除了路上碰到的骑友，我们小队也算是尝到了高反的滋味。小杯具搭车到了新都桥，没骑车，加上她的体质本身也不差，没有高反。邓、书培和王海则是轻度高反，要么头痛，要么瞌睡，但总算是坚持到了垭口，而王明要严重得多。他后来告诉我，在上山的路上，头疼得厉害，想坚持到垭口，但最后还是躺在路上昏睡了过去——那种控制不住的、情不自禁地想睡，就像被人下了迷药一样，没有找什么草地，也没有靠路边，就势躺在了自行车旁，当时有书培和王海陪着，可就是不见他醒来，脸色想必相当难看。后来是一辆私家车把王明带到了垭口，他来到客栈就没有再起来，径直睡过去了。

　　到新都桥的第二天，王海独自走了，他说他在路上将不做任何休整一直到拉萨，他就想试试看如果不休整，几天能骑完川藏线。我说这一路出去都在修路，而且海子山——卡子拉山一带都是出了名的抢劫地带，他一个人不怕？书培说王海的胆大，也能给我们探探路。我们决定在新都桥休整一天，一来好好适应一下高原的气候，后面的海拔将越来越高，二来想在客栈找找伴，接下来的路上人多些也好有个照应。就这样，我们结识了王伟等八人组。

经过再三考虑，王明还是决定和小杯具一起坐车到巴塘等我们。折多山上的严重高反让他对后面的路产生了担忧。"宝哥，我还是和杯具姐一起到巴塘等你们吧，我还是担心会高反，这样在路上还要麻烦你们照顾，拖累大家赶路。"王明说。

新都桥到巴塘这一段已经确定一直在修路，近400公里路简直就是一个大工地，而且还有5座山要过。考虑到这一路必将异常辛苦，女孩子也有诸多不便，我们做出了让小杯具先走的决定，王明和小杯具将在第二天从新都桥坐车出发，前往巴塘。我、书培、邓将和八人组，还有其余一些同伴继续骑车上路。

天微微亮，深蓝色的天空像一条轻巧的棉被，下面安静地躺着小巧的新都桥，远处的群山像起伏的胸脯，近处的院子朝向路的一边，一排白杨亭亭玉立，向日葵积满露水或抬头或低头，等待着第一缕阳光，客栈大厅从门缝里挤出几缕黄色的灯光，偶尔能听到几声远处传来的公鸡打鸣的声音，这似乎是世上仅有的声音。虽然偶尔有车从前面的国道飞驰而过，带来与这一切不协调的动静，但也无伤大雅。从整体来说，这是一个无风的、安静得低于一般分贝测量仪最低测量值的早晨。一会儿，陆续传来有人起床和整理车架的声音，看时间，早上六点半。闹铃还没响起，但已经是起床的时间。

镇子在前方不远处，那是我们早上吃饭备干粮的地方。除了各种各样的车之外，大大小小的猪和牛以及所有人共用着这条穿城而过的国道。我们把车停在路边，或靠在电线杆上，或靠着墙角，坐在馒头店简易的餐桌前，吃着油条，喝着豆浆，数着从眼前走过的牦牛。牦牛大军卷起的夹杂着食草动物粪便特有气味儿的漫天黄尘后是赶牛的藏家小孩儿，算不上干净的脸庞上有一双清澈的眼睛，蓝得像高原的天空，纯净得像冰山上的泉水。一个馒头、三根油条、一碗豆浆，这是早饭；两个馒头、一包榨菜，这是午饭。看着前方撒下来的拉着巨型搅拌机、钢板钢筋的大卡车，想必前方的工地已开始开工了。骑上车的那一刻，阳光已经转过墙角，斜斜地打在脸上。

只知道前面在修路，但修到什么程度不得而知，只见从旁边驶过的工程车一趟趟地往前送着建筑工人。出了镇子，跨过一条小溪，烂路如愿以偿般出现在眼前，在倾斜的太阳照射下，能感觉到薄薄的灰尘静静地躺在路面上，灰尘上方铺满瓶盖大小的碎石，平滑的、有棱角的，行走在上面就像进入了戈壁滩。路的一边，不高的挡墙预示着路面修好后所要达到的高度。出城还没两公里，就见到了坡，虽然时至今日见到坡不是什么新鲜事，但在路两边垛满了钢板水泥钢筋、路中间布满灰尘碎石还是第一次。我们不约而同地低头前进，小心地避着碎石。爬到坡顶，前方的路从一个不大的山包中间穿过，一台挖掘机挖着右边的山坡，把土方倒进等候在旁边的卡车里，卡车横在路中间，路面是松软的土层，作业区的挖掘机左右移动，使得不少骑友堵在前面，工地上的工人停下手边的工作，认真打量着骑车的我们。我们推着车，陆陆续续从挖掘机前走过，前方是一个很长的下坡，在对面的山坡上，看到了写在山坡上的巨大的六字真言。我默默念了几遍，可不是念成五个字，就是七个字，罢了罢了，总之，希望佛祖保佑这一路能顺利到达目的地。

越往前走，工程越是进行得如火如荼，连日来的高温和来来往往的车辆，让地上形成一层厚厚的尘土。汽车从身边驶过，两米开外的队友就消失在滚滚烟尘中，我只能停下来，等眼前的灰尘散去后再重新出发，眼睛进沙了，只能靠不停地眨眼睛，用泪水将沙从眼睛里排出，身上已经找不出一寸干净的地方了。下坡和上坡一样要小心翼翼，速度太快而轧到路边的碎石极易造成自行车的侧滑，总之，在这样的路上，上坡和下坡要一样地慢。就这样不知前进了多远，公路就拐入一条少了钢筋水泥的柏油路，虽然路面已被大车压得面目全非，大车呼啸而过时还是会让人被灰尘遮住双眼，但已不是实际意义上的"搓板路"了。碎石少了，路上显而易见的水坑和塌方能轻而易举地避开。在这样的路上自然能提起不少速度，后来才知道，这条年久失修的国道在高尔寺山隧道贯通后将不再使用。从山腰上往下望去，老国道就像一条白色的哈达盘在高尔寺山腰间，新修的国道从山下的某一个路口沿着河谷延伸到隧道口，火柴盒般大小的卡车从隧道口进进出出。我禁不住想，等隧道贯通，翻越高尔寺山就不用再峰回路转了，就像二郎山一样，对于骑行川藏来说又将少一座磨人的大山，可这又将失去多少故事呢。

高尔寺山虽然高过折多山，上山的路也不好走，但坡度没有折多山那么吓人，只要沿着公路慢慢盘，不要去惦记什么时间，不要去惦记什么里程，垭口就会不知不觉出现在眼前。对于我，在骑长途的过程中，我会尽量找其他事情分散注意力，把自己的意识从身体疲劳上挪开，或制定易于完成的小目标，比如在城市，我会试着数路灯，告诉自己骑过第十个路灯就休息，或过三个十字路口就休息。对于盘山路，没有什么路灯可数，树木太多也找不好参照物，但弯道却多得是，我就告诉自己下一个休息点在哪一个弯道，这样一个弯道又一个弯道地去攻克，总能在不知不觉中将从山脚一直盘到山顶的"巨无霸"踩在脚下。当然，数里程碑也是一个不错的选择（如果有的话）。

高尔寺山垭口是一个开阔的大草甸，时值八月，草甸被大大小小、五颜六色的野花装饰得像一块巨大的花地毯，盖在整个山头上。一堆写满六字真言和其他藏文的碎石堆成玛尼堆模样，并插上了三根风马旗，经幡随着清风微微颤动，像鱼的尾鳍。远处的几根电线杆腰上缠满了经幡，随风舞动。垭口唯一的建筑是一间厕所，旁边高高立起的蓝底白字指示牌上写着：高尔寺山，海拔4412m。

我在玛尼堆模样的石堆旁坐下，将车靠在一边，吃今天的午餐，两个不大的馒头和一包榨菜。看着由远及近的高山和由远及近的白云，这是我平生第一次看到如此层次分明的高山、如此层次分明的白云，白云和高山不受任何限制在这广袤的天空下随意展开。躺在软绵绵的草地上，看着周围不知名的野花，真想化作一棵小草，即使淹没在这漫漫花海中也无所谓，我要的只是能和它们一起享受这自由的天空。

垭口来了两辆"津"字牌照的越野车，从车上下来一堆男女在垭口拍照，我们也歇得差不多，人到齐后就陆续下山了。本以为过了垭口就是一路的缓坡，没想到前面还有一段不大不小的起伏路，上坡还是下坡，过了垭口就全都装在眼睛里了。路面不是完整的柏油路，虽然已经开始修隧道，但隧道还未贯通，所有经过318国道的车都还在使用这条路，一方面在用，另一方面又没有维护，所以路烂得相当可观，在大大小小的石头上颠簸着下山，又过了一条小溪，就看到传说中的高尔寺山警务站，写有警官电话的警务站指示牌已被淤泥遮去一半。再往前是一段缓坡，大家都放慢了速度，那两辆"津"字牌照的越野车呼啸着从我们身边驶过。队伍越拉越长，到了一块台地，走在前面的我们决定停下来等一等后面的队伍，王伟迎上来时，我们才知道他的货架断了。他做了必要的捆绑，打算到雅江再维修。往前还是缓缓的上坡，我心里嘀咕着，这垭口都过了怎么还是上坡，从垭口到雅江大概五十公里，海拔要下降近 2000 米，再这样下去，下山路还了得。我们就这样沿着不知道在什么地方会突然蹦出一个震撼人心的下坡的上坡路上骑着，两边还是贴着天的草原，黑色的牦牛皮毡房零星点缀着繁花盛开的草原，牦牛庞大的身躯在漫无边际的草原面前显得格外的小，小得像不小心就会被风吹起的蒲公英。

不知什么情况，前面的队友突然停了下来，我朝路基下望去，才注意到离路边不远的草甸上，停着刚才从我们身旁呼啸而过的越野车，很明显他们遇上麻烦了。一问才知道，他们一路开过来，看到这边风景不错就把车开到草地上去了，可没想到这里是片沼泽，前面的一辆车陷进了泥里，后面的车看到情况不妙就没有再前进。前面的车试着冲出去，可轮子空转几圈之后，不但没出去，还越陷越深了。后面的车已经挂好了绳索打算把前车拽出去，我们也想助一臂之力。我们11 人把车靠在路边，走下路基，像拔河一样，大家都站在绳索两边，随着牵引车的发动一起使劲儿，可沼泽就是沼泽，一使劲儿反而所有人都往下沉。我们试图用路边的石头，在陷进去的车轮下填出一个受力点，让车轮能垫着石头出来，可试了几次还是不行，看着时间一点点过去，我们也无能为力，遂建议他们到路边找一辆大卡车再试试，毕竟靠人的力量根本行不通。车主连连道谢，我们反倒觉得不好意思，没帮上什么忙。

向车主告别后我们就出发了，上了一段缓坡之后，前方出现一段小小的隆起的路，再往前是一望无际的天空，路好像突然消失在眼前。越过隆起的路，不远处有一面小的经幡，同时出现的还有一个 90 度的拐弯，沿着眼前的路来到弯道前一看，嗬！高尔寺山的下山路突兀地出现在眼前。虽然看不清下山路的全貌，但隐隐约约能看到路面从草甸盘着进入森林，再延伸进峡谷，远处已经消失在弯道里的车卷起的黄尘还飘荡在幽深的峡谷里。我下车整理了一下雨罩，让雨罩紧贴着驮包，避免因下坡太快而导致雨罩被卷进轮子里，同时试了试刹车。后面的队友都朝前走了，我跟在他们后面也下山了。

我拐过眼前的这个弯，沿着缓坡滑下山，路面还算平整，没有刻意减速，就这么溜着，两边的天空被突然长高的山体向内压缩着，视野里除了蔚蓝的天空，开始塞进低矮灌木和高大的天然冷杉林。还算顺利地拐过几个弯，冷杉林替代了低矮的灌木，彻头彻尾的烂路在前方出现，整个路面消失不见，只剩下巨大的坑和当时作为承载路基的巨大石块，坡变得陡峭起来，像是把车骑进了采石场。我使劲捏着刹车控制着车速，车速一快，自行车像是被整个抛起，然后重重地砸在地面上，人受不住，货架也可能出问题。面对这突如其来的烂路，我决定靠边整理一下驮包，避免驮包脱落。

重新上路时，我捏紧刹车一步步挪，这和上坡没什么两样。轮子磕在前面隆起的石头上，产生的强有力的后坐力让自行车得到减速，但身体由于惯性不得不前倾，等身体重新回到正常骑行的节奏时又遇到强有力的后坐力。如此反反复复，整个背部像抽了筋，酸痛得厉害。自行车就这样慢慢往山谷滑去，手一刻也没敢松开。想到费这么大劲儿上来就是为了能顺顺利利地放一个坡下去，翻过高尔寺山，没想到下山路却是这样。上山是腿蹬到麻木，现在下山是手捏手刹捏到麻木，如此下坡下到满头大汗还是头一次。下坡下到一半，身后传来汽车的鸣笛声，我朝路边靠了靠。车到面前又按了一次喇叭，我才看清这是刚才陷在沼泽里的越野车，后来知道他们找到了一辆大卡车才成功脱险。我试着挥了挥手，又立刻把手放回车把上，在这稍不注意车就会往前栽的坡路上我丝毫不敢大意，看着汽车刮着底盘驶下山，我都为他们感到心疼。长时间捏着刹车，人的重量也基本上从臀部转移到了手腕上，手心早已麻木，大拇指开始失去知觉。照这样下去，下山要花掉四个小时，到雅江如果不能继续往前赶，第二天的剪子弯山就是一个天大的挑战，难度远超折多山。我试着提高下坡速度，在保持平衡的前提下开始松手刹，自行车瞬间像变成了兔子，在路上乱跳起来，双手好几次被抛离车把，每一次落地后货架上的打气筒和驮包发出哀号般重重地摔到货架上。轮子在厚厚的黄灰里吐着"烟圈"，再往下，坡度陡然增加，虽双手紧捏刹车双轮抱死，但车子却在碎石路面上玩起了漂移，丝毫没有减速地继续往下滑，我吓出一身冷汗，不知如何是好，只能把握好方向后找凸起的石头撞上去减速。我慢慢往下滑，在碎石路面上靠双脚辅助制动。慢慢地，双手从原来的麻木变成了失去知觉，十个指头像触电一样麻酥不止。等滑到高尔寺山隧道的另一个出口，在路边一顶工棚的后面，我看到了首先下到这里的其他人，每个人看上去都像刚从水泥厂卸完水泥出来，身上挂满厚厚的尘土。

王伟递过来半个橘子："宝哥，这是刚才车上的人送的，说谢谢咱们帮忙。"

我接过橘子，手指还在试着恢复知觉。前方半山腰上，一台挖掘机往山下的河里抛着石头，顺着河道，前面的拐弯把国道送进另一个峡谷，阳光从峡谷的缝隙中露出狰狞的面孔。

相克宗在哪儿

　　眼前是雅砻江的一条支流，说是支流，水量却大得可以，河水像脱缰的野马争先恐后地沿着河床向下游奔去，在峡谷间留下震耳欲聋的响声。道路两边的树木和野草都披上了一层厚厚的尘土，看不清本来面目。蓝色屋顶的工棚分布在河谷中地势较低的地方，两边插满了红旗和标语，整个 318 国道的路面改造工程承包给了不同的承建单位，每一个承建单位的进度都不一样，有的准备铺沥青；有的还在做挡墙，钢筋水泥到处都是；还有的才刚刚开始。这样的路让人苦不堪言。总之，七零八碎的，没有一块像样的地方能够骑车，自行车只能压着厚厚的灰尘、颠簸的路面，吐着"烟圈"，沿着浑浊的河水一路而下。

　　只知道雅江县城就在附近，但什么时候能到，还有多远，我并没有多大把握，眼前除了高耸入云的高山和浑浊的河水，再无其他。出发前准备的川藏南线海拔里程图和码表总有出入，慢慢地，也就不再依靠这不靠谱的里程图了，只凭着感觉往前走。在"搓板路"上顺势而下，一些路段因排水不畅的缘故，路面被水冲得面目全非，泥沙碎石被冲走，留下深深的沟壑和锋利的石头，经过这样的地方，自行车只能慢慢前进。汽车驶过，混杂着浓烟和汽油的黄土被高高抛起，附着在车上、人身上、水壶上、链条上，自行车此时像一部老朽的机器，咯吱咯吱响个不停，手拨也变得不灵活了。这样不知走了多远，经过一个村庄，在不远处看见高高立起的牌子，上面写着：雅江。而前面的道路破烂不堪，黄灰弥漫，怎么看都不像是要进入县城的样子。

进城之前，我就近找了一棵核桃树停下，坐在树下的树墩上等后面的骑友。这一路上我一直在前面，不知不觉就和队友拉开了好远。手套、腰包、衣服裤子早已积上了厚厚的尘土，水壶架上的两个矿泉水瓶像扔进泥潭里滚过，自行车的边撑牙盘链条被灰尘遮掩得严严实实，上了链条油也无济于事，还是咯吱作响。我身后是奔流不息的河水，一路的施工，已经让眼前的河成了泥河。我打电话联系相克宗村的大阿三——这是在新都桥登巴客栈的前台看到的联系方式，如果住店，大阿三会提供雅江到相克宗村免费托运行李和自行车的服务。雅江到相克宗村是17公里，住宿的价格不高，还有饭吃，想想这样也不坏。住在相克宗，就相当于住在了剪子弯山的半山腰，这对第二天的翻山是大有益处的，能让我们尽早赶到下一个住宿点。我告诉接头的少年，我们已经到雅江，可以出发了。接着，我开始整理身上的盘缠。

队友是半个小时以后到的，一个个被一团灰尘包裹着从眼前经过。原来一路上这么慢，是因为有队友的货架断了，断了3个——从翻越高尔寺山到雅江县，11个人的货架断了4个，不得不说这是一段很艰辛的旅程。其余人重新分了东西，让货架受损的队友轻装前进，到雅江再做修整。接头的少年来了几个电话，我只能回复快到了，没想到看见了雅江的指示牌还要继续骑行好几公里。少年说他在雅江隧道入口处的摩托车修理店等着。王伟跟上前来问我今天晚上住的地方能不能换货架，如果不能换，他们八人只能留在雅江修车，这样的路没有好的货架根本就不行，也就不能到相克宗了，我说我也不清楚，只能见到接头的少年再说。

我们直接到了雅江隧道的入口。隧道这头，雅江县城在国道的一侧，至于隧道那头是什么，只有过去了才知道。我给少年打了电话，说马上就到。队伍找到一块树荫，一个个灰头土脸，不管三七二十一，往地上一坐等着少年来。不远处停着一辆警车，时不时地从里面伸出一个脑袋看向我们，又缩回去和副驾上的人说着什么，似乎对我们的来头很感兴趣。不一会儿，电话响起，是少年，同时，我也注意到隧道口站着一个身穿牛仔裤、白色短袖衬衫、端着手机东张西望的十六七岁的少年，身边跟着一个个子稍高一点的年轻人。我挂断电话，向他挥手，少年见状跑了过来。

"你就是大宝吧，我家的车在隧道的那边，你们跟我过去吧。"少年说。

我说："我们在路上出了点意外，有同伴的货架断了，不知道你们家有没有自行车货架？"

"货架，有。"

听到有货架的消息，其余的骑友来了兴致。其中一个骑友问道："你们家有多少？"

少年说："要多少有多少。"

听到这话，骑友笑了，少年觉得是不是有什么地方说得不对，补充道："你们的肯定够。"

另一个问道："你们家的货架是钢的还是铝合金的？"

少年一副丈二和尚摸不着头脑的样子，说道："我听不懂。"

骑友上前来，指着我的货架说："你们家的是不是这样的？"我的货架是钢的。

少年歪过脸来看了看，还是拿不定主意。

"算了算了，"骑友说，"你家一个货架卖多少钱？"

"别人卖多少我家就卖多少。"

"别人卖多少？"

"我也不知道。"

骑友急了，说道："这和别人哪有半毛钱关系呀！货架是你卖，又不是别人卖，你到底有没有货架？"

少年也急了："有，有，有货架，前几天刚到的嘛，价格和别人的一样嘛，我哥应该知道，我打电话问一下。"

我们等着少年打电话，货架断了的骑友已经被这个一问三不知的少年气得不成样子。少年用藏语和手机那头吵了半天，终于给出了一个确切的数字：35 块钱一个。35 块钱能换上新的货架，骑友没话说了。

　　确定今夜会住到相克宗，我们随少年穿过隧道。过了隧道，见到横跨在雅砻江上的公路桥，双向双车道，中间的隔离带等间隔立着藏文图案装饰的路灯，晚上路灯全开时想必十分漂亮。桥下的滔滔江水流向县城的方向，看着肮脏的自己，此刻真想跳进江里好好洗一洗再赶路。到桥头，少年让我们将车停到树荫下等着，他哥哥到城里买菜，一会儿就到。树荫下的我们就像刚从前线撤下来的溃军，狼狈不堪。我环顾四周，雅江处在一个深深的河谷中，两边全是山，雅砻江是否穿城而过不得而知，但肯定经过城的某处。转身看到一辆不大的面包车，正在往停在前面的另一辆面包车上转移着自行车，面包车的周围游荡着几个骑友的身影，这些应该是搭车上山的骑友。就在这时，从前车里跳下一个人来，我仔细一看，是小杯具，在人群中又找到了王明，我喜出望外地迎了过去，小杯具和王明同时看到了我，也迎了过来。

　　"你们怎么还在这里，今天不是一起出发的吗?"我说。

　　小杯具递过来一串葡萄，说："是啊，你们出发没多久我们就上车了，可这路烂得超乎想象，面包车底盘低，一路蹭着路基上山，下山也是慢得可怜。在下高尔寺山的路上遇见你们了，可是当时车晃得厉害，乍内坐的人又多，拥挤不堪，根本打不上招呼。"

　　"在这样的路上坐车，我会害怕。这些人都是在新都桥上车的?"我指了指在车前的那些人。

　　"都是住登巴客栈的，大家都知道前面的路很烂，就不想受那份罪，打算直接坐车到理塘，从理塘出发。"

　　"现在才到这里，今天到不了理塘了吧?"

　　"唉，别提了，"小杯具看上去很恼火，"本来和司机说好了直接送我们到理塘，可到这里他又不去了，这钱都给了，没办法，他就给我们找了另一辆车，现在正在转移物资呢，也不知道要弄到什么时候，眼瞅着时间也不早了。"小杯具低着头，用脚尖踢着眼前的石头。

　　"你和王明一起走，我们放心，路上至少有照应。我们这边有这么多人呢。"我说。

"宝哥,"王明这时插话进来,"杯具姐跟着我,你们就放心吧,我会照顾杯具姐的。我怎么没有见到书培呢?"王明刚才一直在骑友中找着书培,他们是一起从成都出发的。

"书培在下山路上远远超过了我们,没有停留,自己先走了,走之前我们统一了目的地,他应该是上山了。"

"宝哥,书培就跟着你们了,我们三个人一起出来,现在就剩他一个人了,跟着你们,我放心。"王明说。

"大家都是兄弟,路上都会相互照应的,放心吧。"

"嗯。"

这时,少年和一个成人模样、皮肤黝黑、手里提着两大袋蔬菜的藏族小伙从桥上迎面走来。这应该就是少年说的到城里买菜的哥哥了吧,我和小杯具、王明道别,随队伍出发了。

我们到前面的弯道上卸下驮包,打算空车上山。大阿三的面包车就停在出了桥头的第一个弯道里,面包车后排的座位已经拆了,留出一大块空间,专门用来堆放行李。我取下驮包,拿出两个备胎,留下气筒,其余的一股脑儿地扔进了车厢,其他车友也都尽量减轻负重,把用不上的东西统统往车上扔。大家卸好装好后,少年说可以有一两个人跟着一起上去,照看行李。我们几个决定让不能再坚持的兄弟上车,其余的人骑车上山,最终是多少人上车已经记不清了,我们几个决定骑车上山的人提前出发,看码表是下午五点整。

从雅江出发,几乎没有缓冲的余地,下了桥头就开始剪子弯山的攻克战。前方已经不再是什么"搓板路",更不是什么柏油路,而是土路,被山水冲刷的沟壑纵横的土路,沟底流淌着从山里溢出的泥水(道路两边在进行护坡和挡墙的施工,碎石、泥土和山水混合在一起,一起倾泻到路上,沿着冲刷出的沟壑到处漫流),路面上是凹凸不平的石块儿,靠河边(雅砻江的另一条支流,川藏公路的上山下山永远与河流相伴)是刚挖好的松软的泥土路基。由于路面狭窄,基本上只能容纳一辆车上下,在路面上又增加了两条深深的车轮印子。没有车的时候,我们就沿着车轮印子往上骑,遇到车时,我们就从车轮印子里出来,沿着积满厚厚一层黄灰的路的边缘前进。车轮印子里是水道，离开水道又骑进黄灰里，黄灰就像面团一样裹在轮子上，最后停留在 V 刹所在的位置，慢慢地，V 刹就被厚厚的稀泥裹得严严实实，一样被溅满泥水的还有车架和牙盘。越往上，坡度越大，就像高尔寺山的下山路，使劲儿往下踩着脚踏，手臂会产生一个向上提车的力，加之路面不平整，这样前轮就硬生生离开了地面，整辆单车向上翘起，如果后面还有驮包，必将是一个后仰式的翻车。我本想下来推车，但根本推不动，只得又骑上车，像要杂技一样一步一步往前骑。

骑车速度怎么都提不起来，时速总在五和六之间徘徊，慢慢地，变到四了，比常人走路还要慢。公路在山谷的边坡上来回徘徊，此时西下的太阳正面照在脸上，正好给凉下来的身体增加温度。队友逐渐消失在前面的弯道里，目测一公里，大约 20 分钟的路程，我知道后方还有几个骑友，所以不担心会掉队。此时就是饿得难受，三个馒头加三根油条，这是早上天不亮起床到现在吃进去的所有东西，对了，还有一包榨菜和几颗葡萄。额头开始慢慢冒虚汗，手心也是大汗淋漓，双脚发酸发软，使不上劲儿，上坡本身就艰难，现在还是在布满黄土尖石的路面，更是难上加难。拉着驮包的面包车在半个小时前就超我而去了，车在经过时停下来打招呼，我摆手示意让它先走，面包车艰难地吹起一阵黄灰后，终于重新启动，摇摇晃晃地重新回到眼前的土路，自行车在车顶上艰难地立着。快天黑的时候，路边的施工队开始陆续下山，只有我，还有消失在前面的队友一步一步朝着目的地前进。

路的一边，小溪欢快地流着，这让我想起了从雅安到新沟，也是一路的山泉水。一辆洒水车上下不停地往路面上洒水抑尘，黄土遇到水就在表面结成块，由于黄土太厚，表面结成块但内部还是稀得像面汤一样，自行车一过，泥块沿着车轮绞进刹车，形成巨大的阻力，我不得不骑一段就停下来，用木棍把积压在刹车上的稀泥刮掉。这样两个小时过去了，而里程数还未到十公里，相克宗村还在七八公里以外的什么地方。肚子已经空叫了很久，口腔不停地分泌着口水，我一个劲儿地往肚子里咽。胃似穿孔般疼痛，我实在受不了就停下车揉一揉肚子，揉着揉着竟然满眼泪花，又打嗝，可什么也吐不出，还流口水。我从水壶架上取下水瓶，试着用不多的水充饥，也向路过的大哥们讨吃的，可他们什么吃的都没有。慢慢地，天色暗了下来，太阳也不知在什么时候躲进了后面的山里，路上已经没有人了，看着两边幽暗的森林，我有些害怕，想到后面还有队友（因为他们一直没有超上前来），心里才踏实得多，但我往回望时，看不到任何人。

我开始产生幻觉，应该是在距离相克宗五六公里的时候，肚子闹腾得越来越慌，胃酸痛得让人想吐，但没什么东西可吐。双腿开始打战酸软，再到使不上劲儿，双手好像也跟着一点点失去知觉，似要离自己而去，轻的感觉不到重量，明明知道眼前是自己的双臂但看着却陌生得很。自行车咬着路面艰难地前进，我已经不能很好地判断路面情况，渐渐变暗的路面看上去很平整，但自行车前轮磕在前面的石头上被反弹回来时，才知道自己轧上了石头。听到身后传来摩托车的声音，我回头看，是两个少年，嘴里还大声叫着，坐在后面的少年手里拿着两根大树枝一路刷着路面，在身后扬起满天的黄土，摩托车从我身边经过时，我差点就晕倒在马路上，什么都看不见。我把车扶到路边，自己顺势靠在新修的护坡上，双脚站在水沟里，任冰凉的水咬着脚底和脚背。我想等一等后面的骑友，等着他们一起走，说不定他们能有吃的。

我就这样闭着双眼，静静地呼吸，回忆着出发前到现在的每一幕，想找一个让自己继续坚持下去的理由，就算是一瞬间也可以。出发前，我告诉自己，这一路上无论做出怎样的决定，都要无愧于心，至少，不要自责。现在还没到不得不放弃的时候，后面的五六公里，再坚持两个小时的时间一定可以，我重新打起精神，喝下最后一口水，天色已经暗下很多，马上就要天黑了。行走在前方的路，就像把车骑进了河床，坑坑洼洼的路面、大大小小的石头，把接触到其上的所有物件都往反方向推，好几次自行车直接被阻停，甚至被弹回，我还是咬着牙前进。

等后面的车驶到我面前时，我才知道有车出现，我快睡过去了。面包车按了几声喇叭，从车窗里探出几个头来，喊着"加油！"，车顶上同样立着几辆自行车。他们搭车走了。

现在我身后没人了，前面的队友到了什么地方我不知道，后面不再有其他人，这个世界上，似乎突然只剩下我这么一个孤苦伶仃的骑行者。突然感到很孤独，这种感觉很奇怪，好像被活生生抽走了灵魂，得知身后再无其他人的时候，我委屈到想哭。我真想把车扔进眼前的水沟里，抱头大哭一场，在心里爆了无数句粗口。我稳了稳情绪，往前推着车，看了几眼手机，没信号，两边是茂密的森林，我只知道，在森林的某处，有一个村子，叫相克宗，这是我唯一的希望。

在一处加水点(山里水多，随便往山里引一根水管出来，就是一个加水点，所以没人看管)，看到一辆正在加水的皮卡，我走了过去。车的前盖开着，一个人的脑袋伸进了车里，另一个站在一旁抽着烟，看到我过去，用异样的眼光看着我。

"大哥，有吃的吗，水也行。"

他上下打量着我，把烟头扔进了水沟里，说道："吃的没有。"他继续用异样的眼光扫视着我，好像出现在眼前的是他从未见过的生物："你同伴都坐车走啦，就剩你一个？"

"应该只有我一个了，我后面没人了。"我说完，觉得嘴角发酸，使劲儿咽了一口唾沫，喉咙憋得生疼。

"你为什么不坐车走，你要去哪儿？"他打开车门，在驾驶室里翻着什么。

"我要去拉萨。"

"你要去哪儿？！"他把脑袋从车里抽出来，惊愕地看着我。

"不是，我今天到相克宗。"

"拉萨可不近，远着呢。相克宗，这时候你要到相克宗？"他还是一副不敢相信的样子。

"对，今天我要到相克宗。"

"天呢，这时候去相克宗，这一路可有野兽的，晚上出来，怕得很。你有水壶吗？"

我从水壶架上取下矿泉水瓶递过去，他走到水管前接了一瓶水递过来，说："喝吧，这就是水。"

我接过水，没多想就咕咚咕咚喝起来。我明知道这是山里的水，看上去清澈无比，但干不干净不得而知，看着这灌满山泉水的瓶子递到眼前，心里却没有任何的犹豫和抵抗。

"可怜。"他说。

这是我从他口中听到的最后两个字。我将瓶子放回水壶架，推着车继续朝前，头不回地朝前走，我发誓我要在天完全黑尽前走到相克宗。推得太慢，我就试着骑一段，这样骑一段推一段，从六公里倒数着前进，五公里，四公里，三公里。饥饿难耐就到沟边接一瓶水一口气灌进肚中，用水稀释着胃酸，用隐痛来代替阵痛，胃撑得难受却空得像大海。一天的排汗让电解质损失严重，整个身体就像一棵被虫掏空的树干，直挺但脆弱。我不知道此刻摔倒在眼前的路面是否还有勇气再爬起来，我不敢去试，即使是故意的也不敢，我怕，我怕身体一接触地面就溶进眼前的土里，化作一摊脓水，尸骨无存。我知道一直有个自己像吊在头顶的氢气球一直拽着我前进，现在肉体所承受的早就超出了生理极限，它可能表现的双眼暗淡无光，双脚软弱无力，可它知道，头顶还有一个自己能用响亮的声音给自己加油，给自己打气，我们都不该让对方失望。

当数到零公里而我眼前还是什么都没有时，说绝望透顶一点都不过分。我深深吸了一口气，发现自己在颤抖，这颤抖不是来自外部的寒冷，而是内心绝望的哀嚎，天上不知不觉洒满了星星，像撒在黑幕上的钻石。这样漫无目的地走下去也会到的吧，只要不停下来，总是会离目标越来越近的，我这样想着。

我拖着疲惫的身体继续走在沟壑纵横、浊水横流的土路上，爬上一个不大的坡，终于看见了前方的点点灯光，是的，千真万确、货真价实的灯光，无声中，两行泪默默地流过脸颊。

走到村口，遇见一个到沟边打水的大姐，我问大阿三怎么走，她歪着脑袋看着我，我指了指水桶里的水，她用瓢给我灌了一瓶，我咕咚咕咚喝起来，喝毕，又问她大阿三怎么走，"就是睡觉的大阿三。"我说。很明显，她现在才听懂了我要问的话，指了指竖在我前面两米远处的牌子，牌子背对着我，我推着车走了过去，借着微光，看到牌子上写着：大阿三家庭旅馆，前方300米！

158 道班的晚饭

　　下高尔寺山的时候，书培的速度很快，把其他人抛下很远，出发前大家统一了留宿点，所以到雅江后他没有停留，直接去了相克宗。手机没有信号，他联系不上我们，就先找地方住下了。等我到了大阿三，天早已黑尽。我缓了缓神，吃了点饼干，精神起来很多。

　　晚饭还没有做好，货架断了的同伴正在堂屋里换货架，邓蹲在一盆水前，正在给内胎找洞，这是他离开雅江后第二次扎胎了。我走到院子里用高压水枪洗车，一天的烂路骑下来，自行车已经脏得不成样子，链条咯吱响个不停，牙盘像老朽的齿轮发出沉闷的摩擦声。我用水枪仔细地冲着每一个角落，自行车下形成一股夹杂着碎石泥土的水流，像一处微缩版的泥石流。沅毕，我用毛巾将自行车擦干，给链条和牙盘上油。就在这时，我接到了书培打来的电话。

　　"宝哥，终于打通你的电话了。"

　　"这一路一直没信号，我刚到大阿三不久，现在给车上油呢，你倒挺快。"

　　"大……在哪儿？我在……车……你能……我……"

　　"喂，喂，你说什么，我这里信号不好。"到了大阿三，手机终于有信号了，但很不稳定，有时一格，有时两格，有时没有。

　　"我看见……但是……算了，我……"

电话断了，我的手机又没了信号。我把手机放回裤兜，继续给自行车上油。橘黄色的灯光从敞开的木门里射出来，在院子里留下巨大的梯形明亮空间，洗完澡的同伴踮着脚从木门里跳进房间，在梯形的明亮空间里留下狰狞的人影。太阳只要一下山，山里的气温就迅速下降，从山口吹下来的风扫过院子，给人一种置身于北方深秋的感觉。

"宝哥！"

门口传来书培的声音。他穿着淡蓝色抓绒、卷过小腿的黑色防风裤、一双蓝白相间的人字拖，推着自行车走到我跟前。

"你怎么来了？"我起身，将链条油放进车前包，又将自行车推到墙角。

"你说你在大阿三，我就过来了。村子不大，我一问就问到了，我住在你们下边。我到的时候，看见现在住的那一家院子里有几辆自行车，我也不想走了，累得很，就住下了。给你打电话就一直打不通，我的车出了点儿问题，你给我看一下吧。"说完，书培把自行车平放在眼前的干燥地面上。

我凑过去，蹲在自行车旁，问道："什么问题？"

"后轮磨得很，轮子老往两边蹭，我看不到，但能感觉到骑车的时候，轮子在左右晃动。"

我让他扶着车，我拨了拨后轮，后轮像一个快要停止转动的陀螺般摇晃不止。我捏了捏刹车，刹车皮距车圈距离适中，按道理骑行过程中蹭不到，我将自行车扶起，发现后轮装得没问题，又往前推了推，后轮发出类似滑雪时滑板剐蹭地面的生硬的摩擦声。我说："书培，我怀疑你的轴承出问题了。"

"啊！怎么会？"书培惊得张大了嘴巴。

"我不太确定，其他能看见的地方都没有问题，但车子走起来确实蹭得厉害，自行车我不太懂，我让你邓哥出来看看。"

我走回堂屋，邓还在弄着他的内胎，其他骑友已经将车收到一边，准备吃饭了。"邓，书培的车出了点问题，我怀疑是后轮的轴承，你过去帮忙看看？"

邓随我来到自行车旁，仔细地看了看后轮的安装情况，推着走了一段路，说："轴承出问题了，这个，我们的条件修不了，必须要到车店才行。"

"那怎么办？""确诊"后，书培有些不淡定了。

邓说："怎么办呢？只能到理塘再说了。如果理塘不行，就只能看造化了，现在车轱辘还能滚，摩擦力也不算大，说明问题不算严重。只是这一路要多加小心，路烂，速度就不能放太快。"

"到理塘也就一百多公里，应该能坚持到，没什么问题，到了再说呗。"我安慰他道。

"只能这样了，宝哥，你们明天什么时候走？我和你们一起走。"

"天一亮就走。"我说。

书培走后，我们的晚饭才开始。蒜薹炒肉、西红柿炒蛋、土豆丝，这对我们来说简直就是豪华大餐，个个吃得热泪盈眶、上气不接下气，一盆饭吃得颗粒不剩。这一路上，吃饭永远是一天中最幸福的时刻。

"宝哥，你看我的轮子在晃吗？"说完，书培猛蹬了几脚，把自行车骑到我跟前。

"还行，不是很明显，下山的时候一定要把速度控制好，不能太快。"

"嗯，我会的。我的轮子会掉吗？"

"不至于会掉，螺丝都拧得挺紧的，除非轴断了。"

离开相克宗，眼前就是剪子弯山的盘山路。站在村口就能隐约看见山顶的经幡，却要在山腰盘旋十五公里才能到达。出发前没想过这世间还有如此折磨人的事，让你看见近在咫尺的垭口却非触手可及。

剪子弯山水多，乱作一团的路面施工让水在路面上肆意流淌，水遇上半尺多厚的浮土，车来车往碾成了稀泥塘，自行车在泥塘里根本使不上劲儿，只能下车推着走，走在没过脚背的泥塘里，有一种下田插秧的感觉。离开泥塘，来到未被山水侵犯的干燥地面，自行车又开始吐着烟圈，扬起一串细细的灰尘。路一侧的护坡的顶端是茂密的森林，高大的云松上挂满了松萝。自行车在凹凸不平的路面上颠簸，压路机和铲车在路的两边来回移动，铲车负责铲平路面，压路机就在其后将路面压实。经过还没来得及压实的路面时，车轮就像在海绵上行走，路面的密实程度不一，自行车上下颠簸，不可控地左右飘移。即使戴着魔术头巾，把口鼻遮得严严实实，但还是吸进不少灰尘，每一次擤鼻涕，纸巾上都是一团略带血丝的稀泥。至于脸已经灰到何种程度，我没有心思去想，看着从身边经过的同伴，估计自己也是蓬头垢面。

从森林过渡到草甸总是让人兴奋的，虽然还没有达到垭口，但已经知道垭口的海拔，这样即使不能确定距离垭口还有多远，至少上升的距离也在植被过渡带内，不会很高。到了草甸地带，阳光少了树木的遮挡，径直射在身上，身体马上变成了蒸汽机似的，呼呼冒着蒸汽。两天没洗澡，一路吸着灰尘，身上像被抹上一层石蜡，很不舒服。

两个半小时后，垭口如期而至。这是自出发以来遇见的第三个垭口。每一次站在垭口我都要回望来时的路，看一看那段不久前自己走过的路。目之能及，你能认出自己的每一个休息点，自己拐过的每一道弯，自己爬过的每一段坡，甚至是存在于某处的一颗石子，它就躺在那里。可不管这边的景色有多美，这段路有多磨人，我们还是不得不奔向下一个目的地，同样的，我也会站在垭口看一看即将踏上的征途，是坦途，还是险途？坦途不喜，险途不畏，我们要的是前进。

啃着面包，吃着咸菜，在垭口等着后面的队友上来。我承认，之前一直低估了自己在路上的食量才导致昨天的悲惨状况。早上出发前，除了填饱肚子，我又买了4个馒头、2袋咸菜，这在平时来说是一天的量，可现在它是午餐。下了剪子弯山，又踏上起起伏伏整体上升的奔向卡子拉山垭口的征途。从这里开始一直到海子山，我们将在海拔4000米以上的山川河谷间穿行，也就是所谓的川藏天路。白云蓝天似乎触手可及，牦牛在广袤的草原上留下小小的斑点，我才知道眼前的这一片天空有多广阔。我时常在想，生活在高原的人大多心胸开阔，是不是跟他们经常看到的景象有关。这里的山似乎不受任何限制地在天空下展开，它的走向、它的模样，自由自在。棉花糖般的白云从遥远的天空飘进视野，像是来自几光年以外的风景，仿佛自己变成了它们中的一员，我是一朵云。

由于剪子弯山隧道在施工，这里的大型机械很多，草甸地段除去草坪，很容易起土，加之连日来的晴天和车辆的来回碾压，路面像是撒上了一层厚厚的面粉。汽车驶过，日偏食般的棕黄色光影代替了眼前的一切，想憋着气，可现在是在每次都要使劲用鼻孔呼吸的海拔，憋气一秒，下一秒必将是大口大口无休止地吸着眼前还很浑浊的空气，还不如一直这么小口小口地呼吸，至少能省去一个看似有用实际无用的憋气过程。

听人说在海子山、卡子拉山附近出现过有人抢劫骑行者的事件，出发前我还在论坛上看到骑友被抢的消息，顿时心凉了半截。今天我们要经过的就是这段路，为了以防万一，昨天在相克宗留宿的所有骑友虽没有约好，但都相互等待，打算同时出发。走在黄尘满天、除了地名之外一无所知的地段，骑友们相互成了最值得信任的朋友。

遇到两个戴着摩托车头盔的十五六岁少年，是在一个缓坡的拐角处。一个少年蹲在高高的山包上，另一个手里拿着木棍从护坡上跑下来，冲上公路走到我面前。我感觉有些不妙，后面的队友在弯道里还没现身，前面的队友不知道什么情况。我想快点通过，但在缓坡上提不起速度，我只能祈祷他们不要有什么过激的行为，想办法拖延到队友出现再说。

"哎！"少年站在我的自行车前叫道，"你的手机借我打一个电话，我们的摩托车坏在山上了。"

我低着头只顾往前骑，想尽快赶到弯道处，并期待后面是一个下坡，看地形也应该是一个下坡才对。我对那少年说："我没有电话。"

"哎！"少年大吼一声，开始用手拽我身后的驮包，"把你的手机借我打个电话！我的摩托车坏在山上啦！"这口吻，听上去似乎是我把他们的摩托车弄坏了一样。

"我没电话！"我提高了声音，用带有警告意味的眼神看着少年，骑着车继续往前走。

少年用木棍在我的驮包上重重地敲了两下，并开始左右摇晃我的自行车："不准走！"此时，山包上的少年也顺着护坡滑到公路上朝我走过来。

爆了声粗口，我顺势从自行车上跳下来，一面向前推着车子，一面留心他们的动作。我心想，实在不行就只能和他们僵持，等着后面的骑友上来。转过拐角的瞬间，我看到邓和另外三个先上来的骑友站在坡口等待，少年看到前面有人，就放开我的驮包，说着粗话嚷嚷着爬上了山包。

"在这儿等一下后边的同伴吧。"邓说，"大家都被拦了，前面还不知道会遇到什么，以后大家要跟紧了。"

很遗憾，又遇到了，而且还是我。这一次发生在卡子拉山。到卡子拉山垭口，刚聚集在一起的队伍前前后后又散了，后面的队伍拖得很远。走在前面的是北京大学自行车协会的三个同伴，我落单在中间，邓和其余的四人在我的后方约100米远的地方。一路向西，太阳烤着左侧的脸颊，过了一个 U 形坡路段，北大车协的三位同伴超出我很多，后面的同伴依然在坡后没有露出身影，就在此时，我看见右侧草甸上停着的绿皮卡车下面，坐着两个皮肤黝黑的青年，喝着酒。其中一个往后方看了看走远的骑友（他的后方就是我的前方），伸出右手向我打招呼："扎西德勒！"我回了一句"扎西德勒"又继续往前。

"喂，骑进来喝酒！"打招呼的青年举起手中的酒瓶。

"谢谢，我还要赶路。"前面是一段缓坡，豆大的汗珠一个接一个滴到地面，击起细细的一朵灰尘，速度慢的可以。

"喂，叫你骑进来喝酒！你跑什么？"青年显得有些急躁，口气开始不和谐起来。

我觉得不对劲儿，前面的同伴已经不见了，我回头看后方，邓和其他四名骑员也进入 U 形路段开始往上爬，但从青年的角度，他看不见。

"我不会喝酒，我还得赶路。"我说，看到后面的队友，我心里踏实很多。

"杂种！站住！"见我一直在走，青年把酒瓶往石头上一摔，朝我的方向跑来。

我也停住车，下车站好，把手电筒攥在手里（这是我唯一的防身用具）。青年双手展开拦住我的去路，眼睛直勾勾盯着我："你跑什么？"

"我赶路！"我也不示弱。

就在这时，青年看见了跟上来的同伴，才一改态度，展开的双手收拢并和我握手："扎西德勒，扎西德勒。朋友，朋友。"说着，又走向我身后的同伴并一一握手。

走出了一段距离后，邓问我："刚才什么情况？"

"被威胁了，估计是看到了你们，才收手的。"

卡子拉山垭口过后几公里就是大下坡，一如既往的烂路，我也只能一如既往地捏紧刹车。前一天在高尔寺山受到内伤的手在强烈的撞击下，手心已经瘀青，手腕酸痛，动弹不得。转过一个被西下的太阳照得通亮的弯道，就进入一个开阔的河谷地带，河谷里点缀着大大小小的工棚，一条不大的河在河谷中央流淌。河的上游是一个石料加工厂，夕阳照射下，蔓延在石场周围的灰尘让人产生一种滞留在火星表面的错觉。一座简易的石桥将公路引向河的对岸，公路下方，我们见到了今天的目的地：158 道班。

推着车从一道木门进入，穿过门厅，来到一个碎石铺就的院子。院子的西面是一道铁门，这是供机动车使用的，北东南三面是三排瓦房。北面的瓦房除了几间房供住宿外，靠东侧是厨房，采光不好，太阳还未下山，厨房内就已经看不清布局，只有从炉子里蹿出来的火苗，一闪一闪照亮几步距离的空间。东面的瓦房只有三个房间，由于进深很长，就在中间用墙隔开，靠北的两个房间支了桌子，成为工友或游客的聚餐地，靠南的一个房间外边是一个空闲的屋子，都没灯，用来给车友存放自行车。南面是宿舍，全是大通铺，这些年骑行的人越来越多，道班也做了修缮，门换成了防盗门，但窗还是老样子，一些玻璃已经破损。宿舍门前有一条小路，直接通向最东边的独立建筑：厕所，夜晚能从换气孔里看见满天的星星。

我卸了驮包，把自行车推进存车的屋子，经过前面的空屋时，看到一个铁炉上炖着一大铁锅牛肉，香气扑鼻，顿时口水像决堤的洪水瞬间充满口腔，胃也抽筋似地扭动起来，我忍不住凑近闻了闻。住在 158 道班，五十块钱包当天的晚饭和第二天的早饭，我想着这是不是我们的。

太阳还没落山，王伟他们还未到，我把换下的脏衣服拿到河边。158 道班没有热水，也不能洗澡，只能把脏衣服洗一下，洗澡只能到理塘再做打算。虽然上游在施工，眼前的河水却异常清澈。我找了一处河水没过膝盖的地方，河水凉得很，河底的石头长满青苔，滑得不像样。我把头巾手套 T 恤裤子一股脑儿地扔进河里，用仅剩的一点洗衣粉搓洗，冲干净后晾在院里的铁丝上。太阳将最后的余晖照向对面的山坡上时，吹起了凉凉的风。太阳一落下，这里就从夏天变成了冬天。风打着嗯哨从门缝里灌进屋子，冷的人直跺脚。

正经通知吃饭的时候已经是晚上八点，今晚在这里留宿的同伴大概 20 人，分在两个吃饭的屋子。我一直惦记着锅里炖的牛肉，确切地说应该不止我一个，看到的人都惦记着。里屋还坐着一桌人，那是工地上的工人，已经吵着吃上了，而我们面前就 11 个空盘、11 双筷子。做饭师傅进进出出给里屋的工友们送吃的，什么米饭、白馒头、炒白菜，这些倒没引起我们的特别注意，只是每一次做饭师傅经过我们桌前时，我们都嚷着要吃饭，他也特别过意不去似地说马上来、马上来，工友的送完了就送我们的。做饭师傅每一次开门，就从门口灌进一股寒风，木门的底部有一个拳头大小的窟窿，即使不开门，也有冷风溜进来，贪吃蛇一般萦绕在桌底吸着体温。大家都蜷着身子。过了一阵儿，做饭师傅手里托着一个大大的铝盆，冒着白白的热气出现在我们面前。牛肉！我们的眼睛都直了。做饭师傅见状忙解释说："这些不是你们的，这些是工友的。"

"工友也吃这么好啊！"有人说。

做饭师傅说："也不是经常吃这么好，平时也是鸡蛋面条，这是昨天工友预定的，今天专程去理塘买的牛肉。"

"师傅，肉我们不吃，那个肉汤能给我们来一盆吗？身子冷得很。"有人说。

"这个汤也是他们的，要是能剩下来，我给你们盛点儿。"

弥漫在屋里的牛肉味让大家再也静不下来了，也可能是吃红烧牛肉的希望破灭而导致的绝望感在作怪，大家吵着要吃饭。从坐下来到现在已经过去快四十分钟了，吵了一段时间，大家早已失去了耐心，只能默默地等着，这里没有第二个吃饭的地儿，只能别人什么时候上菜，我们什么时候吃。我看着满墙的涂鸦，其中有这么一条：他妈的！20：25 终于吃上饭了！

真正吃上饭的时候已经是晚上九点，做饭师傅抱歉似地上了满桌的菜，而此时世界里的声音，似乎只剩下锅碗瓢盆的撞击声了。

自行车修理店

天微亮，明亮的启明星刚从草原上升起，贴着山的轮廓悬在天空。院子里已经有同伴在打包行李，我从车库里推出自行车，刚要上驮包时发现后轮瘪了。扎胎了。邓和我一共带了四条备胎，两天的烂路，邓换了三条，现在只剩最后一条了。没有带补丁，这一路能不能坚持到理塘，只能拼人品了。

我卸下轮子，邓帮我拽出内胎，用手在外胎的内侧慢慢刷着找异物，最后找出两段细细的铁丝。我换上最后一条内胎，把换下的内胎装进驮包，打算到理塘修补。

做饭师傅知道我们要赶路，早早地起来给我们煮面条。昏暗的厨房里看不见任何东西，已经被黄烟熏黑的白炽灯孤独地挂在房梁上。灶台上已经根据人数放好了大碗，面条煮好，做饭师傅用大勺将面条捞起来放进碗里，再从另一个小锅里舀出一小勺油汪汪的酸菜炒肉末。大家自觉地排队取餐，或站着，或蹲着，分散在院子里的角落里，热乎乎地吃起来。我蹲在厨房门口，旁边站着几个之前未见过的骑友。

"昨天晚上快两点的时候来信号了，你们知道吗？"其中一个说。

"不知道啊，睡得那么死。"另一个说。

"嗯，昨天晚上做饭师傅说了，这里的信号不稳定，已经好几天没有信号了。

不过也不是一直没有，能收到的时候也是有的。"

我接话道："今天早上起来没有呢。"

"我是昨天晚上被短信的声音吵醒了，才知道来信号的，后来就一直发一直发，写了三条短信，成功出去了两条，发送第三条的时候信号断了，后来就一直没有。"

离开雅江县，手机信号就变得异常脆弱，一阵风吹过，信号就可能从有变成无，真觉得这信号就是让风吹没的。听过一句玩笑话："喂喂，先生，你挡住我的手机信号了。"这一路上，不自觉地，我会走到人少的地方寻找信号，就是为了排除人为的干扰。

洗过的裤子不仅没干，还结了一层薄薄的霜，早上气温很低，穿骑行裤很冷，只能把雨裤穿上。听说到了理塘，像这样的烂路就没有了，出理塘就是柏油路，这让大家在出发前就异常兴奋，这样的苦日子终于要结束了。早上大家一起从158道班出发，又踏上了艰辛的赶路旅程。

路上还是半尺厚的灰尘，路两边静静地停着挖掘机和铲车，钢模、钢筋、铁钉以及铁丝胡乱地堆在施工现场。现在还不是上工的时候，路上除了自行车卷起的一股股细细的烟圈，再无其他，经过一晚上的沉淀，空气干净了许多。我们想在修路大军开始正式开工前多走一段路。

158道班在一个宽大的河谷里，河谷里流淌的是雅砻江的支流霍曲的一条支流。离开158道班，公路在缓缓起伏的山脊间上下穿梭。到理塘的整个行程总体上是下降，但这并不是简单的从山顶到山腰的某一个地方，而是从缓慢起伏的大草原的较高处迂回到较低处，其间要经历上山下山，还要翻越脱洛拉卡山垭口。脱洛拉卡隧道在紧张的施工中，新的318国道贯通之后，意味着高尔寺山、剪子弯山以及脱洛拉卡山都将不需要翻越，从脱洛拉卡隧道一出去，理塘就实实在在地出现在眼前。当然，现在还不行，我们需要慢慢翻过去。

工地苏醒的时候，我们还在翻越脱洛拉卡山垭口的路上挣扎。此时，除了压路机的巨大身躯、工人用锤敲打石块的撞击声，还有穿梭在道路上的各种工程车。挖掘机、打孔机、土方车、油罐车、水泥车卷起黄尘滚滚而来，一方面要在临时进行交通管制、布满碎石泥土铁钉钢丝的道路上前进，另一方面又要躲避擦肩而过的这些"庞然大物"。载满石料的大车经过，车轮下的碎石"啾啾"地射向四面八方，让人有一种误入战场的感觉，似乎一不小心就会被榴弹片击中。几个回合下来，刚洗的手套和头巾就已经灰得不成样子。一路没有高大的树木，只有一望无际的草原，我看着眼前的公路在高山草地上蔓延开去，一路黄尘地蔓延到天际线。

路过的红龙乡同样处在一个开阔的河谷中，清一色的藏式风格建筑，红色的屋檐，几乎每一家的围墙上都敷满了厚厚的牛粪，院子里也结结实实堆了一些。高原草场没有树木，牛粪就成了必不可少的燃料，有一种做法是将捡回家的牛粪兑水，添加一定比例的黏土。这样做，一方面让牛粪易于储存，不易受雨水的冲蚀，另一方面用不可燃的黏土稀释牛粪，让牛粪更易燃烧充分，燃烧时间也能延长，这和做煤球是一个道理。一个朋友是这么说的："在这里衡量一个家庭的富裕程度，你只要看他们家有多少牛粪就可以，牛粪越多的家庭越富裕。"仔细想想也不是没有道理。

过了脱洛拉卡山垭口，开始了正儿八经的下坡，理塘在下坡过程中渐渐出现在眼前。理塘本身不算大，错落有致的楼房依着一个缓坡展开，漂浮很久但一直未能成雨的白云像被故意安放在了天边，理塘城的正上方是蔚蓝的天空，站在这边的山口能看到出城的路。过了东城门，就到了世界高城理塘。

下午两点到了理塘，正是一天中最热的时候。这么快赶到理塘，是为了洗一洗这些天攒下来的脏衣服、脏裤子，还要洗澡。短短的三天，车算是经受住了考验，可鞋坏了，鞋帮和鞋底彻底分了家，好在除了拖鞋，我还备有一双。吃过饭，邓留在旅舍洗衣服洗车，我上街修补路上换下来的4条内胎。

入住的旅馆前面是一个很大的停车场，旅馆的门厅已经改成了可以存放自行车的开阔场所，门厅的左侧是一个餐厅，可供住宿者就餐，二楼是住宿区，从房间的窗户往下看，看到的是男人在洗衣、洗车、修车。在一辆白色的面包车车顶上，整齐地倒立着四五架自行车。

我用黑色塑料袋将4条需要修补的内胎装好，换上T恤和短裤，穿上拖鞋，按照门口地图给的指示，去找县城唯一的一家自行车修理店。沿着穿城而过的国道一直往西走，国道两旁除了在哪儿都有的一些大众化商店，最多的就是金银首饰加工店。少了大城市里的金碧辉煌，这里简单的柜台后面就是手工艺者，一些远道而来的外国游客总会被这样的地方吸引，一头扎进去后很久都不出来。走了很久，但快出城也没见到自行车店，我开始怀疑地图的准确性，于是问路边的闲人这附近有没有补胎的地方，结果被带进了汽车修理厂。罢了，还是自己找吧。理塘怎么说也是一个旅游集散地，应该有自行车修理店才对。看着街道两边的招牌，真希望能在某处蹦出自行车三个字，可怎么看都没有。下一站到巴塘有180公里，中途要是又扎胎了，就只能求助于其他同伴了。我在返回旅馆的途中，不经意间在马路对面看见一辆自行车，一眼就认出是骑车的同伴，再看一眼自行车停放的店面，是一间不大的商店，门口竖着一块不起眼的木板，上面歪歪扭扭写着：自行车修理。我走了过去。

"师傅，您这儿能补胎吗?"我问。

店老板正在给一个穿着骑行服的年轻人包刹车皮，年轻人和我打了声招呼，我也应了一声。包好了刹车皮，年轻人拿着刹车皮兴高采烈地跳下台阶，蹬着车走了。

"我这里补不了胎，但是有新的卖。"店老板说完，点了一支烟。

"那，还有其他家吗?"我焦急地问。

"理塘就我一家，这都干了好几年了。进城的路口有一家，不过还在装修，要营业还有一段时间。"

"那，师傅，我觉得您这里不可能补不了吧?"

"其实呀，你买新的也一样，补过的胎在这一路还会破，新的好一些。"

"师傅，我这些都是新胎，都是第一次扎，您让我买新的，那这些我也不能随身带着了呀！扔了？太可惜了吧。"

店老板看着我从塑料袋里取出的内胎，若有所思："要补也可以，五块钱一个疤。不过，我不敢保证补过之后不漏气。"

"这……师傅，"我略带哀求地说，"您知道，从理塘到巴塘有180公里，自行车要是出个什么状况，根本没有办法。我能做的就是扎胎后能有好的内胎换，尽量不要让轮胎的事影响到赶路，这一路没有像样的修车的地方，您这里是这200多公里唯一的修车店。从某种意义上说，您这里就是我们骑车人救命的地方，车子是我们的一切，要是出了问题，我们什么地方都去不了。"

"小兄弟，唉！我知道你的意思，也知道你们这一路过来不容易，但我那么说也是为了负责任。我会尽量补，但理塘到海子山在修路，这也是我建议你买新胎的原因。"

"啊！"我耳朵里嗡的一声，像是被人狠狠地打了一巴光，这对于我，还有我的同伴们来说简直如噩耗一般，新都桥到理塘的路已经把人折磨得不成样子了。我问："理塘……理塘出去的路不是都修好了吗？"

"谁说修好了，这一出城就是烂路，一直到海子山山脚。买新的还是补？"

"补吧。"我有气无力地说。

老板把需要补的内胎拿到人行道，又从店里取来一盆水，用气筒给内胎充了些气，放进水盆里找洞眼。他说："小兄弟，我就尽量帮你补好，至于路上会不会漏气，我真的不敢保证。"

"知道。"我说。我寻思着明天出发的事。理塘到海子山山脚是80公里，正常要8个小时，海子山山脚到海子山垭口海拔上升700米，路况未知，海子山垭口到巴塘约90公里下坡，无论如何都要3个小时，这么一算，明天至少要骑行13个小时。

找来找去，最后找到4个洞，补了4个疤。回到旅馆后，我向大家通报了前面的路况，每个人都惊掉了下巴。我们一合计，决定第二天早上六点半就出发。

接下来，又是一段从天未亮赶到天黑的苦旅。

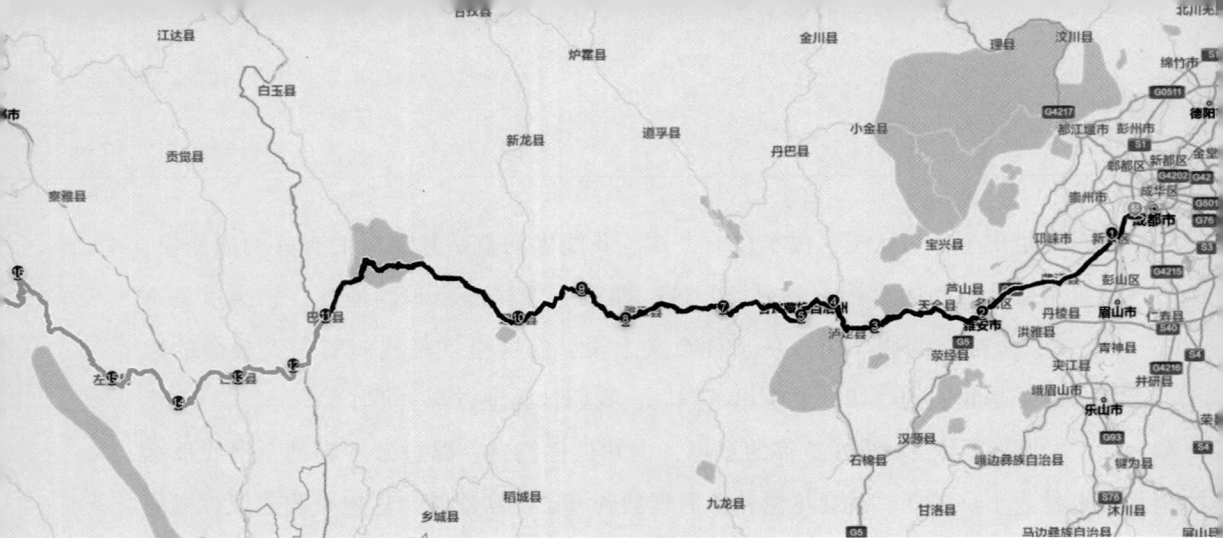

草原上的骑士

越深入藏区，狗越发多起来，大街小巷见到的狗着实不少。这里的狗没人照看，似乎也没人喂养，整天游弋在大街上，翻着垃圾堆或餐厅门口的泔水桶。久而久之，它们也就形成了自己的群落和"领地"范围。一只大的公狗带着几只母狗，加上略微弱小的几只跟班，这就是最一般的组织形式。各个群落在各自的"领地"范围内活动，偶尔会碰到一群疯狗追逐一只疯狗的情形，想必是这只疯狗闯入了这群疯狗的领地，也可能是调戏了群落里的母狗。总之，相较于家养的宠物，它们更像是与人类毫无瓜葛、平行于人类社会的另一种存在。夜里，狗吠声从城东传到城西，此起彼伏，让人感觉像住在流浪狗收留所附近。

在路边的馒头店吃完早饭，天还未亮。现在街道上活动的人，除了卖馒头的，就是骑车的我们了。开着车前灯，吐着白气，我们朝出城的方向慢慢骑着车，偶尔会遇见从路中间穿过的狗，眼里发出冷冷的光，看得人直打寒战。在理塘，大伙住得比较集中，除了骑自行车的同伴，还有部分骑摩托车的驴友。其中有一位从福建骑摩托车到拉萨的女子，全程没有搭伴，就这么一个人过来的，一副路上遇见同行就一起、遇不上也无所谓的样子。这样的长途奔波，加上新都桥到理塘这一段烂路的折磨，女子的手腕受了点伤，邓给了她一副护腕。理塘除了318国道，还有另外一条热门骑行路线，那就是去往稻城亚丁或香格里拉的217

省道。就这样，一部分骑友去了稻城。

　　决定今天赶到巴塘的，除了王伟等 8 人，还有其他几个第一次遇见的同伴。书培和住在一起的同伴先于我们出发了，说好到巴塘再联系，书培的车虽然毛病不少，但速度一直比我们快。城里都是平路，出城就是沿着山丘修建的起伏路了，过了理塘的西城门，理塘县城就彻彻底底地被抛在了脑后，眼前出现的是晨雾笼罩下的毛垭大草原。两条近乎平行的平缓山脉被数公里宽的草原隔开，公路沿着一侧的山脉蜿蜒向前，另一侧山脉中有白顶帐篷点缀其间，远远看过去很梦幻。忙碌的牧民将牦牛赶往附近的草场，吸满露水的小草和野花焦急地等着太阳升起。

　　由于出发前就知道理塘到海子山在修路，所以我们对出城后又出现在眼前的"搓板路"没有感到吃惊，只是一路的起伏出乎大家的预料。这不是草原吗，公路为什么不从草原中间穿过去呢？这样沿着山脉走，不但增加路程，还上下起伏，路勘搞的什么名堂？这个问题我也试着想了想，如果说是为了保持草原的完整性，方便放牧，这应该可以作为一个理由吧。好端端的一大片草原中间突然出现一条横贯的公路，确实不太美观。车来车往，牧民赶场也不是很方便。有人可能会说留出专门的动物通道就可以。嗯，其实，承认也好不承认也罢，即使留了动物通道，野生动物还是会有极大的危险。动物迁移时除了走主要迁移路线，也会存在一些次要路线。人类工程的介入，只保留了主要路线，而次要路线从此消失了，这对于一些习惯于靠次要路线迁移的种群来说是致命的。而主要路线的确切位置、集中迁移也给盗猎者创造了天时地利的条件。扯得有点远了，回归正题，总之，在草原中间修一条横穿过的公路不是一个很好的决定。另一个原因就是地质构造。对于两边都是山脉，中间宽广的开阔型山谷而言，雨水也好，地表水也好，排水通道必然会处在山谷的最底部，这里要么形成河，要么形成湖，要么形成沼泽。由此看来，看似宽广平缓的山谷地带就不是修建公路的首选。我们依着山脉的起伏前进，对于 80 公里黄沙漫天、碎石满地的"搓板路"，只好选择默默承受。当太阳拨开云层，草原沐浴在一片晨光中时，回望路上的队友，个个英姿飒爽，车轮下搅起一阵薄薄的灰尘，人影笼罩在其中，我称他们为"草原上的骑士"。

有河出现是预料之中的事。每一次上山，就看着某一条江或某一条河的某条支流从势不可挡般的湍流急下变成涓涓细流；每一次下山，又看着眼前的河流慢慢"长大"，到最后变得汹涌澎湃，这时，我们也从一个流域进入另一个流域。听着似乎有些不可思议，可实际就是这样，今天还在长江流域，明天可能就进入澜沧江流域了，就仅仅发生在翻过垭口的那一瞬间，这就是传说中的分水岭吧。今天陪伴我们一路前行的是勒曲，勒曲进入凉山彝族自治州后改名理塘河，最后汇入小金河，成为雅砻江的一条支流。除了勒曲，我们穿梭其间的大草原也有一个响亮的名字：毛垭大草原。毛垭大草原曾被《中国国家地理》评为中国最美的六大草原之一。正值八月，草长得异常茂盛，大大小小的溪流星星点点地分布在草原上，数不尽的牛羊像芝麻散在河谷间。黄的、红的、紫的、蓝的，各色野花早就将毛垭大草原装饰成一块平铺在河谷间的花地毯，随意在地上打一个滚，便是满身的花粉味儿。我对花草的羡慕，应该是从这个时候开始的，这不就是以天为被、以地为席的生活吗？天空低得似乎一不小心就会被头撞到，使劲儿吸一口气，恨不得能把云吸过来，星星怕也是触手可及的吧。

到所波大叔家门口时已经是中午了。所波大叔一家在骑行川藏的骑友圈子里经常被提及，这是因为所波大叔一家一直都是理塘到海子山段为骑友或自驾者提供食宿的地方。骑行的人多了，知道的人也就多了。所波大叔一家就住在公路边上，房子背对着公路，下了公路，沿着土路绕到房前是一块大草地，草地中央有一张简易的木桌、四条石凳。我们都带有干粮，从某种意义上说，就是借所波大叔家的院子吃午饭，休息够了就走。要了蛋炒饭的哥们儿走进所波大叔家的厨房，看到剁好的牦牛肉和土豆，兴奋地跑出来告诉大家，所波大叔一家在做土豆炖牛肉。这一听不得了，一大伙人留着哈喇子冲进厨房，当然也只能看看，口水还得自己咽回去。所波大叔家晚上会来一些人，因为提前预订了吃的，所以正在准备食材。别人听着是高兴，我们听着是悲壮。我们怎么进来还怎么出去，啃完馒头，继续赶路。

提起草原，不知道会有多少人像我，首先想到的是内蒙古。今天，已经是第三天在草原上骑行了，而这里，并不是什么内蒙古。都是草原，他们看上去会有什么不同呢？植被肯定不一样的吧，还有游牧民族，这里是藏族，内蒙古是蒙古族。养的牲畜也应该千差万别，这里是牦牛和马，内蒙古应该是绵羊和马吧，可能还有骆驼。这里的草原接着天，内蒙古的呢？一面想着这些，一面看着车轮在"搓板路"上跳来跳去。午后的阳光照着路面上的浮土，长时间盯着路面，让眼睛产生了错觉，有时前面明明是一个大坑，但因为路面和坑底都是一样的黄土颜色，时常会把土坑误判为路面，等车扎扎实实栽进坑里才意识到判断错误。如此跌跌撞撞在黄土飞扬的公路上东倒西歪地前进。赶上书培时，他正和另外两个骑友在路边休息，互相打过招呼后我继续朝前，想着到海子山再一起下山，这段"搓板路"即使是停下来休息也感觉呼吸不畅。

为了尽早赶到海子山，这段烂路大家都骑得非常卖力，但这样骑车就相当于马拉松长跑刚起跑就开始加速，大家的体力耗得厉害，馒头咸菜是吃下不少，但和体力消耗相比简直不值一提，肚子不饿但乏力，加上早起的缘故，身体疲惫得很。由于体质的关系，大家前前后后拉开很长距离，前面的同伴时不时停下来等着，这样能保证每一个同伴都在队伍的视线范围内。身后一辆面包车按着喇叭、卷着黄尘出现在大家的视野里，看着车顶上风尘仆仆的自行车，其中一个骑友开玩笑道："又是搭车的，哥这辈子最看不起的就是搭车的，车还比我的好！"大家把车停在路边，一字排开，面包车驶过眼前的瞬间，我们齐刷刷地亮出中指，异口同声地吼道："严重鄙视！"不知道车内的人听到后会做出什么反应，总之，接下来的一段路，我们像打了鸡血，呼啦啦一口气骑了很远。路的正前方出现若隐若现的雪峰，乍一看还以为是飘在山顶的云。等距离越来越近时，才看清楚那确实是一座雪峰，面向我们的一侧，积雪显得不多，高大山体上，草甸边缘与光秃的山顶分界线指示着常年积雪的雪线。

毛垭大草原在我们的前方缓慢地向内收缩着，我们像在一个巨大的胃囊里沿着胃壁前进。看着草原逐渐消失、巨大的山体横亘在眼前时，我们知道海子山山脚就要到了，烂路的骑行也将在前面的某一个路口或某一个路桩前结束。像是要去见一个阔别已久的老朋友，我们不遗余力、争先恐后，像奔跑中的蜗牛，朝着可能的终点奔去。都说理想是丰满的，现实是骨感的，好在这一次，理想和现实都没有让我们失望。

跨过已经化作小溪的勒曲，我把车停在海子山山脚下水泥路的起点，大声吼着："来辆车吧！我想看看车过不留尘的世界！"

身后不远处传来王伟的声音："前面，是水泥路吗?"

"是!"

"真的是水泥路吗?!"

"是!"

"噢! 上帝!"

经过之前整整四天的"搓板路"，谁能想象我们当时开心的样子。

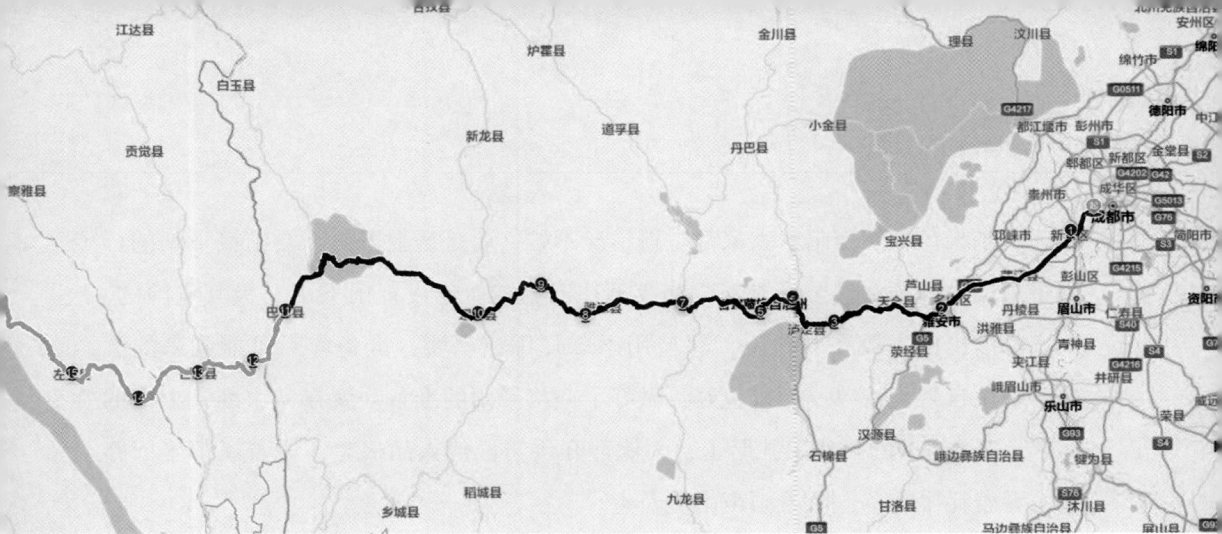

像是骑向地狱，但世间有光

——穿越海子山隧道群

　　海子山垭口到巴塘，有川藏线上最密集的隧道群，87 公里下坡路分布着长长短短六个隧道，六个隧道的总长达到 11098 米，占下山总里程的 12.7%，说壮观也委实壮观。如果隧道将来会成为川藏骑行的一个主题，那海子山到巴塘就提供了集中体验这一主题的机会。说到这里，我也讲一讲我过这六个隧道时的亲身体验。不过，故事还得接着前面来。

　　80 公里的起伏"搓板路"，队伍差不多花了 8 个小时，到达海子山山脚时，一些队员已经累得不成样子。简单的馒头加咸菜，在这样的运动强度下起不到多大作用，体力透支得厉害。士力架和压缩饼干是不错的选择，但一般情况下，我们都不舍得吃，那是应急用的，现在累是累了点儿，但还不是时候。到康定之前，每天午饭时我都习惯喝一瓶啤酒，但过了康定，午饭成了路上随身携带的馒头和咸菜，啤酒自然断了来路，最后改成了二锅头。一小瓶二两的红星二锅头带在身上不算沉，但时不时喝上一口，能让身体暖和，也能配合馒头咸菜刺激味蕾，不让口腔感受太过单调。在山脚歇息期间，看到毛垭大草原方向有一团团乌云正向巴塘方向集结，海子山慢慢被乌云笼罩。冒雨翻越二郎山以来，这一路就没遇上雨，每一天都在太阳下煎熬。想来也多亏这些天没下雨，要是下起雨来，这 300 公里烂路，说不定我就放弃了。

看到天色突然变暗，大家都觉得情况不妙，要是遇上下雨，会给接下来的行程带来很大麻烦，甚至可能需要连夜赶往巴塘，而连夜冒雨下山是极其危险的。大家都取出雨衣放在驮包上，驮包用雨罩仔细遮严实，准备应对可能到来的大雨。我用自封袋将单反相机包好，做好了迎接暴雨的准备。就在大家准备上山的时候，8人组中的飘飘弟扎胎了，大伙都开玩笑说他人品极差，说着又都坐回路边，看着牦牛吃草，听着雨声由远及近。

重新出发时，快到下午三点了。歇得久了，身体变得僵硬起来，腿也酸痛不止。攻略上说海子山山脚到海子山垭口是8公里，咬着牙关骑了8公里，可周围还是山，平缓的水泥路消失在远处的山坳里，想着那里就是垭口了吧，可经幡呢（现在已经养成了习惯，就像垭口习惯挂经幡一样，见到经幡就见到了希望。没有经幡的垭口十有八九后面还是盘山路）？路的一边零散地分布着一些木板搭建的房子，房子周围竖着迎风飘扬的风马旗，偶尔会见到一些写着"应急救灾"的蓝色帐篷。大大小小的牦牛四散在房子附近，这里是一个牧民聚集地。这时，从前面不远的山坡上走下来一个身穿藏族服饰的成年男子，后面跟着两个六七岁大的藏族小孩，成年男子手里拿着五升容量的白色酒桶，用欣赏中世纪艺术品般的眼神看着我，后边的小孩互相牵着手，也用同样的眼神看着我。我想打声招呼，但突然不知道该说什么，就连唯一会的"扎西德勒"此时也不知道跑到什么地方去了。成年男子和小孩从我身后走过，走下路基，朝着不远处的帐篷走去，小孩不时回头看我，害羞地笑着。

是的，没有经幡的垭口算不上真正的垭口，来到山坳顶端，呈现在眼前的是一条笔直的、消失在远处弯道里的公路。路两边是挂满经幡的热棒（热棒是排列在公路两旁、深入地下七八米高出地面4米左右的类似于钢管的高效能导热棒，热棒能将路基下冻土层中的热量快速地传导到空气中，以减缓冻土层的融化，降低路基的变形沉降程度，这在青藏公路冻土路段也有应用），像是在列队欢迎我们的到来，骑车从这里经过，我又用上了自己最擅长的"数杆分散注意力"法，不知不觉中把长长的"欢迎仪仗队"抛在了脑后，海子山的指示牌出现在远远的天边。我看了看码表显示数：11公里。

　　随我和邓一同赶到垭口的还有另外一个不认识的同伴。为了能在天黑前赶到巴塘，下山的时间至少要留够 3 个小时，在山脚修车就耽搁了一会，无意中占用了部分上山时间。我和邓算是全力以赴，用一个小时就到了垭口，把王伟他们八人抛下很远。和我们一起到垭口的同伴也想今天赶到巴塘，但听说海子山发生抢劫较为频繁，一个人不敢下山。我们三个合计，赶早不赶晚，再等一个同伴，有了四个人就一起下山。当第四个同伴终于上到垭口时，时间已经是下午四点半了。

　　我穿上了雨衣，87 公里的下坡，加之天色已晚，体温必将下降得厉害，加一件雨衣能御寒。过了海子山指示牌，自行车就像通过最高点的过山车，沿着路径直向山下冲去。重重摔打在脸上的空气像抹布擦去桌面上的水渍一样瞬间将脸上的体温吸个精光，脚尖也能感受到强大的风带来的阻力。我调整了踏板的位置，让两只脚保持弯曲状态，两只手捏住刹车控制着速度。只要平均速度维持在三十，三个小时后就能到巴塘，我这样想着。

　　海子山姊妹湖出现在眼前时，速度相当不错，以至于刹住车时，已经离开观景台一段距离了。我推着车回到观景台，像大多数人一样，也想拍一拍这处出现在《中国国家地理》2006 年第 10 期《中国人的景观大道：318 国道》封面上的景色。姊妹湖后方的尼特岗日峰被一团乌云笼罩，并不蔚蓝的天空下，姊妹湖显得异常漂亮，蓝绿色平静的湖水，像两面镜子静静地躺在山坳里。位于山坳最外侧的湖有唯一的出口，尼特岗日峰上的冰川融化后汇入姊妹湖，最后通过这唯一的出口流到山下，汇入巴曲，最终流入金沙江。

　　离开姊妹湖观景台，重新骑上公路，速度在不知不觉中飚上了四十，对于这样的速度，其实我是异常害怕的，特别在路面湿滑、弯道很多的下山路段。这一路上需要不停地捏紧刹车，才能保证速度在四十上下浮动，这是我能掌控的安全速度。不便过快，我想。对于这样的路，邓表现得信心十足，我才绕过姊妹湖进入下山的河谷，他就已经消失在一里外的弯道里了。

　　对海子山的下山隧道早有耳闻，但也只能见一个过一个。遇到的第一个是659 米的德达隧道，很远就看见隧道入口，我开始减速，在洞口把自行车停了下来。邓已经过去了，我找出前灯，手电筒一闪，熄了，再开，已没了反应。咦？没电了，还是灯泡坏了？我赶紧取出电池，重新装上，按下按钮，还是没反应。真要命！这时候没有电我还怎么过隧道！打电话？可邓在新都桥就把电话给了小杯具。大叫？万一把抢劫的招来了怎么办，下坡路上我的速度最慢，其他三个同伴早就一溜烟下去了。等后面的同伴下来？那得等到什么时候！等路人？只能等路人了，这是唯一的办法。看着两侧长满树的高山、从姊妹湖流下的蓝绿色的河，此刻我想的却是劫匪会隐藏在哪儿呢？

在隧道口等了没多久，来了一辆摩托车，是一个藏族青年，我顾不了那么多，就上前去打招呼。我招手叫道："嗨！大哥，您能送我一段吗？我的手电筒没电了，过不了隧道。"

藏族青年靠路边停了车，看了看我，微笑着点点头。

藏族青年骑着车行驶在马路中间的分隔线上，向前打着灯，我沿着右边的车道前进。在车灯的照射下，两个人影在墙壁上变换着单调又夸张的动作。出了隧道，出现在眼前的并不是一条依山或依河的公路，而是一座公路桥。公路拐了一个大弯后又钻回到公路桥的下方，在山谷里留下一个巨大的圆弧。藏族青年随着我的速度，一直跟在我的后边，我微笑着说了一声"谢谢"，他也微笑着对我说："前面还有。"话音刚落，另一个隧道就迎面而来：列衣隧道，全长 2107 米。黑漆漆的隧道里，只有一盏时明时暗的车灯，照明的范围有限，我不敢骑太快。藏族青年不说话，一直跟在身后。

"大哥，到巴塘还有几个隧道？"我一算时间，按照这样的速度，过这个隧道至少要花六分钟，这样一直不说话也不是办法。

"到巴塘，到巴塘还有四个。"藏族青年的汉语说得不是很流利，"前面的隧道长得很。"

"大哥，您是到巴塘吗？"此刻我多么希望他能去巴塘，这样虽然委屈他和我保持一样的速度，但前面的隧道算是有了依靠。听说一些不务正业的人会躲在没灯的隧道里跳出来拦人——平时我会觉得这是天方夜谭，但现在我选择相信。

"我不到巴塘，我到列衣。"青年说。此时迎面来了一辆卡车，青年把车骑到我的身后，卡车一过他又回到中间分隔线上。浓烈的尾气呛得人难受。

出了列衣隧道，青年微笑着向我挥一挥手，我也回敬同样的手势，他加大油门继续朝前驶去，而我打算停下来歇一歇。不知道邓现在到了什么地方，总之是联系不上了，这样等下去也不是办法，只能到前面的乡里看看能不能买到合适的电池。列衣乡具体在什么位置我不清楚，只记得青年说他要到列衣。眼前的这个隧道就是列衣隧道，如此看来，列衣乡应该就在附近。青年是个好人，如果到列衣前还有隧道，他肯定不会扔下我自己先走，那么，下一个隧道应该是离开列衣后才会碰到。这样分析下来，我觉得往前走应该是一个不错的决定，于是我又重新起步了。

但如此一耽搁，我离邓应该有一定距离了，不免有些心慌。公路还是沿着河流一路顺流而下，我适当地提高了速度，可稍不注意速度就在一瞬间蹦到五十，等我发现时激出一身冷汗。周围的树木开始茂密起来，看见几家藏式风格的建筑从眼前闪过，路上开始见到一些人，我觉得列衣就快到了。快速穿过一个类似村庄的地方，前面出现了山谷和奔流不止的巴曲。咦？难道刚才经过的就是列衣？没道理嘛，如此小的地方怎么看都不会是一个乡村。我继续往前走，越往前，河谷越深，巴曲也变得湍急起来，就连庄稼地都无影无踪了。刚才的就是列衣！搞什么名堂！我停下车子往回望，盘旋在河谷间蜿蜒向上的公路，看着就让人打寒战，再爬回去？算了，在这儿等着都比回去强。咆哮的河水震得耳朵疼，前面的隧道不知道还有多远，我决定朝前走一段。朝前走了没多远，隧道也恍惚间出现在眼前，同时出现的，还有邓。

"怎么这么久？还以为你出事了。"邓的车就停在隧道指示牌的下方，上面写着：波戈溪隧道，2743米。

"我的手电没电了，想叫你的时候发现你已经钻进隧道不见了。所以我就在后面等车，是一个藏族青年送我出隧道的，他到列衣。"

"那俩哥们儿朝前走了，我不想追，在这儿等你来着。"邓说。

"我走前面，你走后边吧，稍微照着我一点就行，没灯真是伸手不见五指，黑得吓人。"

"岂止是黑得吓人，气氛也让人很不爽！走！"

我和邓一前一后，邓将前灯稍微偏向我这边。隧道不是直道，中间还有拐弯，可能是为了给安装灯具做准备，路边堆满了建筑材料。隧道内没有雨水冲刷，更没有清洁打扫，从车上掉落的泥土碎料日积月累，使得路面看上去很不平整，加上时不时出现的减速带，骑起来让人很不舒服。近8分钟在黑暗中穿越，出隧道的瞬间，眼睛极其不适应，这应该就是一些同伴在出隧道时容易出事故的原因吧。

"虽然是下山，但骑得比上山还累，隧道真让人受不了。"邓说。

"恐怖，像是骑向地狱。"我说。

当看到拉纳山隧道时，我和邓彻底绝望了。

"歇一下，歇一下！累得很，在隧道里又不敢休息。"邓说完就朝路边靠过去。我顺势将车推到一边。

"六个隧道，现在才第四个，也不知道前面两个是什么情况，要是和这个一样，会死人的！"邓有些懊恼。

"3451米，没事挖这么长干嘛，还没灯，这太折磨人了！"我也觉得不可思议。

这一路车少得可怜，可能是时间不早的缘故，隧道里就我和邓两个人，自行车发出单调的声音。眼睛盯着前方，可前方什么都看不见。隧道内有减速带，有日积月累的土块，速度只能维持在二十上下，而且还要不停地蹬。这和赶夜路没什么两样，只是此时的天空像是被撕去了星星月亮，黑暗浓得像一摊压在身上的黏稠的液体，闷得人喘不过气。身后来了一对车队，邓朝我这边靠了靠。车队从我们身旁呼啸而过，闪着红色的尾灯，上演世界末日之绝唱般消失在前面的黑暗中，距离出口还有一定距离，前面消失的车灯说明了这一点。微弱的车灯稀释着眼前黑暗的同时，身后的黑暗也在大口地吞噬着光亮，我们像漫漫黑夜中两只孤独的萤火虫，朝着未知的方向飞去。

我和邓就这样机械地蹬着脚踏前进，突然在前方的隧道顶部出现了拱形的异样光亮，长时间的黑暗已经影响到我对颜色的判断。拱形光亮开始慢慢变大，变成隧道出口的模样，我心中大喜。与此同时，一辆卡车像是从地下钻出来一样出现在眼前，车灯照得眼睛难受，等卡车从身边驶过，眼前的拱形光亮也随之消失，取而代之的是浓重的黑暗。原来，刚才是车灯来着。四周漆黑，不停地蹬脚踏，给人一种一直在爬坡的感觉。刚才车身未出现而我们先看到隧道顶部出现车灯的光亮，接着是一辆车如同从地下钻出来一样，这说明前面不远处将是下坡。这一路像是一直在朝着地心的方向前进，但怎么都到达不了。

当出口像黑色毛衣上一块灰色纽扣出现在眼前时，我想说的第一句话竟然是爆粗口。一出隧道，人就像刚得过一场大病，全身软弱无力。我和邓跌跌撞撞地靠到路边，几个小孩儿嘻嘻哈哈地跑过来，嚷着叫着。我现在就像丢了魂似的，但还是得往前赶，两边的山变得高大起来，但植被却变化很大，不再是高大树木的森林，而是变成了矮小灌木丛生、野草点缀其间、山体半裸的状态，干热河谷地形，金沙江就在前方。

盘旋在拉纳山上的老国道，现在已经成了放牧、砍伐或进山的通道，没多长光景，就已经破败了。看见黄草坪 1 号隧道(1221 米)时，我们已心如止水，随波逐流般滑进隧道，继续前进，就等着出口出现。你过或者不过，隧道就在那里，不增不减。我们过隧道早就过得没了脾气。1 号隧道出去没多远就是 2 号隧道，最后一个隧道长度只有 917 米，当确定这是最后一个隧道，而且这个隧道不到千米时，我们真是欣慰到不知所措。

到巴塘城郊的加油站，太阳刚刚埋进山里。我拨通了小杯具的电话："我们到了，你们住哪儿?"

"云南温馨宾馆。"小杯具说。

进藏前的分别

　　小杯具和王明从新都桥搭车到巴塘。路况糟糕得很，第一天半夜到理塘，第二天一大早被赶着起床，像难民一样开始一天"逃亡"般的旅途。到了海子山，有了水泥路，一起搭车的同伴下了车，小杯具和王明也下了车，时间尚早，他们不紧不慢翻过了海子山。过这段烂路，他们几乎日夜兼程也花了两天，我们则花了四天。到了云南温馨宾馆楼下，小杯具下楼帮我们拿行李。

　　"我和王明在巴塘都快待不住了，天很热，也没地方可去。"小杯具说，"电话拨不通，不知道你们到了哪里，直到昨天晚上才知道你们今天可能到巴塘。我和王明就一直等着你们吃饭，可天黑下来也没见人来，王明撑不住自己先吃了。好在你们真的赶到了。"

　　邓卸着行李，说道："今天从理塘出发的，除了搭车的，我们算快的了。出城的80公里'搓板路'很难熬，熬过来就好太多了。"

　　"是啊是啊！"小杯具激动地说，"我们虽然是搭车，但也很不好受。一路颠簸得厉害，一路的灰尘，车窗也不敢开，就这样闷在车里，简直和偷渡没什么两样。第一天半夜到了理塘，你们应该还没翻剪子弯山吧，司机把我们带进了一个路边的宾馆，条件别提有多差。没热水不说，卫生也差得相当可观，床上各种莫名其妙的味道，当时也没心情搭理这些东西，没洗漱就直接睡下了。现在回想起来，还会控制不住地全身起鸡皮疙瘩。你们骑车更是不容易，透过灰扑扑的车窗看着外面面目全非的路面，虽然不舒服，但还是庆幸自己在车上，而不是骑着车在那样的路上苦苦挣扎。"

巴塘地处金沙江干热河谷地带，8月正是夏季，相当炎热。早上还在睡觉需要盖毛毯的理塘，晚上就到了吹着风扇、不盖被子都热得难以入睡的巴塘，大自然真是奇妙。我深吸一口炙热的空气，说道："好在那样的路从今往后都不会再有了，终于熬过来了！"

"大宝，恐怕要让你失望了。"小杯具低声说道，"前面一样在修路。"

"什么！"我和邓几乎异口同声吼了出来。

"我也是今天早上才得到的消息。"小杯具之前似乎花了很久才接受这个事实，现在已表现得很镇定但也露出一丝惋惜。

"你怎么知道的？"这对我们来说就是噩梦！

"我听两个军校的同伴说的。"小杯具说，"我们是在路上认识的，一起到的巴塘。两天的折磨，我累得不行，昨天就什么都没干，待在宾馆看电视。他们赶时间，所以昨天早上就走了，今早收到他们发来的短信，他们是夜里一点多到的芒康。巴塘到芒康中间就一座宗巴拉山，行程也才110公里，所以他们才决定到芒康的。从巴塘出去的几十公里路况不错，可谁也没想到过了金沙江没多远，烂路就没完没了地出现，就这样赶了将近5个小时的夜路才赶到芒康，累不说，一路上还吓得半死，这样的路再也不想遇到了。他们打听了前面的路况，也是一塌糊涂，最后，他们从芒康也选择搭车去拉萨了。"

"不是说修路只是新都桥到海子山这一段吗？"我有气无力地问。

"到巴塘之前大家都是这样认为的呀！"小杯具说，"看到信息的时候，我也不敢相信，以为他们在开玩笑。可想到他们到芒康的时间是半夜，以他们的身体应该不成问题，可还是搞得这么狼狈。再说大家都是骑车的，相互之间分享路况也在情理之中，没必要骗我。"

"现在怎么办？"邓开口了，"要还是之前那样的路，我就不打算骑了。本来就是一次简单的骑行，现在搞得跟玩命似的，不值得！"

"我和王明已经决定了，还没来得及和你们说，"小杯具说，"我们决定搭车去拉萨了，不打算再骑车走了。今天吃过午饭，我和王明骑着车到了金沙江大桥，在四川和西藏的分界牌前拍了照，也算是骑车到过西藏了。回来后，王明已经到邮局把自行车寄回家了，我的车明天也打算寄回去。"

听小杯具这么说，我感到很意外。将自行车寄回家，坐车去拉萨，虽然是同样的路，但意味着我们将在此分道扬镳。

"实在不行，我也坐车算了，"邓说，"那样的烂路我已经受够了，坐车到拉萨要几天再回成都也不错。你有什么打算？"邓看着我。

我看着卸在地上的驮包："我会骑到拉萨，一天六十公里也好，七十公里也好，总之，我要骑车到拉萨。不想让放弃来得这么轻而易举，我真的很难过。"说到这儿，我心里真的不是滋味，好像一条巨大的蠕虫在胃里搅来搅去，嘴巴里像被人硬生生灌进了肥皂水，滑腻到想吐。我知道这是悲伤到一定程度时身体做出的反应，眼眶隐隐约约感觉到从眼睛深处涌出的带咸味的液体。一方面，前方的路况信息让我难受，另一方面，最有希望一起完成川藏之行的邓也变得可能某一天就会搭车去拉萨。这些消息让人像听到噩耗般难受。如果说前面的400公里烂路能够坚持下来是因为有希望，有到了巴塘就一切都会变好的期待，也正是因为这样的期待，才一遍遍告诉自己要加油，而如今希望破灭，精神支柱说是瞬间瓦解也未尝不可。小杯具帮邓拿行李，邓推着自行车上楼，我顺势坐在路边的台阶上，双脚无力，不想动了。

巴塘有驴友之家这样的旅馆，但小杯具和王明已经在这里住了两天，明天大家都会走，就不再考虑换地儿的事。房间在二楼，住宿登记处也在二楼，因为是普通宾馆，不是专门针对骑友的旅社，所以没有存车的地方，老板同意我们将自行车放到他屋子的客厅里，进去时，老板娘正在吃饭，电视开得很大声。

把自行车放好，回到房间，邓在洗澡，我收拾了驮包，拿出洗漱包和拖鞋，右脚疼得厉害，脱鞋一看，鞋底被脚踏从中间掏出一个洞来，并有一个长长的口子。继续穿是不行了，我不得不在巴塘买一双鞋子。短短的两天，两双鞋寿终正寝。吃饭还有一段时间，我到客厅等老板做住宿登记。老板不知去了哪里，前台有一名男子在等待。他头戴一顶红军帽，一身草绿色冲锋衣和深灰色防风裤，一双积满灰尘的登山鞋，地上是一个巨大的双肩包，一副旅游的装扮。

"嗨!"我向他打了声招呼。

"嗨!"男子面带微笑回应。

"去拉萨?"我问，顺手从前台的名片盒子里取出一张名片。

"哦，不是，从拉萨来，去稻城。"

"你从拉萨来呀!"我很激动，"那，那从这里到拉萨的路好走吗?"我期待着他的回答，因为从拉萨过来，对路况应该很了解才对。

"路况嘛，现在不是很清楚，不过我走的时候一路都在修。不好走。"男子说。

"你什么时候从拉萨出发的? 是从拉萨开始就一路在修吗?"

"也不是从拉萨开始就一路在修，但是修的倒是蛮长的一段，从巴塘开始一直到八一吧。我十天前从拉萨出发的。所以现在的情况就不太清楚了，不过，不乐观，骑车的话。"男子若有所思地说。

"巴塘到八一?!"我简直不敢相信自己的耳朵。如果是这样，2200 余公里的川藏线，将有 1300 公里的路处在黄土满天、机器轰鸣、对骑行者来说堪称地狱的环境中，如果遇上下雨更是寸步难行。想起刚刚过去四天的经历，算是死里逃生，可接下来的 900 公里，又将是怎样的末日? 会死在路上吗? 我第一次冒出这样的念头。如此下去，会死在路上的吧。这样的路，骑车不行，坐车也是命悬一线，看着自己似乎一步一步走进死亡地带却不能回头，一种莫名被命运驱使着的念头在脑子里审来审去，我承认我害怕了，具有现实重量的恐惧感爬遍全身，一层一层溶蚀着我的身体。我走到身后紧紧贴在墙上的中国地图前，看着巴塘到八一之间的距离和 318 国道的走向。"巴塘"的字迹已经辨识不清，白白的衬底露了出来，在地图上形成一个异样的凸起。巴塘周边被无数根手指摸得黝黑发亮。我问:"从这里到八一真的是一直在修吗? 修到什么程度?"

男子犹豫了一下，说道:"也不是一直在修，中间也有柏油路，非连续性的。修的程度嘛，不好说是什么样的程度，有在铺沥青的，有在修路基的，有路基没完全填好，坑坑洼洼的，也有什么都还没弄的。总之，修路的各道工序都杂糅在其中就是了。你打算一直骑到拉萨?"

"我不知道。"我像一个突然被确诊为癌症的病人，不知道接下来该怎么办才好。摆在面前就两条路可以选择：要么骑到拉萨，再熬900公里的烂路；要么旅行到此为止，返回成都。搭车去拉萨? 我没想过要冒这么大的风险，要知道，前面还有更险的路，开车需要胆量，坐车更需要胆量。我莫名其妙地开始怨恨起眼前的这条路来，为什么偏偏是今年! 为什么偏偏是在我骑行川藏的时候，还有超过一半的路在修! 过去的四天，每天都流鼻血，第一天是到相克宗村洗漱的时候发现的，接下来的三天每天起床都流鼻血，天气干燥是一个原因，最主要的原因还是每天吸入大量的灰尘所致。如果现在放弃前进返回成都，那前面的坚持和努力将会化为泡影，这对于我来说无论如何都接受不了；如果继续前进，势必每天都要流着鼻血出发，不知道自己还能坚持多久。一次简单的骑行似乎要演变成生死挑战。对于前面的种种未知，我开始考虑这样的冒险是否值得，这样的付出对自己意味着什么，如果遇到什么不测……我的脑袋就像被放进了微波炉，从里到外热得发胀，头皮上有汗沁出，眼皮酸涩难耐。我不敢再往下想，我晃了晃脑袋，想让自己冷静，可头却晕得厉害，像是刚从过山车上下来，脚底对地面的感知好像来自遥远的时空。其实，选择放弃会怎样呢? 生活还是一如平常，即便选择了继续，生活又会有怎样的实质性改变呢? 想必也不会有什么实质性改变。可在结果没有实质性区别的两种选择中，却让人如面对生死抉择般举棋不定。这不是一段关于改变生活的旅程，正如前面所说，对于改变生活而言，它的效果是微乎其微的，但两种选择却预示着一个人对人生持有的态度，似乎从一开始，我就将这一次旅行看成是自己对人生态度的检验。如此，选择坚持还是放弃，对于我来说，就不仅仅是看结果这么简单。我，不是为了去拉萨而去拉萨的。

老板过了好一阵才来，我付完房费回到房间，邓洗完了澡，正在床边整理行李。

我拿起放在枕边的腰包，把钱包放进去，转身打开立在门后的风扇，风扇随即"呼呼"转起来。"刚才在大厅遇到一个从拉萨过来的背包客，他说巴塘到八一都在修路，路很不好走。"我对邓说。

邓依旧在整理行李，风扇所及之处，吹得纸片沙沙作响。邓将叠好的衣服放在一边，转身面向我说："小杯具已经决定坐车去拉萨了，我也不想把时间浪费在这被恶魔诅咒的路上。总之，我随时都会搭车走。"

"不到迫不得已，我会一直骑下去。"我不带表情地说。

我到邻间叫小杯具吃饭，开门时，小杯具盘腿坐在床上，手里拿着一包薯片看着什么电视节目，王明则盖着被子半躺在床上，看到我进去便用手支起身体，说道："宝哥，辛苦。本来是等你们一起吃饭的，但实在撑不住就先吃了，杯具姐还没吃。"

我笑了笑，说："没事，饿了就先吃嘛。嗯，决定搭车去拉萨？"

"嗯，"他低头玩弄起自己的手指，有点难为情起来，"听出发的同伴讲前面的路烂得很，我想来想去还是决定搭车走，骑车确实是没有办法。"

"搭车走就搭车走吧，现在无论做什么决定都在情理之中，毕竟大家都是出来玩的，没必要这么玩命。安全第一。"我停顿了一下，接着说，"你杯具姐明天也会把车寄回家，这样，你们俩可以一起走，我们后面的也放心一些。"

"我都是大人了，一个人也可以的嘛！"小杯具在一旁搭话道。

"放心吧，宝哥，我们在路上都会互相照应的。对了，我怎么没有见到书培？"王明从床上坐了起来。

"哦，书培呀，早上没有一起出发，不过在路上遇到过，当时和另外两个不认识的同伴在一起。从那以后就没有再见到。不用担心，后面的同伴有很多，至于到不到巴塘不清楚，但无论如何都会到措拉镇，问题不大。要是到了，他也会给你我打电话的不是。"

"嗯，那倒也是。"王明从床上站起来，伸了个懒腰，"宝哥，从明天开始就让书培跟着你们吧，不要让他单独走了，现在，真的只剩他一个人了。"

"不会让他一个人走的，我们人也不多了，说不定哪天，你邓哥也没了，我就成孤家寡人了。如此一来，照应的人都没有。"说到这儿，我不免有些伤感。

我和邓、小杯具一起走到楼下，街灯已经全开了，街道照映在橘黄色的路灯下。如果从高空俯瞰，想必像一条被遗忘在河谷中的橘黄色丝带。这时，就在我们住的宾馆往南约二十米的地方，王伟的队伍正在一家宾馆前卸行李。我们走过去打招呼。王伟看到我们就迎上来，面带微笑地说："宝哥，你们可真快呀，到海子山垭口你们就没影儿了，到很久了吧？"

我很抱歉地说："没办法，看着太阳一点点下山，你们又一直不见踪影，等了一会儿，就和另外两个同伴下山了。害怕赶夜路嘛。考虑到你们人多，我们就先走了呢，太阳刚落下，我们就进城了，对不住啊，老弟。"

"哈哈，没事，倒是赶了一段夜路，隧道太恐怖了。本来打算在措拉镇住下了，但最后还是决定到巴塘。"王伟对这个时候就到了巴塘感到满意。

"还没吃的吧？"我问。

"没有，打算收拾完行李就去吃，饿着呢，哈哈！"

"明天到哪儿？"

"温泉山庄，你们呢？"王伟问。

"我们也是。"我说。

"一起走呀！"邓开口道。

"一起走！"王伟答道。

小杯具把我们带进一家川菜馆，听她说菜做得不错，价格也算公道，待在巴塘的这些天都是在那里吃的饭。我们进去随便点了两个家常菜，这是四天来最合胃口的一次。啤酒自然必不可少，这种时候灌进一瓶啤酒，比国际竞技比赛中拔得头筹还要痛快。

书培赶到巴塘时已经过了九点，这让我们感到意外。得知王伟他们下山没碰到书培的消息后，我们已经认定书培十有八九留宿在了山上的某处，没想到他还是到了。

"这么晚还往山下赶，没遇到'山贼'也会遇上危险呀，你不怕？"我问。

"没办法，路上耽搁了太长时间，我知道你们都下山了，所以就拿定主意无论如何都要到巴塘和你们会合。"书培说。

"啧啧。是不是车又出毛病了？"我问。

书培叹了一口气，说道："宝哥，你不知道我今天有多背！你遇到我那会儿，其实是我的胎爆了。"书培喝了一口水，"你知道今天我扎了几次胎吗？"

"三次？"我说。

"七次呀！加上外胎是八次！"书培委屈地说。

"八次！"我惊得张大嘴巴，简直不相信一个人一天能扎八次胎！

"前胎两次，后胎五次，最后一次，后轮外胎也炸飞了，不能用了。我自己的备胎用完了，没有补胎工具，就只能停下来等后面的同伴救济，这样一路等，一路借。总算熬到了巴塘，我现在都有一个新的外号了，人称'七次胎'！"

"啧啧。你这算人品大爆发吗？"

"所以，宝哥，我决定跟着你们了，和你们在一起，我的车一点毛病都没有，但只要离开你们，不是轴承出问题就是轮胎老被扎。今天我都绝望了。我都在想能不能活着到巴塘，要是困在海子山，我都不知道能去哪儿。"

"没事了，安全到了就比什么都好。明天我们不着急赶路，可以好好地放松一下身体，车也让它好好歇歇吧。"我安慰道。

"嗯，那明天什么时候走？"

"明天我们吃一顿散伙饭吧，王明和小杯具就要搭车去拉萨了，这一别，怕是很难再遇到，大家也算是相识一场。我会收拾出一些路上不太可能用到的衣物，明天上午先寄到拉萨，减轻负重。前面的路让我很没谱，但是减轻负重是最好的选择。"

"没想到他们会先走。"书培一时接受不了这一结果，但已成事实。

"我也没想到。"我说。

窗外不时传来汽车驶过的声音，风扇有规律地扇动着已然在耳边静止的空气，就像这已然确定的事实，不时地扰动着心里最深处的宁静。

金沙江边的短信

　　邓把应急药品全给了我。剩下的一些应急食品，比如压缩饼干和士力架，我们平分各自带着。除了一人两条备用内胎，我还有一条外胎、一个铰链器、一条备用链条，气筒也在身上，东西不多但都是实实在在有重量的物件。我将自行车用的零部件一股脑儿塞进两个侧包的副兜里，方便随时取出。侧包的主兜用来放置洗漱用品、药品、食物、衣服、雨衣裤、拖鞋、绑扎绳。顶包清空，把短裤、T恤、冲锋衣等路上不会用到的闲杂衣物，还有一双户外鞋全部塞进去，到邮局办了托运手续，直接寄到拉萨（包裹是到拉萨后第四天收到的）。邓也将一些非必需品寄回了北京。在巴塘的杂货店，我花20块钱买了一双绿胶鞋，这双绿胶鞋顺利把我带到了拉萨，也陪我逛遍了拉萨的大街小巷。

　　寄完物品后，还是去了昨天的川菜馆。邓、王明、书培、小杯具和我，五人围坐在一张不大的长形饭桌前，要了水煮鱼、回锅肉、啤酒。就当是一次聚餐吧，不去想其他的什么意义，这一路没好好吃过一顿饭，今天大家聚得这么齐，算是情理之中的一次团圆饭。

　　酒足饭饱后就到了各自出发的时候。走出餐厅，干热的河谷烘烤着眼前的一切，远处的光景在热浪中扭动着身躯，像投影在无色透明的火焰上随火焰一起起舞。

"保重。"小杯具说。

"保重。"说完，我随即跟上已经出发的邓和书培。一段长长的下坡后，当我回望时，小杯具和王明已经离开先前的位置，消失不见了。

下了海子山，路上的牦牛越来越少，现在终归是看不见了，取而代之的是身材小巧的驴。这里驴多，但没有驴肉火烧或和驴肉有关的地方食物，驴是作为一种运输工具存在的。驴发呆的样子可爱得很，不知天生就是发呆的高手，还是刚做完农活需要休息。总之，那种一心一意全身心投入的发呆，让人忍不住想去关怀一番。

公路沿着巴曲河一直往南，巴曲河的水像用榨汁机打出来的新鲜菠菜汁，碧绿得让人心碎。离开巴塘没多远，眼前突然出现一个更为宽广的河谷，巴曲河碧绿的河水和同时出现的浑浊江水交融在一起，像咖啡中加入了牛奶，碧绿河水和浑浊江水在交汇处形成鲜明的界线，并依着各自的力量慢慢相互渗入。亲眼看到这般宏伟壮观的景象，我的心中泛起不小的震撼。当时，我在一个缓坡的坡顶，看着这一景象就在坡底的江面上发生，说不可思议也着实不可思议。过了坡顶，一条巨大的棕黄色长龙就彻头彻尾出现在眼前，河谷变得更加开阔，两边的山体也显得更加巍峨起来，这条棕黄色巨龙就是长江的上游——金沙江，正逢雨季的金沙江裹着上游的泥沙流向远处的天边。

金沙江河谷没有明显的下坡可言，一路都是起伏路。受两边高山阻挡，河谷是风的唯一通道，虽然是在正午的干热河谷里骑行，但不小的风时刻蒸发着体表沁出的汗水，并不让人感到干热难耐，只是，逆风让人不得不在下坡时也要不停地蹬着脚踏。不时刮来的巨大阵风能将本不快的速度瞬时间化为零，卷起的河沙让人睁不开眼，面部像被针扎一样难受。江的对面，豹皮般的山体零星点缀着一些农屋，农屋周围是有别于他处的浓绿的农田，还有算不上多但高大的果树，距离太远，是什么果树不得而知，但是果树无疑。这一带，除了人工栽种的柳树、核桃树、苹果树等果木，不再有其他任何大型树木。看似应该物产丰富的金沙江两岸，在这一带却只有贫瘠的土地，还有一直兢兢业业的人民。

远远地看见一座斜拉桥，开始以为是金沙江大桥，走近了才发现那只不过是一座连接两岸的便民桥。虽然窄了点，远远看过去也极其壮观。真正的金沙江大桥是过了竹巴龙乡才出现在眼前的，它像一头巨兽趴在汹涌的江面上。出了竹巴龙乡，就看到了检查站，也看到了一块高高挂起的蓝底白字指示牌，指示牌左边的两个箭头分别指向香格里拉和稻城亚丁，右边的单箭头指向拉萨。过了指示牌，来到检查站门口，金沙江大桥就出现在眼前了。

远远地能看见位于大桥中央的西藏——四川界牌，过了桥就进入西藏了，说激动，此刻自然激动得不得了。桥上有两个女生正互相拍着照，一副骑车的装束，看样子刚上桥不久。桥的另一端，有很多驻足停留的人，除了私家车，还有不少自行车。到了界牌前，我停下车，准备拍照。这时，不远处的两个武警战士朝我挥了挥手，其中一个说道："兄弟，不准再写字啦，这座桥都被你们写得不成样子了，我们每个星期都要用石灰刷一遍。"说完，就用刷子刷起桥的护栏来。我仔细一看，这桥还真是被画得不成样子，不只是护栏，就连桥面上都用油漆大大地写着些什么。界牌这样显目的地方自然也难逃一劫。

"我不画的，拍几张照片就走。"我说。

我让在桥上拍照的女生帮我拍了照。

河谷逆风，我低着头一直往前骑，不知不觉就把邓和书培抛下很远，在桥上等了一会儿仍不见踪影，我就骑车到了桥的另一端。这里聚着这么多人原来是在等待登记，这是川藏骑行以来第一次需要在检查站登记身份证。

邓和书培到达时，已经是十分钟以后的事了。

"你今天怎么跑这么快？"邓说。

"平路上没特别注意速度，按照节奏来，不知不觉就超出了这么多。"我说。

跨过江，风小了许多，也开始直面陡峭的岩壁了。沿着江骑了一段，路拐进了前方的一个峡谷，峡谷中流淌的是金沙江的一条支流：宗曲。宗曲径流量不如巴曲，但宗曲的河道更加狭窄和陡峭，所以水势看上去更加来势汹汹，在河谷里发出巨大的回响。没有风，汗液蒸发缓慢，开始黏糊糊地粘在身上，地面温度高得厉害，离开金沙江大桥后骑出了六公里，邓的码表显示地面温度达到了 42℃，烤的人就像太阳下的橡皮糖，慢慢软下去，脚也渐渐使不上劲儿了。两边的山没有树木，不能对太阳形成有效的遮挡。在一处靠近弯道的地方，有一座悬崖，在路上留下一块不大的阴影，邓建议在下面歇一会儿，再这么下去，搞不好会中暑。我们把车靠在岩壁下，看着前方不远处从山上滚落下来的巨石，我不时地抬头看上方的悬崖，心想不要掉下什么才好。

身体多少凉下来一点后，我们又出发了，这里毕竟不是久留之地。温泉山庄在距离金沙江大桥 12 公里的宗曲河谷里，与国道一河之隔，通过一座石桥与国道相连。温泉山庄说是山庄，实际上不过是一个废弃不用的道班，后来骑行的人多了，做了修缮，改成了供骑车人住宿的地方。不大的院子正对着一堵高高的挡墙，挡墙上面是澡堂。院子靠河的一边，有两座挨在一起的建筑，小的是简易小卖部，除了简单的食品、饮料，再没有其他东西；大的被改成了车库，专门给骑友停放自行车。穿过院子，再上一个斜坡就是住宿区，过道右边是一排瓦房，房间还算明亮。左边隔着栅栏是一个露天游泳池，也就是所谓的温泉。池中泛着蓝光的水给人不小的诱惑。泳池的尽头靠着瓦房的一边，有两棵不算大的核桃树，我们到达时，一个骑友正在树上用木棍敲核桃，树下的几个骑友把掉在地上的核桃捡起来放在水泥台子上，剥开绿壳，用石头将核桃砸开，取出白白嫩嫩的核桃仁放、嘴里，津津有味地嚼着。

我把行李拿进了房间。房间里一共有三张床，已经住了一位，还剩两张床，这也是温泉山庄剩下的最后两张床。我们把剩下的两张床凑到一起，想三个人将就一晚上。王伟和其他一些不认识的骑友到得早，已经在游泳池里泡上了。我拿出一直未用的泳裤和泳镜，也想去享受一下这温泉之乐。

我去车库取饮水瓶，书培跟着过去收拾车子。车库里，一些骑友在修车，一些骑友在打气，这时进来一个骑友说道："兄弟们，我现在要去金沙江边发短信，这一路上来，只有金沙江边才能打电话发短信。你们如果有需要传达的信息，编辑好短信把手机给我呀！"

听他这么一说，在场的骑友都来了兴致，纷纷表示有这么一个活雷锋真是让人感激不尽。金沙江到这里来回 24 公里，没有人会为了一条短信或一个电话去跑一段至少一个半小时的路程，现在既然有人代劳，自然不会放过机会。书培编辑好短信，把手机给了这位素不相识、相貌也来不及记下的骑友。这位骑友带着一腰包手机上路了。

我返回房间，换上泳裤，穿着拖鞋来到水池边，用手试了试水温，水温恰到好处。什么都没想，纵身一跃跳进眼前的碧蓝。仰面躺在水面上，看着和这池水一样蔚蓝的天空，不知是水池映着天空的颜色，还是天空映着水池的颜色，整个世界浑然一体。自己好像被某种力量托着浮在空中，触手可及的白云从头顶慵懒地飘过，在身上留下薄薄的阴影。眼珠只要稍微离开头顶的天空，两边的山峰就会闯入眼帘。离开河谷后，两边的山变得葱郁了，山脚干热贫瘠，山腰却莫名其妙地湿润起来。如此仰在水面上看着这一切，心情前所未有地放松下来，肌肉也得到最大限度的舒展。把被太阳烤干的面部没入水中再伸出来，感受水膜从脸中央向两边慢慢扩散开去。泳池的围墙外面是奔流不息的宗曲河，河水在崎岖不平的河床里发出震耳欲聋的声响。就这样不知在水里泡了多久，当太阳快要没入西面高大的山体，微风从水面上拂过，身体才感觉到略微的凉意。我离开深水区，走到水池的进水口处，在距离进水管五十厘米的地方坐下。进水管是一根直径约十厘米的钢管，管口距离水面一米，管口流出的热水烫得人受不了，五十厘米开外的温度恰到好处。

坐在进水口的角落里，对面是一直延伸到水下的台阶。这里是泳池的浅水区，平躺着刚好可以淹没人的身体。书培在走廊上向我打招呼，手里捧着一盒泡面，走过核桃树下的台阶，来到水池边，把泡好的方便面放在水边的台阶上，下了水，走到我和进水管中间，坐下了。

"你不觉得烫？"我有些惊讶地看着他。

书培一边往身上洒水一边说："不烫，这样才叫泡温泉嘛！"

"几点了？你怎么现在就吃饭，中午不吃得挺多的吗？"

"我也不知道几点了，反正就是饿，带的饼子吃完了。我先吃一盒泡面稳一下，等你们吃晚饭的时候我再和你们一起吃。"

"啧啧，你真是我亲弟弟呀！这边除了泡面还有什么可以吃？老板做饭吗？"

"看样子，老板好像不提供伙食，倒是在小卖部门口有做大饼的，刚才尝了一点，不好吃，硬得跟石头似的，硌牙。"

我陪书培在进水口坐了一会儿，他吃面的时候，我离开了。趁身上湿着，太阳还不声不响地露在外面，我想去洗澡。澡堂是完全露天的，站在里面抬头看向天空，也是高山环绕，空间不大但异常明亮。

洗完澡出来，天色暗下来不少，骑友们都结束了戏水这一仅有的娱乐项目，开始吃晚饭。晚饭单调，几乎每人一桶面，或站在窗台，或依着栅栏，或垂腿坐在池边。两条狼狗在门口的垃圾筐之间来回穿梭，本想在废弃的泡面桶里寻一点剩菜残羹，没想连汤都没有。没错，它们面对的可不是一般人。看到这一幕，我也饥肠辘辘起来，问书培还吃不吃，毫无疑问，答案是肯定的。

来到小卖部前，三个壮实的藏族男子聚在一起说着藏语。其中一个正在和面，一个在往炉子里塞柴火，而另一个看上去仅仅是过去闲聊。和面的桌子极其简陋，和面男子往下使劲儿的同时，四根桌脚发出"吱吱"的声响。桌面经常和面的部位露出木头本身的浅棕黄色，其余部分则敷上一层黑黑的油脂和灰尘。巴塘的苍蝇像是集体搬迁到了这里，多得吓人。走近桌面，被惊起的苍蝇"轰"一声飞起，撞到脸上，针扎一样疼。

我到小卖部买了面，加了一根火腿肠，这就是今天的晚饭，至于明天的早饭，不吃肯定不行，压缩饼干怕是进藏的第二天就要用上了。我问老板要泡面的热水，他指了指放在炉子上的大锅，从锅盖的缝里冒出一股热气。我赶走身边的苍蝇，揭开锅盖，等眼前的水汽散去，眼睛就被锅里的几只苍蝇"吸引"了。这，搞什么名堂！我小心地用瓢把苍蝇的尸体打捞起，泼到地上。这大山里的苍蝇，肯定比城里的干净，这么大一锅水就几只，问题不算大。如此安慰自己，总算是把面泡上了。

我上了斜坡，走过过道，沿核桃树下的台阶来到临河的一堵挡墙处，挡墙下即是宗曲河。坐在挡墙上，双腿垂在河岸上方，河的上游是另一家住宿点，房子依河而建，晚上睡觉时水声想必大得可以。除此以外，这山沟里再无其他。能坐在河边吃饭，除了郊游和野炊，不会再有其他像样的机会了吧，而郊游和野炊已是很多年前的事了。现在手中虽是苍蝇汤泡面，但面对这一番美景，也算不错。

河的对面是国道，已经很久没过车了，这世间好像唯有眼前宗曲河发出的水声，惬意得有些过头。我正面对河水吃着面，连书培什么时候来到身旁都不知道。

"宝哥，你还记得拿我手机到江边发短信的那哥们儿长什么样吗？"书培看上去很着急。

"之前没见过，怎么了？"我问。

"哎呀！这天都快黑了，他应该回来了吧。怎么还不把手机还给我。想去找那哥们儿，但不知道长什么样，也记不得穿什么衣服了，完全记不起来。"

"你知道他的手机号码吗？"

"嗯？"书培有些不解。

"哦，对不起，我忘了这里没信号。"我顿时觉得自己好白痴，"这不好办呢，这样吧，反正房间也不多，你就挨个问，就问到江边发短信的那哥们儿在哪儿，你的手机在他那儿呢。"

"好主意，我这就去。"书培说。

书培走后，我迅速吃完手中的面，回到房间。趁天还亮着，想赶紧把日记写一写。从驮包里拿出用两层自封袋包起的日记本，带上笔和手电筒，找来找去，只有澡堂门口的挡墙好坐一点，遂坐在台子边上，把本子放在一边，看一看天黑之前的温泉山庄：山的对面，太阳隐去最后的光辉，只在山顶停留的白云边缘留下绯红的脚印；喧嚣的河水声中，碧蓝色的池水平静得像一面镜子，倒映着葱郁的山体；一只只托在手中的手电筒，像小小的萤火虫，照亮着不大的区域，区域里的每一个人，都低着头，静静地在本子上写着什么，若不是水声，我想这写字的沙沙声定会让在场的每一个人为之感动。栅栏上、窗台前、水池边、台阶上，凡是能坐的地方，都是写日记的同伴。我不知道他们在写些什么，但这一幕却成了我写的内容。我不知道用什么词来形容平日里别人怎么看怎么觉得粗糙不堪的我们，此刻却流露出的如此可爱的一面。

不一会儿，书培拿着本子来到我身旁。"还是没找到。"书培翻开自己的日记本，写着日期。

"那怎么办？"

"算了，都住在一个地方，睡觉之前再去找一下，找不到也没有办法。"

"外面这些人你问了吗？写日记这些？"我说。

"呃，算了吧，我也不知道是谁，这样挨个问过去，觉得怪怪的。"

"那倒是。"

我话音刚落，一个瘦高的小伙从住宿区朝这边跑来，穿着拖鞋短裤、浅蓝色T恤，跑到书培跟前笑着说："刚才是你找我吧？是不是找手机？"

书培高兴地跳了起来，拍了拍裤子上的土，说道："是呀是呀！哎呀！我从房子这头找到房子那头都没找到你呀！哈哈。说实话，我真忘了你的样子了。"

小伙笑道："我也一直在找你呀，我也忘了你长什么样了，哈哈。手机没信号，只能一个一个找。我也从房子这头找到房子那头，还是找不见人。等我回到房间，同伴说有人找我要手机，并大体描述了你的模样，我到外面一看，觉得就是你，就过来了。"

"十分感谢！"书培从小伙手里接过手机，连声道谢！

"哎！不客气，下次还是留一下联系方式比较好。"刚说完，大家都笑了。这可是一个凡事都要面对面交流的地方啊！

写完日记，天上最后的绯红消失了，多了几片稍有分量的云。回到房间，没网，没电视，唯一能做的，就是坐在床上，等着睡意慢慢袭来。

海通沟泥石流

夜里下了暴雨，迷迷糊糊中听到打雷的声音，随即暴雨如注。可听到雨声的我怎么都起不了床去收拾晾晒在台阶上的鞋子，也许有"现在出去已无济于事"的心态在作怪（不知各位看官有无这样的经历：小时候尿床，尿到一半醒了，这时，脑子里会纠结起来：是继续尿还是不尿？不尿吧，憋得难受，尿吧，会把睡裤和床铺弄湿，可此时，睡裤和床铺已经遭殃，尿不尿都改变不了这一现实性结果，索性一尿了之，翻个身，找一片干燥的位置，继续睡觉），在雨声中又睡了过去。早上天未亮，朦胧中被过道上的走动声吵醒。想起昨夜的暴雨，我还在对那声音是雨声还是水声犹豫不定的时候，就听到外面传来撕心裂肺的叫声："我才洗的袜子呀！我才洗的鞋子呀！我才洗的内衣呀！我才洗的内裤呀！……"唉！是雨声，确定无疑。我起身，书培和邓也一起起床了。最里面的哥们儿还睡着，为了尽量不打扰他，我们选择用手电筒照明。我穿着拖鞋到屋外取鞋子，四周都找遍了也没见到鞋子，我返回房间说："我的鞋丢了。"

邓指着墙角对我说："这不就是你的鞋子吗？"

"咦？"我大喜，"我的鞋子怎么在这里？昨天明明晒在外面的呀？"

"夜里下雨了，我知道你的鞋子晒在外面，夜里一直没睡着，听到雨声就出去拿鞋子了。"邓说。

我笑嘻嘻地说："还好你没睡好，要不然今天就要穿湿鞋子了，凉飕飕的，想想都让人打寒战。"说完，我就打了一个寒战。

穿好衣服，收拾好东西，天下起了小雨。这是自二郎山遇雨后再次遇上雨，我心想不要下得太过分才好。打着手电筒走过住宿区的过道，下了台阶，沿着一条幽深的小道来到厕所旁，厕所依河而建，被核桃树围得严严实实。白天尚且难找，现在更有诸多不便，湿漉漉的树叶和杂草刷在身上惹来阵阵寒意。跨过厕所门前的排水沟，进去才发现厕所早已被水淹没，雨水混合着各种污秽物，流得满地都是，得！

出发时天刚微微亮。我咬了几口压缩饼干，就当作今天的早饭了。今天的目的地是入藏以来的第一座县城：芒康县。芒康是滇藏线和川藏线的交会点，我们想着这个季节骑川藏和滇藏的人不少，但县城有多大不得而知，早一些到能让住宿的问题容易解决，同时为了留足时间应付可能出现的烂路——夜里下过雨，山里的情况尚未可知，早点出发准没错。

过了桥，上了国道，一侧的山峰云雾缭绕，另一侧的宗曲河汹涌澎湃，想必山上的雨下得不小。经过一夜的大雨，地面温度下降了许多，空气湿漉漉的，似乎多了些重量。越往前走，两边的山体靠得越近，河道也变得更加狭窄，河水在变窄的河道里横冲直撞，声音大得吓人。粗大的树木和成簇的灌木丛在绛红色的洪水中若隐若现，顺流而下。这里就是海通沟了吧——金沙江段上最容易发生泥石流的大沟。果不其然，还没走出多远，就遇到被落石砸断的护栏，此时的护栏看上去不像是钢铁的制造物，而更像是可以随意弯曲的物件，被巨大的滚石极不情愿地被撕开一条口子，像碎纸片一样耷拉在路基的两边。悬崖上的护坡钢丝网像卷寿司一样被山石从头卷到脚，狼狈地趴在排水沟内。道路上大大小小的碎石数不胜数，不时还有落石从山体上滑落，加上回荡在山谷间的河水的咆哮声，这简直就是一条绝人之路。除了丝毫不敢停留地向前，心里还多了一份祈祷，祈祷自己不要被落石砸到。天亮前的小雨在出发后不久就悄无声息地隐退了，太阳迅速从薄云中探出脸来，阳光斜斜地洒在潮湿的路面上，升起一团薄薄的水雾，路面反射的阳光刺着双眼，但相较于下雨，这样的场景更容易让人接受。

天放晴后不久，海通沟内汽车的鸣笛声渐渐多起来，这些应该是在巴塘留宿的私家车，从时间上推算，正是经过海通沟的时候。私家车从身边呼啸而过，不时地会从车窗内飘出一句颤巍巍的"加油"声，可能是气流所致，但也算暖人心脾。当然，被人偷拍的时候也时有发生，这着实让人有些受宠若惊。

遇到第一个滑坡是出发两个半小时以后，滑坡主体前后五十米内的护栏被整个掀到了河里，片甲不留，只能从路面上留下的还剩一半的桩孔判断当初这里存在护栏，河水一个劲儿地淘蚀着路基下面的混凝土结构。山体滑坡形成的斜面从半山腰开始越过路面一直延伸到河里，河水改道后冲刷着另一侧的山体，不时有树木被连根拔起，消失在滚滚洪流中。武警部队的一辆橙红色铲车正在滑坡现场疏通道路，通过土方时，小战士嘱咐我们这一带不宜停留，要以最快的速度通过，今天可能还会下雨。听到会下雨，我心里的紧张感马上就被唤醒了，哪还敢停留，低头往前冲，能骑多快骑多快。

一路向前，天空中的云逐渐散开，不像会下雨的样子，但不论怎样，迅速通过海通沟肯定是明智之举。骑友们的速度参差不齐，温泉山庄出来的一大拨人前前后后，或扎堆，或单飞，分布在大沟内。我、邓和书培是第一梯队。依着河，在一个拐角处看见几辆私家车，其中就有刚从我们身边呼啸而过的车辆，正寻思着他们把车停在这里做什么时，拐过弯道，更长的车队出现在眼前。难道前面发生了交通事故？我一面朝前走一面向路边的人打招呼，问前面发生了什么事，一位大哥从车窗里探出脑袋打着哈欠说："前面塌方啦！走不了啦！自行车也走不了！"一听到这话，我脑袋里嗡的一声。自行车都走不了，那是什么情况。

我们来到车队的前面，看见二十米开外的一个涵洞已经被垮塌的山体掩埋，护栏早已扭曲变形地掩埋在河道的泥沙里，滑进河道的土石方在涵洞下方形成巨大的冲积扇，浑浊的水从土石方上流过。我走向同样等着通过的一名男子，问道："大哥，前面什么情况？"

男子吸了一口烟，说道："前面那个山沟沟整个掉下来了，土石堆太高，整个土石堆上都是水，走上去就往下陷，小车过不了，自行车也过不去。"

"怎么会这样！自行车也不能过？"

"自行车过不了的，不信你去看看。刚才像你们这样的两个人不听劝，过是过去了，但是危险得很，差点没出来。要是陷在里面，山上有滚石下来，那不是要了命了！"

"那倒也是。"我说。

随后到的同伴都停了下来，我把车停在路边，想过去探个究竟。

正如那男子所说，土石方因被水长时间的浸泡已经吸足了水，山沟坚实岩体上方的土石和植被已经整个滑落下来，裸露出滑溜溜的岩体，像一个活物褪去皮肉只剩下骨骼。岩体顶部还有一些残留的土方时不时滑落下来。山水在土石方中间冲出一条两米见宽的水槽，水槽内经水泡过的泥软得像豆腐，乍看上去坚硬无比，可脚一放上去就整个晃动起来，如果踩破了，四周的稀泥会迅速将脚埋住，根本抽不出来，要是两只脚同时陷进去，那无论如何都挣脱不了。两米见宽，跃过去几乎不可能，唯一的办法，就是用石头在中间铺出一条道来。

拿定主意后，大家都把自行车停在路边，在土石方旁忙碌起来。我们往同一个地点投放石头，慢慢向内延伸，里面的稀泥厚一些，石头投进去马上就没影了，但这是唯一的办法。等最远的支撑点能支撑我们跳过的时候，几个队员就踩着刚铺好的石墩跳到对面，从对面铺石头。石头在一定程度上影响了排水效果，山水在铺成的石头路上慢慢积累，石头开始缓慢下沉。看到如此情形，我们只能顺势而行，和时间赛跑，在石头完全沉下去之前先过去几个兄弟，能过几个过几个，等石头完全下沉了，再重新铺上。我们让后面等待的同伴先卸下驮包，把车清空，车和驮包分开是为了减轻重量，减小通过时对石墩的压迫。这样忙碌了一个钟头，车和人终于全部通过了滑坡区，自驾的哥们儿向我们竖起大拇指表示祝贺，这一过程也成了他们竞相拍照的画面。一些私家车看通路无望打算往回撤，但被队友告知后方的路也出现塌方时只能哀声长叹，不知道还要在这大沟里停留多久。

过了滑坡区，想着能顺利出沟了，可没想到出去还没一公里，又遇到超大型的泥石流，同样是两山交会处，同样是溪水出口处。路面是刚修好不久的柏油路，护栏上还没多少涂鸦。武警部队的两辆挖掘机已经在土石方上作业，周围拉起了警戒线。由于山水得到很好的疏导，路上的土石堆没有变成大泥塘，但走在上面同样让人心惊胆战，只能推着自行车如蜻蜓点水般迅速通过。我们告诉武警战士前面有一个急需处理的大塌方，小战士无奈地说队里的所有挖掘机和铲车都出去了，已经没有多余的铲车可以调配。

天渐渐暗下来，眼看又要下雨了。看来，今天又将是不寻常的一天。

公路离开宗曲河，进入宗巴拉山盘山道时，雨淅淅沥沥下起来。想到能在下雨前离开海通沟，下雨也成了能够接受的庆幸之事。宗巴拉山的路刚做好地基，路面不如柏油路，但相对于搓板路来说，还是平整得多，昨天的暴雨将表面的浮土冲了个干净。如此这般，虽是烂路，但也能接受。还没到垭口，雨停了，从出发到现在，空气湿漉漉的、地面湿漉漉的、衣服湿漉漉的、车子湿漉漉的，不仅一路没喝水，还一个劲儿地产生尿意，不得不说这也是一路上心情比较舒畅、没吃正经午餐而没感觉到饿的原因。

这里的山体富含铁，土壤呈赤红色，被雨水冲刷进河流的泥土把宗曲河染成了绛红色，金沙江也红得撩人心弦。过了宗巴拉山垭口，山的另一面没有受到大雨的侵袭，潮湿的红土路面表明不大的雨曾经来过，但没来得及形成地表径流就已经停止。远处拉乌山的方向，天空罩着一朵厚厚的云，那边的雨怕是已经肆无忌惮地下起来了吧，明天的路会不会被塌方分割得七零八落呢？

冒着零星的小雨，沿着红土路下山，汽车从身边驶过，灰尘不见扬起，倒是实实在在感受到浓烈的尾气。周围的空气太过干净，反倒突显出汽车尾气的异味来。在芒康的进城入口，毫无例外的有检查站，队友们排队在检查站做身份登记，而我把自行车靠在电线杆下，晒起了鞋子。

做完身份登记后，我们骑车进城了。绕过一个环岛（滇藏线与川藏线的交会处），离开318国道，进入芒康县的主街。不知是因处在国道的入口处，还是作为旅游集散地的缘故，芒康街道两旁各档次的宾馆饭店多得不计其数。当然，狗也是一如既往的多，我们漫无目的地在街上走来走去。宾馆表面上看能让人挑花了眼，可实际问下来不是价格太高就是已经住满。看来在海通沟耽搁的时间里，滇藏线上的骑友们早就先赶到了。在街头徘徊的过程中，天空渐渐沥沥下起雨来。

　　挑了半天未果，我们只得回到作为备选的骑友之家，而在这里，我们又碰巧遇前一天在巴塘分别的小杯具和王明。

生理和心理的极限挑战

——翻越澜沧江干热河谷

　　芒康和其他典型的藏区小城一样，街道上除了行人，还有随处可见的狗，当然，早晚还是有数不尽的猪牛羊上山和回家，和路人混杂在一起。县城的狗整晚像开联谊会一样叫个不停，吵得人睡不着。我翻来覆去导致受了凉，起床后鼻涕流个不停，咳嗽，一摸额头觉得微热，看来是发烧了。眼睛酸涩难耐，大腿也酸痛起来。吃了药，硬扛着出发。

　　芒康到左贡区区160公里，却要翻越三座大山，要在一天之内穿越，对于我来说，是无论如何都是做不到的，而这中间像样一点儿的住宿点就只有位于澜沧江峡谷中的如美镇和觉巴山下的登巴村。如美镇说起来是一个镇，但实际只能算一个人口较为集中的山中村寨罢了，翻过不算太难爬的拉乌山，下山便是。如果在如美镇留宿，今天的行程会相当轻松，但明天就会异常辛苦。觉巴山暂且不提，海拔5008米的东达山就是一个不小的挑战，因为这将是这一路上我们遇到的新高度。如此一想，今天最好能赶到登巴村，只要今天过了两座山，明天全心全意爬过东达山就行了。

　　要翻过两座山，但我们对前面的路况和天气情况一无所知，为了留够应急时间，今天出发得比较早。吃过早饭，整理好行李才七点半。天刚亮，太阳还没升起，这时候最适合爬山——一来视线不受影响，二来没有阳光的照射，身体即使因剧烈运动而燃烧脂肪也不会感觉太热。

昨天在宗巴拉山垭口看到的拉乌山方向的乌云给拉乌山送来了可观的降水，尚未修好的拉乌山盘山路上，浮土被冲得无影无踪。一些路面由于雨水过于强劲，本属于路基部分的碎石也被冲刷干净，露出原有的凹凸不平的石头路。在这样的路上骑行可不轻松，上坡格外消耗力量，崎岖不平的路面从四面八方分解着传递到轮子上的力量，甚至从反方向进行回击。几个回合下来，人已疲累不堪。只能骑一段歇一段，慢慢把眼前的盘山路抛在脑后。红色土壤的山坡，在离开干热的河谷后变得葱郁起来，加上正值雨季，正是野生菌的生长季节。我们在路上几次遇见背着背篓上山采蘑菇的当地人，想必这山里的蘑菇一定相当可观。

我们在拉乌山盘山路上挣扎的同时，太阳拨开大雨后的残云开始普照大地。阳光像从窗帘后悄悄射入房间一样，从乌云后洒向山冈。微风中挂着水珠的低矮灌木和杂草就像圣诞节时挂满礼物的圣诞树，色彩斑斓、晶莹剔透。等阳光真正热起来，我们也到了拉乌山垭口。高原上的阳光是强烈的，照在身上像针扎一样，但也是明亮的，活脱脱似用水清洗过一样。下山路是一条黑黝黝的柏油路，看得每一个人心里美滋滋的，高尔寺山的下山噩梦让我们知道下坡烂路比上坡烂路更伤人，不管这条新修好的柏油路能把我们送多远，至少现在它不会让我们感到难熬。

我们在拉乌山垭口没有停留，直接滑上柏油路就一路冲下山了。几次弯回路转后，在前方的一个弯道里看见类似观景台一样的建筑，正琢磨着会不会是澜沧江时，一幅世外桃源般的田园风光就硬生生砸进眼睛。显然，眼前出现的景色和大脑的猜测发生了强烈的不相容，在大脑转换思维去对眼前的景物进行思考之前，嘴巴早已不受大脑控制般夸张地打开了。公路在眼前的山谷里蜿蜒，消失在远方，湿润的云拖着沉重的身体沿着山脊爬上山顶，像一朵朵挣脱母体的蒲公英种子飞上天空，随即在云下露出郁郁葱葱的森林，草场和农田分布在森林边缘，零落的房屋点缀其间，轻盈的烟让这里的一切显得平静和自然。没猜错的话，前面就是如美镇了吧，果然景如其名。正拍着照，小雨突然像想起来似的淅淅沥沥下起来。哦！真是个神奇的地方。

绕到眼前的山头下方，柏油路戛然而止，蜿蜒在山谷中的道路变成了绛红色的土路。这里的土质是胶泥，吸水性强且具有很强的黏合性，虽是土路但并不泥泞，只是路的表面被冲出来一些沟壑，自行车要频繁地避让，有时避闪不及，不算慢的自行车栽进路上的水沟又弹出，人和车整个飞起来又重重地摔回地面。人不要紧，可车在这样的恶劣骑行条件下显得有些吃不消，我一直担心车胎会不会爆掉，辐条会不会折断。经过高尔寺山的考验，货架不让我担心，但驮包还是让我忧心忡忡，挂钩要是断了，这一路可真难受了。跌跌撞撞迎来第二段柏油路时，才算是松了口气。一直挂在车座下方的打气筒在剧烈的撞击下，气管瘪了，好在还能将就着用。检查了驮包和轮子，一切如常，只是手拨错位得更严重，不能很好地换挡了。

柏油路把我们引入了更深的峡谷，两边的山开始变得狰狞。在柏油路上骑行，速度升得快，不经意间就到五十以上，平时五十的时速，自行车会轻微地摆动起来，可现在后面带着行李，自行车稳当得多，六十也感觉不到晃动，这种时候很容易形成对速度的误判。在狭窄的路面上我们不敢大意，只能一面盯着路面，一面看着码表读数。

自行车沿着柏油路一路向下滑行，隐隐约约能听到河水的声音，但不知道河在哪里，看着两边的山变得越来越秃，植被变得越来越矮，我猜测澜沧江就要到了。正前方的高山扑面而来，而前方的柏油路不知拐去了哪里，我赶紧减速。等我真切看到眼前的公路拐了一个九十度大弯藏进左边的岩体时，绛红色的澜沧江出现在了眼前。

昨日山上的雨和这里没什么关系，看着在热浪里抖动的路面，显然这里好久没下雨了。在山的一侧，不稳固的基岩早已把护网砸得面目全非，路上堆满了碎石；江的一侧，没有护栏的斜坡下面是滔滔江水，让人不敢接近。骑车经过被山石砸弯的护网下方时，会冒出不靠谱的想法：那些弯了的撑杆不会突然弹起来吧？要是不偏不倚打个正着，这辈子就完了。到了竹卡村，一颗悬着的心才算放下。

竹卡村的具体范围我不清楚，但仅从竹卡大桥两侧来看，这似乎是一个被世界遗忘的角落。要不是 318 国道从这里经过,想必这样的地方不会有人提起,更不会记得。几座破败的平房分布在国道的两侧,墙体开裂,石灰脱落,像是刚刚经历一场战争。简陋的招牌斜斜地靠在路边,告诉人们这里所能提供的服务。除了汽修点和餐厅,别的什么也没有。几棵木头架设的电线在路两边交错排开,两座房子顶上的铝制太阳能储水箱强烈地反射着阳光,路上见不到任何人,从当地人的角度来说,恐怕这也是一个被遗弃的场所。我们骑着车进村,像在废墟上寻找幸存者一般搜寻着可以吃饭的地方。到竹卡时,正是中午,太阳烤得人出现了幻觉。早上从芒康带出来的馒头已经吃完,水也差不多喝完了。在村子的中央,靠着灵敏的嗅觉,我发现一个类似小卖部的屋子,我把车靠了过去。窗子没有玻璃,代之以活动木板。被取下的活动木板整齐地搁在窗户内侧,窗台年久失修,被人经常触碰过的地方就连墙体也被深深地削掉一层,露出土基。光线穿过窗户照进屋里,屋内仍显得昏暗。简陋的货架上放着一些生活必需品,还有堆积如山的方便面。老板是一个瘦小的皮肤黝黑的男子,抽着旱烟,看到窗口有人,就把脑袋递到窗前:"买什么?"

"想买两瓶水。"我说,"大哥,这里哪里能吃到饭?"

"吃饭嘛,我这里就可以。不过,"男子犹豫了一下,"饭得现做,没有米。"

"要多久?"

"快,用高压锅半小时就可以。"

"有坐的地方吗?"

男子急忙起身,朝里屋吆喝了一声,转过头来对我说:"有,有。旁边的屋子有桌子,从前面进。"

邓在前面的一根木头电线杆下停着,我向邓打了声招呼,告诉他午饭有了着落。我把车推到屋檐下,防止太阳暴晒,邓和书培把车推了过来。这时候莫名其妙来了吃饭的人,老板娘显得有些纳闷但还算热情,灶台就在屋子的一个角落里,看样子火刚熄不久,老板娘让我们看地上的食材,要吃什么她马上就做上。她说自家在屋后开了一小块地,其他东西种不了,但种了一些蔬菜,西红柿和西葫芦都有,如果想吃,她这就去摘。我们问了一下菜的价格,和往后遇上的其他地方一样，这里的菜只有两个价格：荤菜一个价，素菜一个价，而且价格都不低。在这里没有其他的选择，我们要了一荤一素，还有一大盆西红柿鸡蛋汤。对于鸡蛋汤，我们交代老板娘西红柿平时下几个就下几个，鸡蛋该下几个下几个，但是水给我们多加一些。结果西红柿蛋汤上来时确实是一大盆，老板娘说实在也是相当实在，我们也不负众望，能吃的能喝的一点没剩下。

汤喝多了，肚子胀得难受。吃饭期间陆续过去一些骑友，他们和我们刚开始一样四处张望，寻找吃饭的地方。看到我们吃得正酣，也验证什么似地走过来探个究竟，这样一来，马上就引来了众多食客，就连自驾的也在这里驻足。老板娘此刻忙得不亦乐乎，老板端着高压锅跑出跑进，乐开了花。

吃完饭正是午后最炎热的时候，但前面的路还很长，我们不得不出发。这是一个不愿意多待一秒的地方，除了江水给人绝对的视觉震撼，这里艰苦的生活条件也给人留下深刻的印象。

下坡后，过了竹卡大桥来到澜沧江的另一面，便开始无休止地上坡了。光秃秃的山体没有任何遮挡物，公路沿着山体向南蜿蜒。脑袋像是被整个扔进烤箱里，巨大的太阳毫不留情地烘烤着眼前的一切，一丝风也没有。越往前，河谷越深，公路在山腰上缓慢抬升，路面与江面的距离越拉越远，最后，澜沧江消失在了深不见底的谷底，山一侧是插入云霄的高山，疏松的崖体随时有石头滚落，在路上砸出大大小小的坑。国道像一条扎紧的裤腰带高低不就地悬在半山腰。恐高的我不敢沿着江的一侧往前骑，害怕一失足就直接骑到悬崖底下去了。而靠着山体骑，又怕被莫名其妙的落石砸中，只能把自行车稳在马路的正中间，像走钢丝一样前进。看着前面的卡车会车，靠江一侧的卡车已经有一半的轮子离开路基，卡车司机却表现得十分淡定，早已大汗淋漓的我替他捏了把汗。常听人说"闻其声不见其人"，在澜沧江大峡谷中骑行，听到牛铃的"叮当"声却怎么也见不到牛的身影，但那确实是近到咫尺的声音，牛在山的这一侧绝无可能，唯一可能就是河谷一侧，可这让我百思不得其解，牦牛庞大的身躯能在如此陡的山坡上行动自如吗？我不敢骑到河谷的一侧探个究竟。直到看见一头高一米五左右的壮实牦牛走到河谷一侧，轻轻迈出两步就消失不见，不久传来清脆的"叮当"声，我终于确信无疑：这里的牦牛练就了一身飞檐走壁之本领，在如此陡峭的山坡上能像山羊一样行动自如。

周围的空气越来越干燥，前方的路像花边裙的褶皱一样没完没了。路面温度超过了40℃，嗓子干得要冒烟，还没离开澜沧江大峡谷就已经喝了一瓶水，只剩下一瓶水了。这样下去，只能打山泉水的主意了，如果有山泉水的话。我们渐渐地赶上一些借助凸出的岩体乘凉的骑友，一块巨大的崖壁在太阳底下投下一小块阴影，骑友们就像拂晓归巢的蝙蝠，哪里有阴影就钻到哪里，寄生般紧紧贴着岩壁。看着满天飘浮的云，我希望能顶着其中一朵云投下的影子走完这段路。可实际情况是白云并没有投下什么影子，而是迅速地朝两边散去，在河谷的上空留下蓝蓝的衬底。小时候经常用放大镜聚焦太阳光去烤路边的蚂蚁，现在觉得自己就像一只蚂蚁，在某处有一个我看不见的生物，正拿着巨大的放大镜聚着头顶的阳光一股脑地照向我，想要把我烤干在澜沧江畔。此刻，真想跳进江里洗个痛快，可江在哪儿呢？江在一眼看不见底的谷底。

拖着快要烤焦的身体拐进一个有涓涓细流的峡谷，一侧的山谷依然深不见底，但总算是离开了澜沧江。一座看上去更为青翠的高山出现了，山脚下依然是矮小稀疏的植被，像是某种遗留的存在；山腰上远看辨不出是何种树木，但是乔木无疑；山顶像用某种化学试剂处理过，只剩下光秃的石灰岩体。看似火柴盒般大小的农舍分布在山谷间，周围的农田成了山谷中最葱郁的区域。继续朝前，逐渐看清了摆在眼前的这座大山，山腰上挂着巨大的"Z"字形盘山路，从一个拐角根本看不到另一个拐角，眼睛只有像全景相机一样从一边扫向另一边才能看清全貌。而这样的"Z"字形盘山路从山脚一直盘到山顶，站在山下一览无遗。这就是觉巴山？

邓找了一个斜坡靠着，书培站在一边，仰着头看着这平时是天下奇观而现在是能把骑车人吓傻的盘山路。我磕磕碰碰地把车停到路边，澜沧江大峡谷已经把我烤得外焦里嫩，加之今天微微有些发烧，双腿已经酸痛到不行，我瘫坐在地上，不想挪动半步。

"这样的路，我喜欢。"邓很享受地说。

"变态，我要死了！"我半睁着眼睛，用舌头舔了舔流血的嘴唇。

"你不觉得这样的路很过瘾，很有挑战性？"

"哥不想要什么挑战性了，今天前半段已经够挑战的了，哥就想找个地方好好睡一觉。本来还流鼻涕来着，被澜沧江一折腾，都没鼻涕流了，烤干了。"我用纸巾抠着鼻孔。

书培走到斜坡旁一屁股坐下，说道："不带这么整人的。好歹藏着掖着一点呀，这毫无保留一下子亮出来，都没勇气去挑战了。"

"没办法，路就在前面，抱怨到天黑自己不去走也到不了山顶。出发吧！"说着，邓起身去扶倒在一旁的自行车。

我也起身，捶了捶腿，还是酸痛难耐，再抬头看了看一览无余的盘山路，得，怎么都要三个钟头，数着每一分每一秒的三个钟头。

对于这样的路，只能鼓励自己一段一段去"消化"。如果把整个盘山路作为一个挑战目标，还未出发就会被吓得发抖。如果给每一个拐点安上坐标并取名为A点、B点、C点……每坚持到一个点就是一个小小的胜利，如此不停地数下去，一个个点就会被不知不觉抛在身后。有时候，甚至会忘记自己在盘山路上，而仅仅是从一个点上到另一个点，再将终点作为新的起点，重新开始。

如此这般地，村庄在一次缓上中被抛在身后，在下一次缓上中迎来高山松，在下一个拐点又将高山松甩到了身后。慢慢地，自己像是脱离了山体而独立存在地骑行在天际，数小时前还需要抬头仰望的高山，现在就实实在在地踩在了脚下。这种感觉是奇妙的，这不能算是征服，这仅仅是一种满足，心理上的满足。

到觉巴山垭口，看着遥远的澜沧江依在崇山峻岭之中，已经听不到滔滔的江水声，但能想象它的澎湃，因为几个小时前，我才从它的身旁走过。很多时候，我们只能回想来时的路，而此时此刻，我能看见来时的路，它就在前方；很多时候，我们只能预想未来的路，而此时此刻，我能看见未来的路，它就在身后。我们看似别无选择，但其实我们无需选择，如果实在需要，那就是勇敢向前。远处的拉乌山乌云密布，一条条黑线从天空伸进山谷，拉乌山又下雨了。

觉巴山垭口是过了二郎山以后，唯一一座海拔没有过4000米的高山垭口（垭口海拔为 3930 米），但上山下山却毫不轻松，刚刚经历了从山脚一直盘到垭口的 17 公里长上坡，现在又要一股脑儿地放下去，到海拔 3440 米的登巴村。干热河谷是一种特殊的区域气候类型，翻过了觉巴山，这样的气候自然就被南方特有的高温多雨代替。觉巴山下山路依山而建，在褶皱的山体上来回盘旋，从山顶一直送到谷底。多雨的天气，让柏油路的背阴面长满了青苔，湿滑路面的一边是没有护栏的悬崖。这样的下山路上谁都不敢大意，都是时速不过二十地小心滑行。

看着谷底越来越近，我们的心情逐渐放松下来。渐渐地，听到水流的声音，猪马牛重新出现。登巴村到了。

登巴大叔一家

　　叫他登巴大叔，并不是因为接下来我提到的大叔姓登巴，他是登巴村提供我们住宿的房子的男主人，大叔具体的姓氏和名字我不知道，所以只能用登巴大叔代替。为什么要特别提到登巴大叔一家呢？因为他们给我一种朴实的感动。故事还是要从刚进村说起。

　　离开芒康，从阴雨绵绵的拉乌山到热得嗓子冒烟的澜沧江大峡谷的经历，称其为"一天跨四季，十里不同天"也未尝不可。澜沧江大峡谷十公里的旁山险道、给人意志力致命一击的觉巴山，每时每刻都在以最为极端的方式考验着每一个骑车上路的人。当登巴村实实在在地出现在眼前时，每个人都为之动容。

　　隐藏在深山中的登巴村，两边是高耸的群山，山顶是浓黑的乌云，村庄上方的天空却阳光明媚。藏式民居均匀地分布在国道两旁，青瓦上泛着淡淡的绿。站在村口能看到村尾的白塔，过了白塔就是上坡路，通往容许。

　　村子不大，但没有看见旅馆或家庭旅馆的招牌，想到村里看一看，但从村口到村尾是一个下坡，如果看完了发现不合适还要骑回来，现在看到坡就双腿发软。想来想去，我们打算从村头一路问下去，遇到合适的旅馆就住下。

　　我们推着车慢慢进村，寻找合适的住所。靠近河谷的一边，有一间平房，面朝河谷，墙壁看上去像刚刚粉刷过，平房前是一个很大的土院子，土院外围有一圈简单的栅栏，一辆皮卡停在正中。从房子后方看不到任何的指示物和牌子，没有大门，没有人，整个村子看下来，只有这里像可以留宿的地方。我让书培和邓在路口等候，自己去探个究竟。我们把车停在一根电线杆下，邓和书培看着车，我朝着院子的方向走去。这时，一个中年妇女向我打招呼，我们徘徊在村口的时候和她有过眼神交流。刚进村口的时候，她和另外两个藏族姑娘坐在房前的院子里绣花，是枕头还是别的什么不清楚，但是绣花无疑。可能是怯生，可能是羞涩，我们的对视也只是一瞬间，之后她便又低头绣起花来，和另外两位藏族姑娘说着什么。就在我去打听眼前的平房能不能住宿时，她叫住了我。

"你要去干什么？"她用并不标准的汉语问道。

我停了下来，说："我想去看看这地方能不能住人，今天我们打算住在这里。"

"那里不能住。"

"不能住？为什么？"我迟疑地问。

中年妇女走到我跟前，指着平房说："这是村里，不能住。"

"嗯？村里不能住？"我更加迟疑起来。

"嗯，村里不能住人，你们就三个，可以住我家。"

"村里？您的意思是，这个地方是，村委会？"我似乎明白了她说的"村里"是什么意思。

"村，委，会？"现在似乎成了她有疑问需要解答，她歪着脑袋看着我，"那里是村里，不能住人，我家，可以。"

算了，就是村委会，我想。既然村委会不能住人，只能考虑民居了，我说："你们家在哪里？钱怎么算？"我向邓和书培使了眼色。

"我身后的房子就是，"她转过身指了指院子后的房子，典型的藏式建筑。她继续说道，"钱嘛，你们看了房子再说嘛。"

"你们觉得怎么样？"我转过身对邓和书培说。

"这才刚进村，可以朝下面找找看。"邓说，"很多人都在这里住过，按理说应该有家庭旅馆一类的地方。"

"我们可以先看一下。"书培说，"价格要是合适，就不用再跑了嘛。"

"赞成，我们就先看一看条件，如果合适就住下吧"我说。

邓看着车，我和书培随中年妇女过了马路。房子是一个二层小楼，说是楼，是因为看上去的确是两层，若是分辨不出一层和二层之间明显的界线，理解成一层也未尝不可。中年妇女把我们带到楼梯前，她先上，我们紧随其后，楼梯是用两根钢管和一些角钢简单焊接起来的狭窄过道，三个人一同走上去，楼板发出"咯吱咯吱"的声响，楼梯上下摆动起来。

"楼梯不会塌吧？"我有些担心。

中年妇女回头看看我，说："不会，不会。"

走到楼梯顶端，三个人挤在并不宽的楼板过道上，女人用钥匙开了房门，我和书培就站在其后，像两名保镖。藏式民居有一个特点，不管房屋如何破败，房前屋后或楼房的过道上、窗台前总是摆满了各种颜色鲜艳的花，这是出于一种生活习惯还是兴趣爱好不得而知，但住在这样开窗能看到花，上楼能看到花，回家能看到花的地方，心情很难不好起来。开门进去，虽然有窗户，但窗户相对于内部的空间显得略微小了些，光线不是很明亮。房间布置得很不错，挨着窗户是几张头尾相接的床，颜色鲜艳的被子整齐地放在床头，床单看上去也不赖。房梁和木制墙体绘上了一些佛教图案，中间几根木头柱子给空间增添了几分紧凑感，一股浓重的酥油茶味弥漫在整个房间。木板隔开的楼层下方，有家畜发出的声音。

"老板，这里住一晚要多少？"我问道。

"你们三个人吗？三个人的话，一个人50块。"中年妇女答道。

"50块太贵了，"书培接话道，"你这里能洗澡吗？我们的车放在哪里？"

"车，你们可以放上来，洗澡，不可以的。"

朦胧的光线下，灰尘从眼前飘过，还有酥油茶味、家畜的声音，价格也接受不了。我说："您这里的情况我们已经了解了，我们打算朝前面走走，如果觉得您这里合适，我们再回来。"

"你们不住啦？"中年妇女焦急地问。

"我们不是不住，是再看一下，合适了再回来。"我有点难为情地说。

下了楼梯，邓问情况怎么样，我说价格太高，再到村里找找看。

这时，一直坐在石板上的小女孩朝我们走过来。十来岁的样子，花布鞋，牛仔裤，红色粗布外套，皮肤黝黑，不长的头发扎成马尾辫高高地翘在脑后。她到我面前停下，问道："嗳，你们在找房子？"

我看了一眼带我们看房间的中年妇女，转头对小女孩说："你家在哪儿？住宿怎么算？"

"我家在村尾，40块钱。"

"在村尾呀！要是不合适，我们还得爬上来？"我说。

"放心，肯定合适，我家一直招待你们这样的。"女孩说，"比这儿好，两顿饭，一荤一素一汤，40块钱。"

"哇！还有吃的！"书培激动地叫了出来，"只要40块吗？"

"只要40块钱，不骗你们，要去就跟我走。"女孩说。

这还有什么可想，40块有吃有住。我们骑上车跟在女孩身后一路滑下去，在一个拐弯前停下，女孩指着我们左手边的平房说："这就是我家。"

这栋不大的、墙面石灰已经快脱落干净的土木结构平房，看上去只有一层，其实它的下面还有一层，房屋的一楼刚好与路面持平，路面下的一层需要从房子一侧的台阶下去才能到达。女孩说的住宿区就在下面。女孩叫来了父亲，也就是登巴大叔。小女孩用藏语和登巴大叔说了些什么，我听不懂，但显然是关于我们住宿的事，登巴大叔听完女儿的介绍，嘴角微微向上翘起，露出一丝笑容。登巴大叔的皮肤上像是均匀地涂上了一层轻微氧化的棕榈油，黑得恰到好处且带有光泽。略微卷曲的头发紧紧地贴着头皮，黑色的眼珠深深嵌在眼眶里，高耸的鼻梁，胡须作为消瘦面部上唯一的装饰物显得精神抖擞。黑色劣质塑料围裙裹在米黄色夹克外，裤脚已经破损的天蓝色休闲西裤下是一双破旧的运动鞋。我们就停在女孩说的她家的平房外，登巴大叔就从平房前一个用大小不一的破旧千层板简单搭建的简陋厨房里走出来的。

"你们要住在楼上还是楼下，楼上有炉子，暖和一些。"登巴大叔说。

"价格一样吗？"我问。

"价格是一样的。"登巴大叔一面说，一面走到平房前将门打开。

"能洗澡吗？"邓冷不丁冒出一句。

登巴大叔走到我们面前，指着台阶下一排看上去新建不久的小瓦房说道："洗澡的地方就在那儿，不过今天的太阳不是很好，不知道有没有热水。两个澡堂，两个厕所，都是男女分开的。不过今天没有女士，你们都可以用。嗯，自行车可以放在楼下，有专门的屋子。"

我们把车停在路边，开始卸行李。虽然房间没看，但有这些就够了，更何况40块钱还包吃住。小女孩走下台阶来到楼下，打开存放车辆的房间的门，我们在后面跟着。跨过一个高高的门槛进入房间，房间除了门没有其他的出口，说是房间，不如说像战时的半地下掩体更为贴切。一盏昏暗的电灯照亮整个空间，若干根柱子撑起房屋路面以上的部分，大大小小的麻袋挤满了大半个空间，还有一些农耕用具，柱子上挂着风干的肉和绳子。这里是一个储物间。麻袋里是麦子之类的东西，小女孩指着前面空出来的地方说自行车可以停在那里，晚上房门会锁起来，车不会丢的。

走出储物间，左边是另一道门，同样是高高的门槛，跨过门槛，左右两边又各有一道门，推开门进去，这里就是住宿区，地上铺的木板，床挨着四面的墙围成一圈，典型的大通铺。和储物间一墙之隔的房间面积大一些，床也多一些，床沿下稀疏地放着几个插板。窗户虽然朝着田野的方向，但房间内还是显得有些昏暗。另一个房间面积稍小，只有八个床，相对于房间，窗户倒显得很大，房间明亮得多。墙上贴着藏区特有的壁画，挂着白色的哈达。两个房间外面是一个用围墙围起来的下沉式院落，说是下沉式院落，其实就是一个比两个房间所在的平面更低一些的台地。与房间所在台地的关联物就是用一整棵树干凿出的木梯，沿着木梯可以到达下沉式的院落。院落乌黑泥泞，想必是平时关牲畜的地方。

"可以带我们看一下楼上带炉子的住处吗？"看完了楼下的房间，我对小女孩说。

"可以。"

我们随小女孩来到路边，走到平房前，小女孩推开门。房间没有窗户，除了这道门，只有一侧小卖部的窗户能透进有限的光线，房正中的炉子上烧着开水，炉子旁围坐着一位年纪稍大的老人和一个中年妇女，中年妇女怀里躺着一个小男孩。开门的时候，炉子产生的青烟从门槛上方的口子飘向天空，借着微光，我在炉子后面的墙角看见了头尾相接的几张床，很明显，这是他们睡觉的地方。

小女孩指着墙角的床对我说："这就是楼上的床。"

"这不……"我本想说"这不是你们自己的床吗？我们睡了你们睡哪里"，可到嘴边的话又咽了回去，改口道，"不用了，我们可以睡楼下。"

"你们后面还有人吗？像你们这样的，今天在登巴住的？"小女孩歪着脑袋问我。

"有吧。"我有点不确定，因为离开登巴往前十几公里是荣许兵站，过了觉巴山后大部分人会再爬一段到容许兵站留宿，过不了觉巴山的会在如美镇停下来，第二天赶往荣许。

"那我到村口等去。"说完，小女孩像一只欢快的小鹿，蹦蹦跳跳朝着村口跑去。

我把行李搬到楼下的宿舍，取出洗漱用品和干净衣服去洗澡。淋浴的水不大，但温度恰到好处。登巴大叔一家考虑到骑行者的需要，专门修了这间不大的房子作澡堂，还装上了太阳能热水器，价格应该不菲。冲完澡，我抱着换洗的衣服来到路边，这里放着几个已经灌满水的油桶，旁边有一台洗衣机，一个插板在不远处的草地上。我插上插头，没电，看着满是灰尘的衣服裤子，我还是决定自己动手。用瓢舀了几瓢水把面前的路面打湿，在衣服裤子上撒上洗衣粉，然后就搁在地面上搓，不一会儿眼前便是泥水横流的景象。身旁一群小学生模样的孩子走过，背着书包上蹿下跳，看着只穿拖鞋短裤坎肩、蹲在地上洗衣服的我傻笑，我也朝他们傻笑，他们瞬间乐开了花。随便搓揉几下，我把衣服扔进盆里冲洗。这时，登巴大叔从小卖部里出来，对我说："可以用洗衣机甩水。"

我说："试过了，没有电。"

"你等一下。"说完，登巴大叔走到不远处一个装置前，发动起那玩意来。原来那是发电机。

我有点难为情起来。登巴大叔把发电机打着，然后插上洗衣机的插头，告诉我可以用了。

我急忙把衣服上的洗衣粉冲掉，把衣物一股脑儿扔进洗衣机。登巴大叔和我就站在洗衣机旁，静静地听洗衣机呼呼转着。本想和登巴大叔聊点什么，但不知从何说起，最终没有开口，我们默默地看着脱水定时旋钮慢慢转向"0"。可就在这个并不算漫长的等待过程中，发电机发出不妙的声音，电流也时强时弱，最后彻底没声音了，脱水定时旋钮停在了"1"和"2"之间。我问登巴大叔怎么回事，登巴大叔说他过去看看。我拔掉洗衣机的插头，等着洗衣机停下来。登巴大叔到发电机前弯下腰看了看，回头对我说："没油了。"

我急忙说："可以了，可以了，脱干净了，可以晒了。"

"真的可以？"

"真的没问题。"我看着洗衣机内还在滴水的衣服。

"我家的洗衣机我知道，"少顷，登巴大叔说道，"看样子今天还会下雨，脱不干净，你的衣服干不了。你等着，我去找点油去。"说完，登巴大叔提着油桶朝村尾走去了。

看着登巴大叔的背影，我不知道说什么好。起初要知道用洗衣机脱水需要发电机供电，我怎么都不会愿意的。现在没油了，登巴大叔又到村里去找油，想着都过意不去。我迅速取出洗衣机里的湿衣服，用脚边的盆子装好直接跑到楼下，拧干，挂在门口的铁丝上，然后把盆送回路边，等着登巴大叔回来。

约莫十分钟后，登巴大叔提着一桶油出现在村尾的路口，我向他挥了挥手，告诉他衣服已经晾起来了，不用脱水了。登巴大叔走到我面前说："对不起，发电机没油，影响你洗衣服了。"

"没，没有。"我搓着手心，脸微微发烫。

"我开始做晚饭了，你们晚上几个人？"登巴大叔放下油桶，问道。

我犹豫了一下，说道："这个嘛，我也不清楚，后面可能会来一些，大概七八个吧，我会和他们联系，住到这边来。"

"行，行，那我就准备十个人的饭。"说完，登巴大叔呵呵一笑，朝着千层板围成的简陋厨房走去。

我拨通了王伟的电话。

电话那头传来王伟的声音："我们已经在下觉巴山了，打算到了登巴再给你打电话来着，我知道你们肯定到登巴了，你们太快了。不过，我们的队伍一部分留在了如美，他们实在不想赶了。可我们到的时候才一点多，那地方，什么玩的都没有，又热得很，所以决定来找你们。"

"太好了！"我说，"我们住在村尾，怎么描述这个地方，我也说不清楚，你进村的时候给我打电话，我出去迎你。对了，你们几个人？"

"我们就三个。"

"我知道了。"说完，我挂了电话，告诉登巴大叔我这边有六个人。

登巴大叔做饭期间，女主人也出来帮忙，女主人对我们只是微笑，她不会说汉语。白天睡在女主人怀里的小男孩现在念一年级，普通话说得不错，就是很害羞，不喜欢说话，一逗他就乐呵呵地跑到女主人的怀里，甚是可爱。

后来，出去接人的小女孩又带回来三个男生。当晚，唯一在登巴村留宿的九个男人都住在了登巴大叔家里。

吃晚饭时，王伟还没赶到，我们就先吃上了。一荤一素一汤——炒大白菜、大白菜汤、土豆丝炒肉。土豆丝炒肉基本上没什么肉，但是很合胃口。六个人围坐在一张简陋的木桌前，太阳一下山，气温下降得厉害，寒风从木板的缝隙里挤进小木屋，能感觉到刺骨的寒意，靠近火炉自然暖和很多。女主人给我们一人盛了一大碗米饭，汤放在正中间，两边各一盘大白菜和土豆丝炒肉。这一路上又累又饿，见到吃的顾不上什么形象，每个人都狼吞虎咽吃起来，看着我们的吃相，女主人还是一如既往地微笑。登巴大叔拿出冲好的酥油茶和糌粑，示意我们如果想吃就吃，免费的。糌粑我吃不惯，试了一小口就放弃了，书培却吃了不少，也是从这个时候开始，我隐约觉得书培的食量不一般。酥油茶喝了两碗，味道有点特别但能接受。吃饭期间，登巴大叔和女主人都没有离开，一直陪在桌前。看着桌面上的菜碟快没菜的时候，女主人就往碗里添。登巴大叔则把洗好的白菜端在手上，看女主人的盆子快没菜的时候就下锅炒起来，我们下意识地收敛了食欲。

一天 40 块钱包吃住还遇上这么一群饿狼，所到之处犹如蝗虫过境、一扫而光，这不就是赔本买卖吗？登巴大叔一家太朴实了，朴实到我们不好意思再张大嘴巴吃下去。

我们吃到一半，王伟他们也到了。就在通电话的瞬间，王伟从我的身旁呼啸而过。还在通话呢，这速度未免太快了一点。我们挪出一点位置，挤了挤，将就着一起吃了。

夜里下起了小雨，我把晾晒的衣服挪到屋檐下。八张床的屋子睡了四个人，我们把剩下的被子一人一床分了。那一晚，是我在川藏线上睡得最踏实、最舒服的一晚——按书培的话说，被子超给力。

楼上的屋是登巴大叔一家的，可他为什么要让出来呢？如果我们真去了楼上，他们睡哪儿呢？现如今想起当日的情景，胸口还是会隐隐作痛。并不只是痛苦的记忆让人想起来会揪心地疼，温暖的记忆也会。

雪莲花

　　咳嗽没有好转，窗户里外都挂满了水珠，盖了两床被子，身体暖和得很。房间的温度接近零度，大伙儿呼呼吐着白气，谁都没有起床。一条小溪从不远处流过，水声温柔润耳，绿油油的青稞田笼罩在薄薄的晨雾中。雨停了。

　　早饭是白菜丝炒饭，没盐，没胃口，可为了赶路，还是逼自己吃了一大碗。喝了两碗酥油茶，吃了感冒药，在腰包里备了两次的药量，打算在路上吃。都说感冒的时候不宜高海拔运动，那样容易引起肺水肿和呼吸道感染，在医疗条件极其落后的川藏线腹地，根本不能提供有效的治疗，轻则落下病根，重则威胁生命。我权衡再三，还是决定和大家一起走。待在登巴村也不会有什么实质性改善，翻过东达山就到了左贡，如果实在要停下来休养，县城的条件也要好过这里。

　　还没等阳光照进谷底，我们就迎着湿答答的空气出发了。离开登巴大叔家，拐一个弯，下坡过了村尾的白塔，就开始温柔地上坡。公路沿着河谷里的无名小溪逆流而上，蓝绿色的溪水欢快地在林间流淌，挂满露珠的硕大松果挺立在松树枝头。开阔的谷地永远是人类首选的聚集地。离开山体对峙的幽深峡谷，进入较高处的宽阔河谷地带，就会有村落出现。墙体是石灰抹成的白色，平整的房顶上随意放置的太阳能电池板旁总有一个强烈反射着太阳光的铝制水箱，无一例外的，房顶的一角总会有一面五星红旗。五星红旗在这满山的绿色间显得异常耀眼，当全村楼顶的五星红旗一起随风飘扬时，在这被世人遗忘的角落，至少能让人知道：这里是中国。这样的地方有一个好听的名字：红旗村。无论周遭环境如何变化，房顶上都会有一抹挥之不去的红。如这样的红旗村，从进西藏起就一直延续到拉萨。

房子周围是用石头围起来的青稞田。这些田都是在斜斜的山坡上开垦出来的，青稞田的大小受坡度和水源的制约。说是开阔河谷，也不过是相对于幽深的峡谷而言更开阔一些、更明亮一些而已，两边依然是高耸的山体。这样勉强能收拾出一块空地的地方就成了开发青稞田的首选。铲去草坪，用犁铧翻开土壤，翻出的石头垒在四周，在如此多雨的山里，围起来的石头墙能保持水土不流失，也能防止牲口践踏庄稼，一举两得。不知是特意留下来放牧，还是开荒的成本太高，除了房子周围的空地被开垦成了庄稼地，山脚的其余草地都保留了下来。此时正是水草茂盛、野花盛开的季节，翠绿的青稞田与蓝绿的小溪之间，是膘肥体壮的枣红色宝马，还有黑白相间、呆萌可爱的小牦牛。公路上，一对父子正赶着一群牦牛过河，父亲骑在马背上，挥着手里的鞭子，小男孩跑到小溪的下游，往河里扔石头溅起水花，让试图离群的牦牛归队。不过小男孩似乎对我们更感兴趣，目不转睛看着我们的队伍，这让马背上的父亲的目光暂时离开过河的牦牛而投向我们，随即露出蒙娜丽莎般的微笑，憨态可掬。

河谷在上山路上逐渐向两边展开，溪水变得平缓起来。夹道欢迎的森林逐渐被灌木丛取代。像世界地图上镶嵌在海洋中的岛屿，灌木丛组成各种形状镶嵌在高山草甸上，远远看去，草原像极了绿色衬底的海洋，凸起的灌木丛组成的图案，就是这绿色海洋中的小岛。山坡上的牦牛，队友说远看像苍蝇，而我觉得它们更像是一种祥和的存在。这里是牧民的天然牧场，草木繁盛，有永不枯竭的河水，草场上满是牦牛和马匹。牦牛虽然食量大，但对草地影响较小，它们一般不啃食草根，只吃草茎，草原上唯一的生态威胁来自当地的一种小动物：鼠兔。鼠兔不仅吃草根，还到处挖鼠洞，繁殖能力超强，是破坏草场生态、加速草原退化的头号凶手。当然，鼠兔长着很可爱的模样，用一个词形容，那就是鬼灵精怪。

一个牧民放牧着上百头牛，至于是自家的，还是村里统一安排的，我不清楚。虽然山上这么多牛，但牧民的生活要艰苦得多。他们没有固定的住所，一顶黑色的毡房就是一个家。夏天，他们赶着上百头牛来到山顶的天然牧场，这时的山顶，冰雪融化，水草丰盛。在冰川融水汇成的小溪两边，找一块平整的空地，用木棍撑起黑色的毡房，像一个个被风从某处吹来的房顶，零零散散地分布在河谷间。偶尔，在毡房外面的空地不远处，也会竖着一面五星红旗，一抹挥之不去的红。至于毡房内是怎么布置的，我自是不清楚，但听留宿过的骑友说过，那是后话了。

若不是山谷里的小溪和河谷里的绿色、满山坡的牦牛和黑色的毡房，只看两边的高山，会让人误以为到了火星表面。两边延绵的山峰，论相对高度并不算高，可山脚海拔已经接近 5000 米，如此一来，河谷两边的高山海拔就在 5000 米以上。受西南季风影响，雨雪是这里的常客，两侧的山峰只有在最炎热的夏季才露出山体，剩下的时间里都被厚厚的冰雪覆盖，年复一年，每一座山峰都像被人精心打磨过，光滑、陡峭，岩体在太阳和冰雪的双重作用下支离破碎，在斜坡上形成碎石堆积，只要下方的支撑有所松动，便会像破碎钱罐里的硬币一样倾泻而下。走在这样的斜坡下方，我连大声咳嗽都不敢，怕声波打破已有的平衡，卡车冒着带有橡胶烧焦气味的水汽从身旁驶过，最担心的莫过于冷不丁出现的鸣笛——我怕的不是什么鸣笛，而是鸣笛可能造成的山崩。

我们在起伏的山路上如蜗牛般缓慢前进，时间到了中午，天上的云渐渐多起来，不停的骑行让身体非但没有热起来，反而觉得有些冷。我在上山路上吃了两个馒头。河谷两边的山在前方约五公里的地方"握手言和"，公路消失在远方的山口。看不到标志性的经幡，不敢确定那里是不是垭口，但看到公路不算尽头的尽头，我给自己一个坚定信念的理由：从那里重新开始吧，现在只需走完眼前这一段就可以。喉咙里发出"咕噜咕噜"的类似猫咪呼吸的声音，头稍稍有些发晕，我确定这不是饿了，而是高原反应的前期表现。喉咙的"咕噜"声来源于气管的呼吸不畅，想必是发炎了。即便如此，我也只能一刻不停地将水汽十足的空气大口吸进肺泡，这是在一个呼吸稍有停顿就让人发昏的海拔，更何况骑着自行车，要命的是我发烧了，身体有些虚弱。

我一直在邓和书培的前面，和他们拉开大约一公里的距离。书培后来摇着车追上了我，我不会摇车，上坡都是使出吃奶的劲儿往上爬。书培和我平行走了一段后朝前去了，我想跟上去，可力不从心，于是放弃追上前去的念头，继续在后面如蜗牛般前进。很庆幸河谷里看到的公路消失的地方就是垭口，经幡不像其他垭口那样显目。垭口处有一个石头简单铺成的停车场，停车场后方有两顶白色帐篷，帐篷旁停着一辆敞着后门的面包车，车前简单搭起的摊位上摆放着两种我从未见过的植物。一个小女孩坐在摊位后方的石头上，手里攥着一把毛茸茸的像棉花头一样的植物。我把车停到摊位前，问小女孩手里拿的是什么。

"雪莲。"小女孩轻声说，用衣袖擦了擦鼻涕。

"雪莲？"小女孩儿的回答让我吃惊，咳嗽也随之而来。

"雪莲。"小女孩重复了一遍。

我从小女孩手中接过一根。质轻得很，棉花头以下慢慢收缩，秆儿上纤细的绿色叶片被毛茸茸的毛状物裹得严严实实，秆中空，直根。突然见到从别人口中得知是雪莲但又看似普通的植物，让我觉得不可思议，我看着手中的雪莲说："我见过的雪莲可不是这样子的呦，我见过的雪莲比这个大得多，有点像花的样子，可这个，不像花。"

"这是我们这里的雪莲。"小女孩说。

说实话，我之前听说过雪莲是不知何时何地飘进耳朵里的"天山雪莲"。据说天山雪莲生长条件极其恶劣，能采集到的人更是少之又少，雪莲有很多神奇的功效，至于如何神奇，听到的自然就是些打通任督二脉之类很玄乎的传言，但雪莲极其珍贵倒是作为一种常识接受下来。稀少珍贵的东西不容易获得，所以作为一种商品存在时，我觉得它的价格就不会低。当问及小女孩手中的雪莲花多少钱一朵，她回答一块钱一朵时，着实让我大吃一惊。或许是我一直接受了一些错误的、自认为是常识的信息？

另一种根部像甘草但茎叶比较特殊的植物是红景天，红景天被推荐为进藏前预防高原反应的药物，至于是否有传言中的功效，从未接触过红景天的我自是不知。在东达山垭口看到两种之前只闻其名不见真身的植物，算是大开眼界了。这时，一个不认识的骑友拍了拍我的后背，我转过身。

这位骑友身材矮小，戴着一副眼镜，一副学生模样，对我说道："山上那位是你的同伴吗？太牛了！我们到这儿都快高反了，他竟然爬这么高上去。"

"在哪儿？"我问。我向山的方向扫了一眼，什么也没见到。

"你看，快到山顶的地方，那个蓝色的小点。"他用手指向对面的石头山。

石头山已经破碎不堪，在一堆乱石中我发现了骑友所说的蓝色小点，那不就是书培吗，他上去干什么？

我在下面对着蓝色小点扯着嗓子喊："书培，快下来！"显然声音传不到那里，书培还是朝着山顶的方向爬去。

吼了几嗓子，喉咙发痒，不停地咳嗽，我离开公路，爬上山坡，想着这样喊会不会好一点，可还是无果，于是撤回公路，站在自行车旁等着。山顶的天气说变就变，没有任何预兆地飘起了小雪。停下来一小会儿，身体就冻住了。想着8月的北京正是盛夏之时，炎炎夏日煎熬着每一个人，让人昏昏欲睡，而这里却寒风刺骨，冷得人直哆嗦。我朝山上看了一眼，书培正在往下撤，我吼了一声朝他挥了挥手，示意他快些下来。

"你爬那么高干什么？"书培到路边的时候，我问他。

"我去找雪莲花！"书培的鼻子红红的，搓着手背。

"找着没？"

"没有。"

"这就对了。"我说，"你我能轻易找到？你以为山里的这些老乡不知道雪莲长在哪儿啊！他们跑起来都不带喘的。赶紧下山啦！冷得很，这种时候遇上冰雹就要命了。"

我没等书培，直接跨上车就溜下了山。溜出去一段距离，天空变得晴朗了，身体慢慢暖起来。离开垭口，无一例外地，总会有一条小溪相伴，越往下，溪水越急，径流量越大，慢慢地就成了一条名副其实的大河，这和上山时刚好相反。上山时总是河水变得越来越缓，径流量越来越小，最后没有任何预兆地、悄无声息地消失在山麓中。不积小流，不成江河也！如今的一千多公里路也验证了这个真理，不要在乎一天能走多少，只要坚持下去，你会发现平时遥不可及的地方，也会悄然抵达。过了东达山垭口，我们进入了怒江流域。横断山区的三条大江，我们过了两条，就剩这最后一条了。

下山途中，上山时的景色像倒带一样在这一侧重演，贫瘠的山峰、宽广的河谷、清澈的小溪、成群的牦牛、茁壮的青稞、茂密的森林、幽深的峡谷。最后，几头小毛驴把我们迎进了左贡县城。毛驴是河谷中当仁不让的劳动模范。劳作时，从远处看，只能看见四只纤瘦的腿拖着高过自身、体积大过自身的货品走在路上；闲暇时，它们又定定地矗立在马路中间或田间地头，萌味儿十足。如果说它们是在思考驴生，那可真是一副极度抑郁的模样。

令人昏昏欲睡的旅程

　　无论多么让人羡慕的生活，时间久了也会生厌，但生厌归生厌，不会有人因为对衣食富足的生活生厌了而选择去过食不果腹的日子。旅行便是如此，每一天每一刻和自己朝思暮想的风景同处一个时空，时间久了也会生厌，也会不想多看一眼。这有点像人们常说的审美疲劳，可审美疲劳不能深层次地说明处在这一阶段的旅行者对旅行的抵触心理。衣食富足者对衣食富足的生厌和旅行者对旅行的生厌一样，他们会有抵触心理但不会放弃现有生活去过另一种生活，只是对日常生活产生了一点点精神上的叛逆，或称之为精神怀疑也未尝不可。

　　左贡到邦达没有要翻越的高山，路也不坏，却是出发以来最容易让人产生搭车念头的一段路。从整条川藏线来说，这段路骑起来的舒适程度甚至超过成都到雅安。没有可以称之为"挑战"的坡，没有隧道，没有特别破烂不堪的路面，可就是提不起精神，平路想歇，下坡想歇，每时每刻都想休息，总之，无论如何都不想骑着车前进。突然间对骑车如此讨厌还是平生第一次。

　　玉曲河在左贡县城出城方向被高高的挡墙改了河道，空出的巨大河槽上，两辆挖掘机正将一辆卡车上的建筑材料一股脑儿地铲进河槽里，远处，与国道相接的地方，一条孤独的河滨大道搭在河岸的一边，浑浊的河水从眼前流过。我在城里吃了四个包子，喝了一碗稀饭，顺便带上三个馒头、一瓶二锅头和两瓶水。出发时，太阳已悄悄跃过不高的楼顶，把阳光散在眼前的国道上。几头早起的驴从眼前走过，想必又要开始一天的劳作，几条肮脏不堪的白狗半扬着尾巴，从街道这头一颠一颠跑到对面早餐店的门口，围着垃圾桶嗅来嗅去。出了城，玉曲河又回到眼前，此后再也没有离开过。公路沿着河岸起起伏伏，逆流而上。两侧的山变得斑驳起来，气温也渐渐升高了。

沿着宽阔的河谷前进，天气晴朗，视野开阔。天空固然蓝得让人心碎，白云固然白得刺眼。山也不错，大大小小的树木像葱花饼上随意散洒的葱花和芝麻，结结实实地黏在山坡上，偶尔出现的藏族村落会瞬时让眼前一亮，可一路上就是提不起精神，对眼前的景致毫无兴趣。几段起伏路过后，腿开始打战，心情像极了冬天里被封冻的死水。身边的景色单调地重复着，唯一能证明自己还在前进的，只有码表上不断变化的里程数。如果摘去码表，就相当于在黑暗房间里看一部无休止地重复相同画面的电影，你明知道电影会在接下来的某个时间结束，可你却无从感知时间的实际长度，在这黑暗的空间里，时间似乎被无限压缩到转瞬即逝，又似乎被无限拉长到度日如年。好比从飞驰而过的汽车里传来的鸣笛声，本是一种有确定频率的声音，却因为汽车从前面驶过或从后面驶来，让这有确定频率的声音变得尖细或粗犷。有反映前进的不断增加的里程数，但同时眼前是一成不变的景象，没有可以让人集中注意力攻克的东西，可想而知，在这样的现实条件下，没有办法把注意力从身上挪开。注意力就像长在身体里的一双眼睛，看着储存在身体里的精神力量像浴缸里的肥皂泡沫一样一层层破裂，最后消失不见。你甚至能听到身上脂肪燃烧的声音。这种感觉，相当于眼睁睁看着外科医生一刀刀从外向里、一层层割着自己的肉，自己动弹不得，又无法不直视。身体的疲劳感吸着一路的尘土，变得越来越沉。当身体疲劳感吸足了一地的尘土达到饱和，骑车的激情就像离开屋檐的雨滴，自由坠落，摔在坚实的石板上七零八落。对于还没到目的地的骑行，我第一次产生不想再继续的想法。

"宝哥，喝一口，对男人好。"书培把药酒递到我眼前。

过了一处塌方后，经过一处平整的台地时，我们停下来吃午饭。在左贡，书培买了一瓶药酒，叫什么名字记不清了，只记得瓶里泡着人参、几颗枸杞，还有别的一些我不认识的东西。酒呈棕黄色。

"你怎么知道对男人好?"我撕下一口馒头。

"你看,你看它这配方,你看它这功效,显然嘛。"书培用手在标签上指来指去,像推销员在推销一款产品。

"有什么用?"

"有什么用?伟哥的作用,绝对物美价廉。"

"这地方,看见的蚊子都是公的。辣吗?"我继续嚼着馒头。

"不是很辣,好喝。"

我接过书培的酒,悬在嘴巴上方,像往天平上添加 10 毫克化学药剂般小心翼翼地往口中倒进少许药酒。药酒口感滑润,对口腔和喉咙没有明显的刺激,酒精的气味不突出,说明酒精度不算高也不算低,液体流进胃中稍稍有灼热感,刺激黏膜但算不上过分。我稍微加大了量,又喝了一口,喉咙里的刺激感明显加强,但给身体带来的舒适程度也来得更加显著了。

"不错。"我又喝了一口,把酒递给书培,"酒不错,但这点儿够了,怕太补了流鼻血,晚上睡不着啊。"

"没那么大劲儿。"书培鬼祟地笑着说道。

玉曲河从台地下方流过,略微浑浊的河水带着雨季的颜色,但和出左贡县城时相比已经清澈很多,河对面的石头围墙里微微泛黄的青稞,预示着一个丰收之年就要来临。在青稞田的尽头,斑驳的山坡显露出干热河谷所特有的贫瘠迹象,加之海拔高度的影响,使得这里的植被不仅稀疏,而且矮小,部分山体显露出其本来的颜色。

在台地上一起吃午饭的除了我、邓、书培,还有王伟、老周、飘飘弟(王伟八人组从澜沧江开始分成了两队,王伟等三人当天到登巴村和我们会合,其余五人留在了如美镇,接下来一直到然乌镇,我们都是一同出发,组成临时六人组),以及新认识的"拍照哥",为什么叫拍照哥呢?因为此人逢景必拍,而且是摆拍。有一次我忍不住问他为什么每一次拍照都要站进取景框里,为什么不拍景物?这哥们回答说,因为景色照片上百度一搜一大把,但有他的照片肯定搜不着,所以拍景物的时候一定要有他。有一次，大家在一个背阴的弯道里休息，正好一条小水沟从田埂上流下来，沟被茂盛的茅草遮得严严实实，他把相机扔给书培，让书培给他拍照，自己一个大跨步跳到茅草丛里半蹲着，露出半截脑袋。我在下边说："哥们儿，这样的景在哪儿都有的呀，就不要拍了吧！"这哥们儿把露出的半截脑袋转向我，回答道："不一样呀，虽然一样的景很多，但这个是西藏的，还是和别的地儿不一样。"得。

吃了两个馒头、一包咸菜，喝了水，是出发的时候了。休息久了，重新骑上车，像一台20世纪90年代的电脑运行着21世纪的程序，状态许久调整不到最佳，不容易找回一点骑车的感觉，身体又被上上下下的起伏路折腾得像螺丝松动的机器，协调性不说，就连腿力也时有时无，上坡苟延残喘，平路软弱无力，下坡恶心想吐。不知最初出自哪位"侠客"之口，说川藏线上，有下坡就一定有上坡，有上坡不一定有下坡！码表的里程数像是拽着超过自身重量数倍的物体在移动，跳动的速度变得越来越慢。烈日烘烤下，精神变得松懈下来，见到草坪就想躺下去睡个天翻地覆。

第二次休息来得毫无预兆，只是在一个弯道和河谷之间突然出现了一块大大的草坪，我就不知不觉把自行车骑进草丛里，歪在地面上，跌跌撞撞地找一块看上去略微平整的草地就一股脑儿地躺下了，大有雷打不动之势。后面的同伴像是受到脱轨列车的牵连，看我一头栽进草丛里不动，也都顺势栽了进来。我用头盔垫起脑袋，看着蓝色背景下像棉花糖一样轻盈的白云。白云从带有如虎皮般花纹的山后飘上天空，一大块看上去厚墩墩的云，无论从哪个角度看都白得十分均匀。不算大的云从云的母体上脱离下来，成为一块独立的存在飘向另一边。然后小块的白云周围开始抽出一丝丝的白絮，白絮像平原大地上的青烟，在宽广的蓝色天空扭动着身躯，最后消失在蓝色背景下。如此这般的抽絮、扭动、消失，不一会儿，一小朵白云就在天空消失得干干净净。小云不断地从大云中产生，然后消失，而大云又从别的地方吸纳游离的小云，如此无休止地循环，这个过程中，云也无时无刻不在变换着自己的轮廓，让人像在看一部无声的电影，故事的情节和角色只须尽情地发挥想象力即可。

吐着白云的群山半山腰处，意想不到地存在着一个不大的村子。唯一显得连续且大面积的绿色紧紧地围着村庄，村庄的出口处，一条土路顺着河岸蜿蜒数公里，最后通过架设在河上的一座石桥与国道相连。这时候，正有数十头牦牛沿着土路回村，身后搅起一串灰黄的尘土。起身看看身边的同伴，个个一副苦大仇深的样子。我用手支起身体，感到掌心有些异样，低头看时，才看见左手不偏不倚罩在一坨牛粪上，遂盯视牛粪许久。无大碍，我在心里说。

重新出发，像走在沙漠中的骆驼，影子刷着道路一边的护栏，玉曲河不知不觉变得清澈，想必是在某处分走了浑浊的那一半支流，剩下最为清澈的部分吧。半眯着眼睛前进，一路上没了说话声，唯一有的就是车轮与地面接触传来的揭药膏似的声音。默默地拐过一个又一个弯，睡意也一阵阵袭来，整天都觉得很累，没有任何缘由的，或存在某种我找不出的缘由。刚开始，我怀疑自己是不是不在状态，才会表现得异于往常，可我发现今天的所有人都好像丢了魂儿，无精打采，没有任何称得上是"我想骑下去"的信念。当邦达小镇的轮廓不知不觉出现在半眯着的眼眶里时，所谓的精神力量才像火山爆发般瞬间充满身体的每一个细胞。

如果当时有人问我从左贡到邦达是什么感觉，我会说如噩梦一般；如果现在有人问我同样的问题，我会回答似梦游一般。我的确走过那段路。可就存在感而言，我感觉不到那段路带给我的任何可以称之为感受的东西。唯一有的也是一直存在的，就是从头到尾的昏昏欲睡。

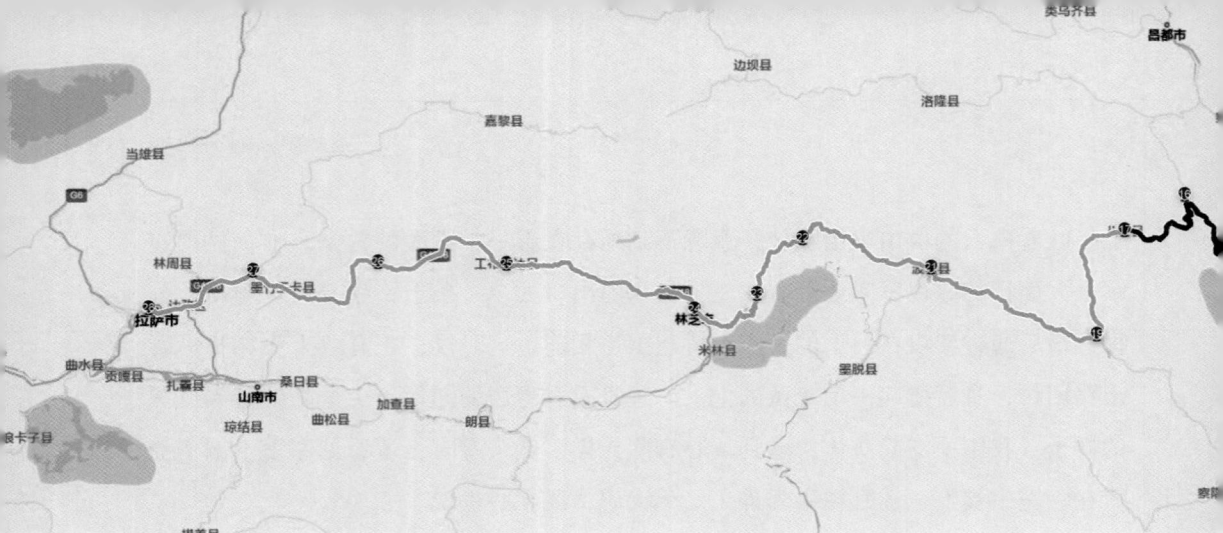

一山有四季，十里不同天

——飞越业拉山怒江72拐

　　邦达小镇坐落在一个"人"字形河谷中，说是镇，确切一点说倒像是一个临时搭建的场所。镇子的中央是一个环岛，环岛正中的一个方锥形石砌底座上，矗立着一尊深咖啡色的雕像：一位藏人牵着一匹前腿高高抬起的骏马，什么寓意我不知道，倒觉得这种地方矗立这么一尊雕像让人摸不着头脑。环岛把公路分向三个不同的方向：左贡方向、昌都方向和八宿方向，蓝色或青色房顶的平房沿着这三个方向分布在200米的范围内，这就是邦达镇的规模。视野离开邦达镇，四周是开阔河谷里的草原，没有大山的阻拦，玉曲河在宽阔的河谷中尽情摆动着身躯，形成九曲十八弯之景观。河谷边缘不算陡峭的庞大山体赤裸着身躯，直指头顶的天空。

　　从成都到邦达，已经走了1200多公里，刹车皮一直没换过。这一路虽说烂路没少走，坡没少下，可刹车皮磨损得并不严重，收一收刹车线，刹车效果还很好。进了邦达镇，在去八宿的公路口，看到"怒江弯急路险，请谨慎驾驶"的警示牌。我头脑中一下闪现出怒江72拐的图像。看了看风尘仆仆的自行车，顿时心虚起来。还是把刹车皮换了吧，旧的还能用，就带在身上，不管怎么说，新的在心理上会让人放心不少。这么想着，我换下了旧的刹车皮。天还未黑，镇子上就刮起了大风，在院子里换刹车皮，风吹得人头皮发麻、指头僵硬。只要太阳下山，这里的风就像突然苏醒一样，横扫大街小巷。乌云飘累了似的重重地压在远处的山顶上。

早上起床后，看着窗外雾蒙蒙的天空，天气并不是我们所希望的那样。邓上楼说外面在下雨，最担心的事情还是发生了。山下下雨，山上的情况可能更不乐观，我穿好衣服下楼。大街上，骑车的同伴们都在收拾行李，没有在邦达停留的意思。我返回房间，问邓和书培是等一会儿还是现在就出发。邓说等下去也不是办法，万一一直下不停，留在邦达也是一种折磨，大家都走，咱们也走。书培表示赞同。看来，今天要冒雨翻越业拉山了。

穿上雨衣，冲锋衣的帽子戴在头上，上面扣着头盔。眼镜的鼻托不知在何时掉了一个，眼镜架在鼻梁上是歪的。戴上头盔，把眼镜扶正，想用帽檐夹住，可怎么夹都不牢靠，镜框还是歪向一边，我只能把脑袋往反方向偏一点，使眼睛看向前方时显得正常一些。检查站门口停着几辆等着登记通过的越野车，车主蜷缩在座位上，显得无精打采。出了检查站就开始上缓坡，雨点透过头盔的透气孔滴落在冲锋衣的帽子上，汇集在一起的雨水顺着帽檐流向额头，然后从脸颊的两边滴落，湿重的空气迎面重重地拍在身上。魔术头巾把脸包得严严实实，呼出的水汽聚集在镜片上，看什么都模糊不清。想取下眼镜，可那样会看不清前方；想摘下魔术头巾，可发炎的喉咙受不了冰冷潮湿的空气，如此这般，我只能将就着前进。路的一侧是缓坡，另一侧是宽大的河谷。谷底的牦牛群被几个骑在马背上的牧民和几条牧羊犬赶往玉曲河边的草场。

转过第一个弯，刚才看到的宽大河谷像一张一端收拢的网呈现在眼前，网的另一端展开在远处的山脚下，一条黑色的线从中间穿过，那就是玉曲河。邦达镇羞涩似地藏在一边的山脚下，远处的山峰笼罩在薄薄的雾中已经辨不清形状。一名骑友喘着粗气在前方不远处停了下来，我点头示意后从他身边穿过。只有让身体不停地运动才感觉不到冰冷。拐过第二个弯后，邦达镇就彻底看不见了。前方的路绕过一个山脊，消失在浓雾中，不远处，立在路边的一个连续上坡指示牌，告诉我浓雾后面绝对不是平路，更不可能是下坡。

超了一些同伴后，邓和我拉开不少距离。上山途中，雨渐渐停了，取而代之的是能见度不足十米的浓雾。前方看不见任何人，后方也没人跟上来，就这样，我拨着浓雾前进。感冒未好，进入浓雾的瞬间就感觉到呼吸不畅。越往上走，呼吸的频率越快，喉咙不得不接受越来越多的冷空气进入。魔术头巾从里到外吸附着水汽，湿漉漉地贴在鼻梁上。在山脚见到的越野车此时来到面前，车主按响了喇叭，我稍微往路边靠了靠。车开得很慢，同时开着双闪，没走多远，红色的尾灯便消失在前方的浓雾中。等红色的车灯变成一个小小的点，像年糕上的一点红出现在前方白色浓雾的中央时，我只能判断前面是一段面向我的回旋山路，至于回旋的形状如何自是看不清楚。眼前除了自行车和前后十米的范围便是白茫茫的一片。要不是事先知道此刻翻越的是业拉山，这会儿会不知道自己身处何方。看不见山，看不见水，看不见树，看不见人，什么都看不见，什么都没有。

身处业拉山，但看不清业拉山是什么样子，只能用完成的里程数对照着邦达到业拉山垭口的距离猜测垭口在何方。当码表里程数和攻略上的里程数相同时，眼前还是一段淹没在浓雾中的公路，一侧是悬崖还是河谷不好判断，像被人用刀硬生生切掉一样，距路基不远处的草地突然消失在浓雾里，靠山的一侧是草甸，但此处不是垭口确定无疑，没有经幡，没有标识，没有队友，只是极普通的一段路。这样的情形已经不止一次出现了，唯有耐心地骑下去，才有可能离目的地越来越近。

周围的风变得大起来，隐隐约约感觉到有东西落在身上，又下雨了。上山途中，手套早已被雨淋湿，双手藏在手套内，一直是冰冷的，现在下起雨，整个身体都跟着打战。隐约看见前方路中间站着三个人，两辆自行车停在路边，一辆躺在地上，看来前面的骑友遇到了麻烦，两个同伴正在帮忙处理。我喘着粗气骑过去，示意要不要帮忙，其中一个说是小问题，已经处理好，前面一公里不到就是垭口。听他这么说，我加快了速度，朝着除了路什么都看不见的前方骑去。当我心里还在默默数着码表上的读数、等着数字跳到 1000 米时，前方出现了停在路边的自行车，开始听到有人说话的声音。我又继续朝前骑了一段，看见紧贴着地面随风扬起的经幡，一块蓝底白字的大指示牌出现在眼前：业拉山，海拔 4658

米。我把车停在路边。终于到垭口了。

我在人群中寻找邓和书培，可不见人影。弯道靠山一侧是一间简陋的平房，是不是护路人员的临时住所不得而知。我走到坡口，眼前白茫茫一片，并没有看到梦寐以求的怒江72拐，一种失落感像手中脱落的花瓶重重地砸在心底。身边的每一位同伴无不表现出失望的神情，原来大家都一样，想看一看川藏线上最令人震撼的人工奇迹。川藏线上让人印象深刻的几个垭口景观，除了怒江72拐，还有海子山的姊妹湖、色季拉山的南迦巴瓦。可今天又是雨又是雾，什么都看不见，大家的失落感可想而知。一些同伴埋怨自己的烂运气，有的人则决定在垭口等着，等雨停，等雾散去。业拉山的观景台有别于此前遇到的任何一个观景台，它像一个爬上水塔的梯子，被高高地架起离开地面，台子的顶端有经幡垂下，在大雾笼罩下，站在台阶的下方看不清整个台子的模样。

书培首先看到了我，他跑着来到我身边，高兴地说："宝哥，你终于上来了，我和邓哥等你好一会儿了，都要冻死了。"

我脱下帽子，抖一抖里面的雨水："你们俩今天真快，上山没多会儿就看不见你们了，一路追，这都追到垭口了。"

"我们也是刚到，你需要加衣服吗？邓哥到房子后面加裤子去了。下着雨，下坡会很冷。"

"我穿着雨衣雨裤，不透风的，把领口封住就可以了，邓换好了我们就下山，上面冷得很。"

我本想把抓绒穿上，可抓绒在驮包里不想打开。身上除了雨衣，就是一件短袖T恤和皮肤风衣、长骑行裤和雨裤、一双被雨打湿的绿胶鞋、湿漉漉的半指骑行手套。我从侧包中扯出仅剩的两只脱脂棉手套戴在外面，护住露出的手指，以免下坡时冻伤。在等着邓的期间，风越吹越猛，雨点碎石般砸在脸上，让人睁不开眼睛。不出所料，邓出现的第一句话就是：怒江72拐看不到，心情很不爽！

既然看不到，那就只能在天气变坏前，带着淡淡的忧伤，赶紧下山。下坡没有上坡时慢慢将眼前的浓雾拨开的感觉，而是浓雾一股脑儿地扑面而来，拍在脸上变得七零八落，洒向周围的空间。嘴巴紧闭着，稍微有点空隙，冷风就会像高压水枪中喷出的水柱一样无孔不入，硬生生挤进口腔里。下坡下了两公里，眼前的浓雾突然全部消失，雨点也只是像突然想起似地洒落几滴在身上。眼前的公路在前方的山坳中来了一个160度大拐弯，甩到了对面的山腰上，两座山之间，是急剧下降的山谷，山谷最终消失在前方的山坳里，天空中的云压得很低，远处的山峰一面裸露山体，另一面则淹没在厚厚的云里。在突然出现的群山中，面对着我们的一座，能隐约看见两个巨大的大拐弯，那不就是怒江72拐吗？我激动得差点跳起来，能看到！能看到！我提高速度，迫不及待想要绕过眼前的山谷。

绕过山谷，两侧的山峰突然变得陡峭，坡大弯急，车速瞬间飚上五十，这突如其来的加速差点打乱阵脚，我急忙捏紧后闸，前闸小心翼翼地找准时机"点杀"，让速度降到可控范围之内。路面有些潮湿，快速通过弯道时，心脏都提到了嗓子眼儿，生怕不小心发生侧滑，这摔下去可不是闹着玩的。山崖上怪石林立，巨大的山体开着巨大的口子，巨石似乎随时都会从山体上脱落下来。我的眼睛紧紧地盯着前方的路，注意力丝毫不敢放松，双手死死捏住车闸，沿着缠绕在山谷间的公路一路下滑。身体撞向前方静止不动的空气，不多久，雨衣便紧紧地贴在身上，从衣服上滑向两边的空气似乎带走了能带走的一切，包括体温，渐渐地，身体变得冰凉，手指像有人往里不断地充气，从里向外胀痛得厉害。虽然很想稳住车身，可不知不觉中自行车还是随着身体颤巍巍抖动起来。滑出很远，我终于把车停了下来捂了捂手，脚趾头早已没了知觉。我检查了驮包的绑扎绳，确定其没有脱离驮包，取下雨罩塞进驮包里，下坡时最怕的就是雨罩绞进车轮里，那样的失误轻则伤车，重则可能车毁人亡。

我定了定神，重新顺着坡路滑下山。过了没多久，看见前方一个拐弯处的防护墙前站满了人，还没等我反应过来，怒江72拐的经典画面就从防护墙外跳进眼睛里。那一刻，简直不敢相信自己的眼睛，还以为再也没机会见到的景色冷不丁突然出现在眼前。前面下山的所有人都集中在这不大的弯道里，弯里弯外站满了人。回望来时的路，业拉山山顶依然笼罩在云雾里，下山途中，公路突然出现，正是我们冲出云雾的瞬间。

在防护墙前拍照的时间里，头顶的云渐渐散开，阳光洒向眼前的山岗，蒸发着水汽。雨衣不透气，但吸收起热量来一点都不含糊，很快衣服裤子就被晒得滚烫。陆续地，拍照的同伴开始下山，很快就出现在眼前的弯道上，看着他们小小的移动着的身躯，像极了离巢的蚂蚁沿着蚁路回家。我们也没有久留，看过朝思暮想的怒江72拐，现在该是下山的时候了。

拐过拍照停留的弯道，又急又陡的弯道便接二连三出现，拍照时还在想要不要穿着雨衣下山，现在就庆幸自己没有把雨衣脱下。温度升得快，降得也快，不一会儿身体就凉了下来。几个刻骨铭心的峰回路转之后，终于骑进了照片中的72拐。虽然都是下坡，但已经铺上柏油的72拐，穿越其中给人一种有别于任何一段骑行路段的感受。看着上方的山体越来越远，下方的山谷越来越近，似乎不是自己在移动，而是眼前这条黑黝黝的移动电梯把自己从山顶搬运到山脚。

越往下，沿着河谷往上溢的空气形成越发强劲的风，自行车向下俯冲时能把嘴吹变形，眼睛更是不能完全睁开，只能半眯着眼睛朝着谷底的方向奔去。不知何时，太阳又藏进了云里，雨点神不知鬼不觉地洒向大地。刚才还艳阳高照，现在又下起雨来，且越下越急，不一会儿就成了瓢泼大雨，雨点大得吓人，打在手上阵阵剧痛。没多久，雨水在地表形成径流，车轮轧过黏糊糊的积水路面，搅起一大串水花。在幽深的山谷中看见一个不大的村庄，本想停下来避一避雨，可一个急转弯过去，村子被甩在了路的上方，错过了。无奈，只能硬着头皮继续往下。以为到了山谷，下坡路会停止，可没想到公路依然沿着眼前的山谷肆无忌惮地向下延伸，消失在前方的山坳里。原来，我们在观景台看到的怒江72拐只是下山路的一小部分，在更深的山谷里，还有很长的一段。

我双手紧捏着刹车，脚也不敢移动半步，冻雨般冰凉的雨水打在脸上生疼，双脚和双手已经僵住了，被焊在自行车上一般动弹不得。雨点密集地打在镜片上，视线模糊不清，加上本就歪着的眼镜，让人极难判断前方的路况，此时此刻，真想在镜片上装一副雨刷，清除滞留的雨水。过每一处弯道，特别是180°的弯道时，我都会提前把速度降低到二十以下，丝毫不敢怠慢。

前方不远处，一个同伴摔倒了，滑出很远，我急忙望紧刹车慢慢停到他身边，他表示无大碍，但不知道为什么突然就控制不住方向。我看向他摔倒的地方，顿时大吃一惊：暗冰！在暗冰上，只要有一点点拐弯的迹象必会发生侧滑，如果速度过快，在这样的峡谷里就会有悲剧发生。我重新上路，虽然进入弯道前我都会提前减速，但残余的暗冰是我没有想到的。接下来的路，我又目睹了两起弯道侧翻事故，还好同伴本身没什么大碍，但都被吓得不轻。

当火星表面般的山体重新出现在眼前，被深深埋进峡谷的绛红色的怒江也出现了，这是我们横穿横断山区的最后一条江。离开山谷，一个大拐弯又把我们送进了怒江大峡谷，此时，瓢泼大雨已经变成零星小雨。从山那边的小雨到浓雾，从浓雾到晴天，从晴天到大雨，现在又从大雨变成了霏霏细雨。

先到的同伴都在怒江边上的怒江明洞里歇息。我慢慢骑着车进去，把车停在排水沟的盖板上，抖了抖衣服和裤子上的雨水。不算长的怒江明洞，路两边坐满了刚从业拉山上下来的人。下着雨，大家都不打算往前赶，时间正好是中午，是吃午饭的时间。

今天的午餐比前一天要好一些，除了两个馒头，还有半盒饼干和半截卤鸡翅。坐在洞口，侧耳听着怒江怒吼般的咆哮。穿过横断山区的三条江，也就穿过了三条干热河谷。比较而言，眼前的河谷要比金沙江河谷和澜沧江大峡谷更加贫瘠，怒江两侧的山脊像被人认真清理过，寸草不生。山体也怪模怪样，像用泥土和石块打浆后堆起来的产物，一串串大大小小的鹅卵石镶嵌在山体中。如此奇怪的山体构造，我还是头一回见到，其形成机理是什么至今仍未弄明白。书培端着半盒饼干在我跟前坐下，示意我吃一点。

"宝哥，72 拐怎么样？"

"爽！"我嚼着馒头答道。

"怎么个爽法？"

"想再来一次！"

"变态啊！"书培仰头长啸！

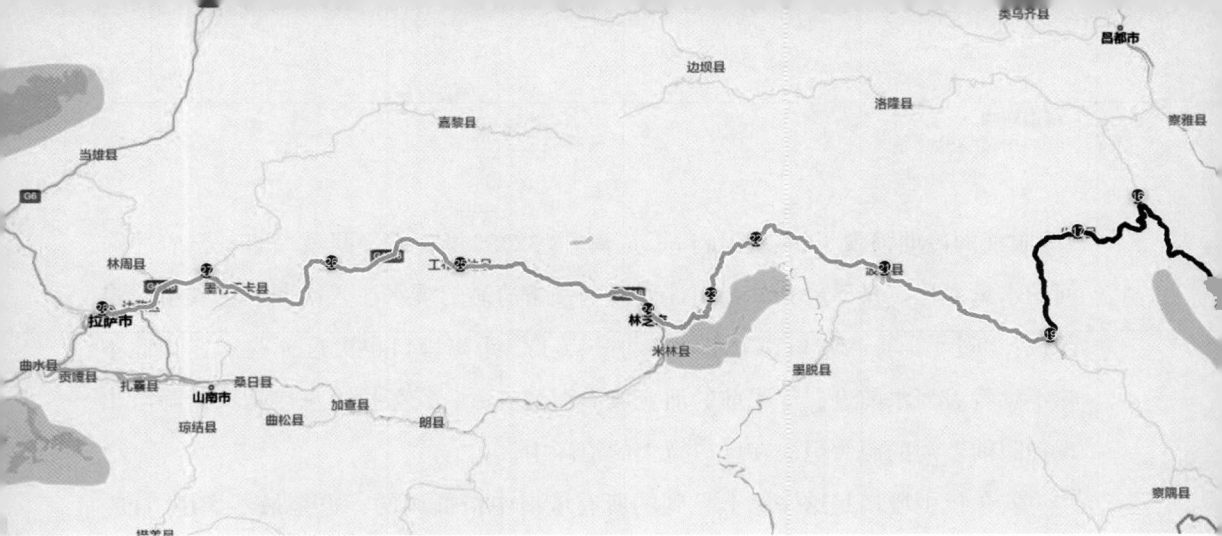

冰川上的来客（上）

然乌是我们离开八宿后的第一站，其间翻越了安久拉山。进入西藏开始，沿途的上山路，不是纯粹的上坡路就是纯粹的起伏路。从八宿到安久拉山垭口就是纯粹的起伏路，一路上大起大落，心情也跟着大起大落。沿着冷曲河逆流而上，风景固然不错，对身体却是煎熬。我承认在到达和"4444"齐名的"3838"里程碑前，一直鼓励我坚持下去的唯有"3838"里程碑，就是想看一看它的位置、它的样子。

数着里程碑，终于在一段平缓的路中央看到了"3838"里程碑。和318国道其他里程碑一样，"3838"里程碑已被涂得面目全非，数字被红的、黑的、黄的颜料涂了一道又一道。我在想，如果这块里程碑是铁做的，肯定是最不容易生锈的一块，抑或最容易生锈的一块。里程碑前方不远处是一个不大的村子，周围的山没什么植被，冷曲河在一旁缓缓流淌。时值正午，正好是吃饭的时候，我们就在"3838"里程碑前吃了午饭。我的午饭是一根油条、一个南瓜饼、一条士力架和一瓶碳酸饮料。路基边的水沟里堆满了瓶子，最多的是红牛。这一路上我一直有个想法：要是从成都一路捡瓶子，到拉萨都成万元户了。出发前，大家在攻略上都了解了从一个地方到下一个地方的里程，自从攻略上的里程屡次"爽约"后，我们开始不对攻略上的数据指望太多。当我问及还有多远到垭口时，同伴对我说：

"等眼前的冷曲河没了，就到垭口了。"离开"3838"里程碑，我就一直观察着冷曲河的水量变化。只要看到某个山洼里流下一条清澈的溪水注入冷曲河，我就对自己说："过了那个入水口，河水就又小一点了，距离垭口也更近一些了。"如此不知不觉看着河水前进，等眼前的河变成涓涓细流后，安久拉山垭口从天而降般出现在眼前。河的源头消失在垭口宽大的沼泽中。

安久拉山垭口是这一路上见到的所有垭口中最低调的，也是最不像垭口的。要不是看到挂在指示牌下方凌乱的经幡，无论是谁都不会把眼前这一开阔地看成什么垭口。离开垭口后，顶着大风前进，侧风和逆风吹得人脸都变形了，同时淅淅沥沥下起了冻雨。

我下山时一直都很谨慎，速度压得很低，不一会儿就落下同伴很远。离开垭口不到两公里，一条小溪出现在眼前，小溪汇集着广袤沼泽流出的溪水，沿着路慢慢长大，等到了有冷杉出现的山谷，眼前这条在垭口并不起眼的小溪已经长成了响声震天的大河，雨也似乎变大了许多。我超过前面不远处的老周，六个人的队伍，落最后面的就我俩了，就连后轮摇摆不定的书培也骑到了前面。进入峡谷前，我们冲出了雨区。奔腾不息的河流和修建在悬崖上的公路拥挤地纠缠在一起，河水在峡谷中发出巨大的回响。邓和王伟停在明洞入口等我们，王伟问老周的情况，我回答在后面不远处，我没停，直接滑进明洞里去了。骑着车从明洞内穿过，有一种穿越时空的错觉，左边是湿漉漉挂满青苔的山体，右边沿河岸支起的混凝土桩子"唰唰"从眼前划过。眼前的光线明暗交替着。看到前方被山石整个掀到河里的混凝土模板和混凝土桩子，以及路基上残留着从混凝土桩子中抽出的扭曲的钢筋，我顿时喉咙一紧。

出了明洞，眼前的世界突然变得豁然开朗：雨雾笼罩的房屋，木篱笆围起的青稞田，远处淹没在薄雾中的山峦告别了以往的斑驳而变得葱郁起来，山峦和青稞田之间平静的湖就是然乌湖。出了峡谷，拐过一个弯，眼前出现一大块开阔地，然乌镇小心翼翼地依偎在湖与山之间的一块同样小心翼翼存在着的台地上。镇子的边缘，一个不大的藏式村寨被微微泛黄的青稞田严丝合缝地围着，只像透气般留出几条小路。一条弯曲的水泥便道消失在村寨的一头。

我在水泥便道与公路的连接处停下，等后面的邓和其他人。一路没有看到书培的身影，不知他又跑到哪里去了。邓和王伟出现在峡谷出口处时，老周也出现了，同时带来了不好的消息，老周在下山路上摔了，伤到了手腕。找到住的地方时，老周的手心已经肿得像个包子。遇到这样的突发状况，大家决定在然乌镇休息一天。这个在吃饭前做好的决定，在入睡前又发生了变化。王伟、飘飘弟和老周来到我们房间，决定第二天继续上路。而我主意已定，不想再做调整，书培和我决定留下来，邓和他们一起走。于是，从然乌镇开始，如果作为一个团队来看，那这个团队的成员就只有我和书培了。

在然乌镇的第二天，虽天公不作美，邓和王伟、飘飘弟、老周仍冒雨出发了。

"宝哥，今天我们吃好一点，来份藏香猪吧。"在我们留宿的宾馆对面的餐馆里，书培对我说。

我问书培："藏香猪之前吃过？"

书培抓了抓脑袋："见都没见过，怎么会吃过。"

"我也没吃过，"我说，"你没吃过，我也没吃过，藏香猪到底什么味，你我都不清楚，万一老板挂羊头卖狗肉卖给我们假的怎么办，而且还不便宜。"

"哦，宝哥是这样想的呀。"书培有些失望，"你看我们都好几天没吃肉了，今天怎么也得来个硬菜。"

饭店就餐的地方不大，但全是八人座的大圆桌，没有小桌。我和书培挨着坐，余下空空的一大半桌子。不远处的一桌正在吃火锅，银色的火锅盆里滚着白汤冒着热气。隔得不远，看上去却像相距十光年。围着桌子，是两个中年男人和三个中年妇女，还有两个十七八岁的男孩。菜架上放着的应该是饭店里最拿得出手的菜品：鸡肉、猪肉、牦牛肉、鱼肉，老板和服务员在厨房和火锅之间来回忙碌着。桌前的所有人红光满面，吃得满口流油，包括三个中年妇女，眼睛盯着热气腾腾的火锅，筷子不停地往嘴里送东西，分不出半点时间喘气。其中一个男子嚷嚷着要老板提供发票，说没有发票，回校报不了账。我咽了一下口水。餐厅靠马路一侧是落地窗，透过落地窗看着越下越大的雨，饭店门口停着两辆深蓝色皮卡，"琼"牌照，这是我一路上遇到的除港澳台外最后一个大陆省份车牌。

"藏香猪我们到拉萨再吃，吃个够，今天吃点儿别的，你要吃什么硬菜?"我转过头对书培说。

"要不其他的都不要，来一份红烧牛肉怎么样?"书培看着摊开的菜单对我说。

"一份够?"

"找老板问问?"

"可以。"

书培随即到厨房找来老板，老板来到桌前。

"这里一份红烧牛肉有多少?"我问老板。

"这么大。"说着，老板用双手在胸前比划出一个三十厘米大小的圆。

看到老板这手势，书培高兴得不得了，说道:"宝哥，要吧，要吧!"

"够两个人吃吗?"我略带疑问地对老板说。

"够，够，一定够。"老板搓着手笑嘻嘻地说道。

"不是，老板。"我有点难为情地说，"我们，我们是骑车的，所以，我怕量不够，除了米饭，我们不打算要其他的什么了。"

"我知道你们是骑车的，量我保证够，但你们要稍微等一会儿，红烧肉要现做，不过，高压锅半个小时就能好。"老板说。

"我们可以等，不过，"我犹豫了一下，"这一碗牛肉六十块钱，有点贵了，米饭的钱就算了吧?"

"兄弟，"老板苦着脸，"不是我小气，六十元一碗的牛肉我都赚不到什么钱，牛肉贵得很。这样吧，牛肉我管够，米饭一人三块钱不限量，嗯?"

"成交。"我说，"老板快点，我们饿了。"

"要得。"说着，老板大跨步朝厨房走去。

书培重新坐回凳子上，咧着嘴笑着说:"这老板倒还实在，就是牛肉有点贵了。"

"有你在，"我喝了一口手边的茶，"我就没想过我们会吃亏。"

四十分钟后，旁边吃火锅的人已经离开，饭店门口的两辆"琼"字牌照深蓝色皮卡也消失了。老板端着一个白瓷盘朝我们走来，果然，量不用说，虽然盘子不深，但不小，土豆炖牛肉，浓浓的汤汁看得人直流口水。

"老板！饭！饭！"书培看着盘子，头也没抬地说。

"我没骗你们吧，哈哈，量肯定一点儿问题没有。"老板一面开心地说着，一面用围裙擦着手，"饭马上就给你们送来，要多少？"

"一盆。"书培目不转睛地盯着盘子。

"一盆？"老板不太确定。

"对，就来一盆吧，平时盛饭的盆子。"我补充道。

"能吃完？"老板再三确认。

"先来半盆好了，吃完再加。"我抬起头看着站在身后的老板。

"那行，"老板笑得有些勉强，"我先给你们盛半盆。"说完，他示意服务员给这边上饭。

果不其然，半盆米饭吃完，盘子中的土豆牛肉过半，感觉肚子距离吃饱还有一些空间。如果要描述此刻肚子饱到什么程度？那就是放下筷子，静下心来回忆吃饱时肚子的感受，你能感觉到现在的状态和吃饱时的状态中间好像塞进了一个不规则楔形物，此时只有幽门的感受是较为接近的。我们又要了半盆米饭，就着浓浓的汤汁，半盆米饭在不知不觉中送入肚中，盛土豆牛肉的盘子用剩下的米饭擦得干干净净，干净得像洗过一样。

"宝哥，你看我们多好，不仅不浪费，现在老板连碗都不用刷了。"刚说完，书培打了一个大大的嗝，一粒米径直从口中飞出，落到不远处的桌上。

书培吃了七碗饭，我吃了五碗。说实话，有些吃撑了。

吃完饭，小雨依然下个不停，但好不容易休整一天，不能回宾馆就这么睡过去，然乌镇毕竟是一个不错的地方。来古冰川距离然乌镇有二十多公里，吃完饭已经过了正午，赶过去时间不合适，于是我和书培决定到湖边转转。

穿着雨衣，雨裤落在了八宿，我只能把还没晒干的冲锋裤穿上，除了骑行裤，这是唯一剩下的长裤了。穿上绿胶鞋，带上相机，从然乌湖畔的民族村穿过。民族村似乎作为一个旅游景点而存在，各家各户的房子修得都不错，独门独院儿，石头砌的围墙，大门上画着色彩鲜艳的图饰。院墙外面是上下两层的草垛，由立在地上的四根木头撑起一个木板搭的台子，从地面到台子，有一根斜靠在台子上的楼梯，说是楼梯，其实就是用一根木头凿成的简易梯子。点缀在房前屋后的一块土地用石墙围着，在一旁留有一道小小的木门，里面种着一些土豆和豌豆。村里的主干道是刚铺好的水泥路，路的一侧刚装了路灯，但通往各家的家用电还是用木头电线杆引入房中。

沿着水泥路走出村子，眼前是成片的青稞田，青稞田用木栅栏方方正正地围着，此时的青稞微微泛黄，如果有连续几天晴天，一个星期就能收割了。继续往前就离开了水泥路，走过一段土路，来到了草地里。我们沿着草地上的车轮印子，朝湖边的树林骑去。村子和湖之间，除了湖边有几处茂密的树林外就是草场，长了一夏天的草正是叶肥汁多的时候，牦牛和马儿背上冒着热气，低头从这头吃到那头，站着发会儿呆，又从那头吃到这头。调皮的小马驹奔跑几个来回，在地上打起滚来。我和书培推着车来到湖边，才发现我们一直以为是湖的地方原来是帕隆藏布江。这里是然乌湖的出水口，帕隆藏布江是雅鲁藏布江的重要支流，正值雨季，帕隆藏布江翻滚着浑浊的江水从眼前流过，甚是壮观。远处，从安久拉山流下来的那条河，河水清澈得不得了，以至于在湖中和湖面形成鲜明的界线。

在湖口坐了一会儿，我们上了岸，离开树林，沿着车轮印骑上了一座横架在河面上的钢板桥，桥的尽头是一条狭窄的碎石路。沿着碎石路下去就进入茂密的冷杉林，碎石路变得陡峭起来。

"宝哥，我们不要往前走了吧。"书培紧跟在我的身后。

"前面好像没路了。"我转过头对书培说，"在这儿看会儿也不错，你看，下面是江，远处是金黄的青稞田和然乌镇，多么漂亮。"

离开钢板桥，沿着来时的路往回走，到了村口的水泥路，我们不想沿着水泥路回去，决定从水泥路的另一边出去，就这样，我们朝着国道的方向骑去。到了国道下方，竟意外发现一条正在修建的公路，看公路前面的宣传牌，才知道眼前的这条路是到察隅的省道。沿着这条路走进去，能到达来古村，那里有川藏线上最著名的冰川：来古冰川。今天下着雨，时间也不允许，来古冰川是去不了了，可然乌湖还想再看看，我和书培没有调头回去，而是上了眼前的这条正在修建的公路，朝着然乌湖的方向骑去。

一路颠簸，上了一个很大的坡，我和书培把车扔在公路上，走过一段碎石路，来到湖边。在一个狭长的避风湾里，被风扬起的波浪冲刷着脚下已经磨圆的鹅卵石和冰碛石，在离水面约十厘米的碎石滩上，堆着一层厚厚的枯树枝，这是被风浪送上岸的漂浮物。湖对面是薄云盖顶的青翠高山，从湖边一直到半山腰，是大山纹理一样相互平行的冷杉带，冷杉带之间长满了低矮灌木和草坪。湖边的缓坡上是新建的度假村，蓝的或红的房顶点缀在天地间。眼前离岸边半米远，垒着一个高过我身高的玛尼堆，玛尼堆的每一块石头上都写着各种祝福。我和书培捡了一块石头放到顶部，也图个万事平安。

离开湖边来到马路上，雨已经停了，冻得伸不开的手指此刻已能活动自如，是回去的时候了。我和书培扶起躺在地上的自行车，沿着石子路颠簸着往回走。还没走出碎石路，看见前方有一个骑行的同伴，蓝白条纹相间的头盔、裤腿已泥泞不堪的深色冲锋裤，深蓝色雨衣遮住大半行李，两个不小的驮包罩在黄绿色雨罩下，车子在碎石路上艰难地前进。

"跟上去，前面是一个骑友。"我对书培说，接着猛蹬脚踏，提起速度朝前面的同伴骑去。书培紧跟在身后。

"嗨！兄弟！"我从这位同伴的左后方插过去，和他并排骑着。

"嗨！"他从魔术头巾中颤抖地挤出一个字，帽檐压得很低，但能看见一双充满疲惫的眼睛勉强睁着。鼻梁以下裹在深蓝色花条纹头巾里，没戴手套的双手已经冻得发紫，袖口滴着雨水，整个车身挂满稀泥。

"从哪里来？"我压低速度尽量和他保持平行，书培也来到我的身旁。

"来古村。"骑友的声音像被极不情愿地塞进一块巨大的冰里，双手捧到耳边，靠耳朵的热量慢慢融化，随冰水流进耳朵一样，寒气逼人。

"哇喔！来古村，来古冰川，一直想去来着，可这天一直下雨。"

"来古冰川很震撼。"骑友说震撼的时候，我能感觉到他所要表达的意思，可能因为疲劳的缘故，那一股令人激动的神情并没有在他的脸上表现出来，取而代之的，是跨过眼前排水沟时踩下去的重重一脚。

"从这里到米堆冰川还有多远？"过了排水沟，骑友对我说。

"具体不清楚，好像是八公里吧。不过，记不清了，你还要过去？"

"我的队伍昨天去了，我要去找他们。"骑友说。自行车在碎石路上像高空里遇到不稳定气流的风筝，不受控制地左右摇摆。

"这个时候，他们已经走了吧？"我看着全身爬满疲惫的骑友，不免有些担心起来，现在赶往米堆，虽然具体里程不清楚，但不算近，过去肯定天黑了，不好办，而且看这天气，说不定还会有大雨来袭。"要不在然乌住一晚，明天一起？"

"他们还在米堆，从路口进去还有一段距离。"骑友说。

"唔，"我停顿了一下，"现在去，到了天也黑了。既然他们明天出沟，我们从这里出发，说不定能遇上。"

"嗯，看来也只能这样了。"骑友做出思考状，"你们住哪里？"

"就住在然乌镇的入口，环境一般，睡觉不至于有问题。价格不贵，20块钱，一个房间三个床，我们房间正好剩一张床。"

"好吧，赶不动了。"骑友说，"要遇不上你们，我就直接去米堆了，既然有伴，那我就不坚持了。"

"对嘛，相逢何必曾相识。"我笑着说，"兄弟怎么称呼？"

"你叫我阿峰就好了。"

"好，阿峰，我是大宝，旁边的是我兄弟，书培。"

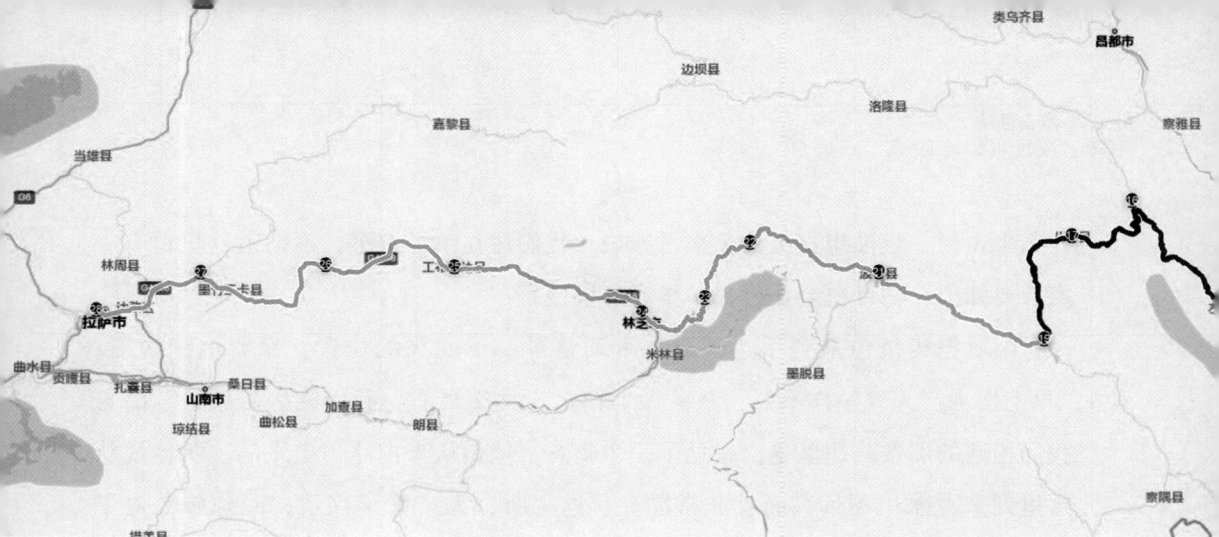

冰川上的来客（下）

　　阿峰和我们来到然乌镇入口处的宾馆。宾馆是两层小洋楼，楼的西南面是修车行，不大的院子中央停着几辆卡车，门口是一堆被雨水冲得七零八落的黄沙。一楼有一个小卖部，两个餐厅，餐厅通过一个拱形门相连。现在是然乌湖的旅游淡季，镇上没有多少人停留，所以餐厅暂时闲置下来。一个餐厅的桌椅板凳被收在角落，空出一大块地方给骑友停车。另一个餐厅还是原来的模样，只是少了就餐的人。老板娘是一个身材瘦小的四川妇女，老公和孩子在外打工，她一人照看房子。从挂在墙上的水泥梯子上去是二楼的阳台，阳台面朝然乌湖的方向，站在阳台朝远处望去，微微泛黄的青稞田、双杆或三杆立起的草垛稀疏地分布在田地周围，墨绿的树林背后平静地躺着然乌湖，更远处是一半青翠、一半裸露岩石的山体。我们住的房间朝着国道方向，透过窗户能看见只有一路之隔的悬崖，一条小溪在悬崖边缘形成一个巨大的喷头，部分溪水汇进水沟流走，部分洒在路面上，无论下雨与否，这段路都是湿漉漉一片。

　　"你的队友去了米堆，你怎么选择去来古呢？"我问阿峰。

　　吃完晚饭，我们和阿峰聊起他的那一段旅程。

　　"也不是，"说着，阿峰脱鞋上了床，用被子包着脚，将枕头立到墙角，身体靠了上去。"到然乌的第二天，和你们一样，本来只打算在附近转转，没打算去什么来古村，更没想过去什么来古冰川。我们住在镇子末尾，不知道这里也有一家，要知道，估计也会住过来，毕竟这里便宜。"

阿峰把相机包拖到手边，用右手调整了一下枕头的位置，靠着继续说道："早上出去，天气一样不好，灰蒙蒙。镇上没什么可看，我们就去了湖边。沿着我们相遇的那条路往里走，碰见了一个骑友，他是从来古冰川出来的，听他说从这里到来古冰川不远，而且非常漂亮。这一听，大家来了兴致，回到旅馆退了房，收拾好行李，打算一起去来古。可高高兴兴上路却天公不作美，才出发半小时，河谷中刮起了大风，山峦两侧升起的乌云吓得人不寒而栗。"阿峰清了清嗓子，"看上去有下暴雨的征兆，天空顿时黑得不像样子。一部分队友决定不再往前赶，这样的天气，山里面什么情况大家都不知道，要是一直阴雨绵绵，冰川自然看不到。但已经骑出来这么远，我不想半途而废，这一路暴雨冰雹都过来了，就当再经历一次好了。最后大家讨论决定，我执意要去来古冰川，就让我往来古冰川方向，其他的队友改变行程去米堆冰川，回来后到米堆找他们。"

"你一个人去的来古？"我有些不可思议。

"嗯，一个人。"阿峰喝了一口保温杯中的水。

"嚯！"

阿峰接着说："大家相互报平安后，我独自出发了。出发没多久，雨点果然如预料中的那样从昏暗的天空某处洒了下来。风大，在车上弓着身子，雨点倾斜着径直钻进雨衣，不一会儿衣服里外全湿。眼睛被横冲直撞的雨点打得生疼，我只能用手背轻轻揉一揉。路上行人很少，除了山和水，什么都没有。自行车在碎石路上颠簸，除了'叮当'声和喘息声，周围没有任何声响，这让我有种行走在非现实空间中的错觉。像被人塞进一根透明的管子，外面的景色依稀可见，但声音却被安装在某处的机器活生生抽走。喘息声也不同于以往。这样骑着，累了就停下来休息，不知过了多久，当码表的里程数停在二十的时候，终于看到了来古的大门。这时，从身后来了几辆私家车，看到我骑着车立在雨中，都竖起大拇指喊着'加油'，你知道那是一种什么感觉。"

"能知道。"我接话道。

"在门口，遇到了漠漠美女一行，"说到这儿，阿峰的嘴角微微向上翘起，像女孩从自己亲手栽的草莓树上摘下的第一颗草莓，"聊了几句闲话，她们祝我好运，回了然乌。我随即买了票，门票是多少记不清了，好像是 40 块。我继续前进，往前骑了 500 米，实在骑不进去了。眼前出现的坡无论如何都不能称之为坡，那简直就是岩壁。我彻底放弃了骑行，拖着疲惫的身体，推着沉重的单车，一步一步朝前挪，就这样，我破了川藏不推车的原则，但那也是唯一的一段。那种时候，没有办法。"

"总有一些事，会在我们预想不到的时刻发生。"我说。

"来古村很安静，就静静地躺在山里。自驾车不能开进大门，所以村里只有几辆本村的拖拉机。至于来古冰川，自驾的游客一般很少上去，只是在下面的冰湖看看。我找到了偶遇的那位同伴说的冰川客栈，客栈是一个藏族女孩开的，刚见面时，她叫我弟弟，我也就叫她姐姐。后来才知道她比我小，不过都叫上了不好得再改口，也就姐姐的一直叫下去了。姐姐给我倒了茶，茶不论是颜色还是味道，这之前都没体验过，姐姐告诉我那是大茶，加点青稞面，口感确实不一般。喝了茶，身体渐渐暖和起来。我放好行李，找出干净的衣服换上，打开电脑，把相机里的照片拷贝到电脑上。姐姐看到我在整理相机中的照片，说自己也有一部相机，但不会用，想请我帮忙看一下。姐姐拿来相机，我接过来一看，很普通的卡片机，表面上看没什么问题，但按开机键没反应。我初步判断是没电了，可身上没有匹配的充电器，我表示没有办法。"阿峰的眼睛注视着自己的手指，像在确定每一根手指的长度，"客栈里就我和她，和姐姐简单聊了一会儿，了解了来古冰川的情况，打算当天出发。姐姐说第二天再去，今天天气不好，时间也不早了。我看着窗外灰蒙蒙的天空，比来时显得略微暗淡了些，听姐姐的，第二天再去。晚上姐姐做了饭，不是很合口味，但我知道姐姐用心做了，毕竟她们自己不怎么做饭的。村里都是自己发电，所以停电较早。我赶在停电前把手机和相机充了电，累了一天，早早地就睡了，那天晚上睡得特别香。"

"唔，阿峰，"书培稍微调整了一下坐姿，"当天就你和那个神仙姐姐？"

"就我和她。"

"后来，没再来人？"

"没有。"

"真的就你们两个？"

"怎么了？"阿峰脸上露出不解的神情。

"没什么，"我也稍微调整了一下坐姿，"接下来呢？"

"接下来，就是第二天上冰川了。"阿峰意味深长地说，"第二天一大早，姐姐还没起床。我不好意思打扰，悄悄地推着车出门，可姐姐还是醒了。姐姐嘱咐我路上注意安全，我自是心存感激。出了客栈，骑着车朝着冰川的方向前进。看冰川心切，顾不上下着的小雨，一路上坡下坡在山谷里起起伏伏。过了十分钟的样子，到了一块开阔的河谷地带。那里同样的安静，同样的不存在其他声响，一眼望去，除了我，没有任何活动的东西。当时天气很差，山谷里弥漫着厚厚的云雾，能见度很低，看不清周围的情况，就在不远处，有一条冰舌。我朝着眼前能看见的冰舌骑了过去。你知道，看到冰舌，意味着距离冰川不远了。可距离冰川越近，道路就越崎岖不平，路上全是碎石，不像河边的鹅卵石，这里的碎石锋利得很，能划开鞋底，自行车更不在话下。前面的道路上积满了水，骑车没办法通过，看着冰冷刺骨的河水，没有其他办法，只能推着车前进。河水顺着鞋缝钻进脚底，脚底疼得像刀刮一样，脸上顿时起了一层鸡皮疙瘩，嘴唇都木了。可走着走着，前面没路了，前面没路了！"

说到这里，阿峰有些激动，嘴唇有些颤抖，两眼开始泛光。他喝了一口水，接着说："发现没路了，没办法继续朝前，只能返回。回程去看看遇见的一处离路边较近的冰川，总不能白来一次不是。返回到路上，又犯难了。"

"怎么了？"我问。

"离路边较近的冰川没有路过去，我只能把车停在路边，然后走路过去。可是，人走了，车放在这里会不会不安全。我知道这里除了我估计也没别人了，可还是不放心。"

"那，后来你是怎么处理的呢？"

"我把车子拆了，"阿峰说，"车轮拆下后，车架和车轮分开藏在几处隐蔽的地方，车轴带在身上。"

"唔，这种手段。"我惊讶地说道。

"没办法，在路上，它就是最靠得住的兄弟。"阿峰说，"藏好自行车，我也就安心地去找冰川了。离开道路，沿着碎石堆来到一条小溪边，我想这里的小溪都是冰川融水，沿着小溪走，肯定能找到冰川。这么的，我沿着小溪逆流而上。哪里晓得，这越走，小溪两边逐渐向中间收缩，变得越加陡峭。继续朝前已经走近了死胡同，我这边的河岸变成了悬崖，我在崖底，而小溪的另一边也不轻松，堆满碎石屑的陡坡令人望而生畏，可能大叫一声都会引起山崩，我当然知道在这种时候不能大叫，就连放屁都不敢。我想到对面去，继续朝前走，可看着眼前的溪水，真的不想再把双脚放进去了，实在扛不住。刚才的那一次蹚水，现在牙齿还冻得直打战。怎么办？只能支石头了。找水比较浅的地方，用大一点的石头垫上，石头露出水面就过去。就这样一面找石头垫脚，一面前进，好不容易过了小溪，爬上了堆满碎石的陡坡。每走一步，脚下的碎石就往下沉，上方的碎石便会争先恐后地把空隙填上，上方的石头一下滑，更高处的石头也跟着往下滚落，真是步步惊心。这样走下去，我想不被石头砸死，也会被这一直跟着自己移动的山体吓死，怎么办？唯一的办法就是使出浑身的力气，一股脑儿朝前跑。说了你可能不信，当时跑起来，真有一种水上漂的感觉。"阿峰苦笑着说道。

"我信。"我知道阿峰的感受，因为同样的感觉我在拉姆拉措经历过，那是后话了。

"不容易，终于来到冰川脚下后，我感动得真想大哭一场。那一刻，我不停地嘶吼，把憋在心中的各种不快和无人知晓的艰辛一股脑儿吼出来，重重地抛向冰川。"阿峰显得有些激动，两眼泛着光，"我慢慢爬上冰川，试着走了几步，脚下好滑，作为南方人，第一次走在冰面上有些怕，我没在继续往前走。反正来古冰川我已经到了，虽然天公不作美，没让我看到什么震撼的景色，但我不放弃，我最终坚持了下来，也让我最终站在了那里。不为别的，作为付出后的回报，这个结果我已经很满足了。相机镜头进了水，照片拍得模糊不清。没人，我找来一块冰把相机放上去，随便拍了两张照片就往回撤了。冷得很，鞋子裤子全湿，坚持不下去了。往回撤的路上，我发现了唯一可以称之为人类遗迹的东西，是在一块石板上，一位宁波朋友留下的字迹。"

"唔。"

"同样不轻松，我沿原路返回到溪边，可刚才铺好的石头找不到了。我再也不想抱着石头过河了，鼓起勇气，直接走进河里，顺流而下。找出车子，开始组装，可手已经冻木了，双手像是脱离自己的独立存在，根本不受大脑的控制。车子装了好多遍硬是装不上，没办法，只能把手放在嘴边哈气，让手暖起来。装车子花了我好长时间，骑车回到客栈已经是中午。姐姐看见我回来，急忙给我倒茶，给我做饭。那份温情，真的，怎么说呢，除了爹妈，我想不出还有谁能那样对我了，说感动也好，说感激也好，什么也好，当时真的好想哭。大宝，作为男人，在这种时候，我不忌讳说哭这个词。"

"能理解。"我说。

"姐姐家来了一个年纪稍长的妇女，姐姐告诉我，那是她大姐。她们家一共五兄妹，父母在她还小的时候就过世了，是大姐把她拉扯大的。当时，听得我一阵心酸。"阿峰停顿了一下，之后略显轻松地说道，"正因为聊到她家的这些事，我才知道她是家里最小的女儿，比我小一点点，呵呵，她照顾我的样子，真的很像一位姐姐。"

"这种感觉不坏。"

"嗯，吃过饭，打算歇息一下就骑车返回然乌。这时姐姐家来了两个干部模样的人，是姐姐家的亲戚。听说我是骑车出来玩的，准备去拉萨，佩服得不得了，我倒觉得这不是什么了不得的事。听他们讲，小时候这里可没什么冰湖，全是厚厚的冰，现在藏在山里面的冰舌都是到村口的。后来环境发生了变化，气温上来了，冰舌逐年往后退缩，渐渐地成了现在这个样子，冰舌没有了，留下村口这么一个冰湖。唉，冰湖虽说漂亮，可这是令人心痛的漂亮。不知道若干年后，来古村还是来古村的模样，可来古冰川还是不是来古冰川的样子呢。

"过了午后，我觉得是时候离开了，就告别姐姐和她家里的客人。到冰湖边，我特意停下来看了看，冰湖已经很大了，湖面上漂浮着不少浮冰。我想，冰川不断退缩，冰湖也会不断变大，等到冰川完全没有的那一天，冰湖也不会存在下去了吧，说可惜固然可惜，可这就是大自然的轮回吧，只是人类的存在，让这一切都发生得太快。"

"这也是没有办法的事。"我轻轻地说。

"就像在肚子里打翻了五味瓶，什么滋味说不出，一路各种微妙的心情混杂在一起，说不上哪一种心情更明显或占上风。你把注意力放到愉悦上，那心情就是愉悦的；你把注意力放在悲伤上，那心情就是悲伤的。总之，就是这样一种感觉。一路上只有我一个人，仿佛世界上只有我一个人一样。当在湖边的路基上看到两辆自行车时，我仿佛被人突然从虚幻世界拽回现实世界，像离家的孩子突然找到了回家的路，我在路边看了好一会儿，就是看不到人，于是决定朝前走。没想到后来你们追上来了。"

"是吗？哈哈，我和书培当时在湖边呢，想着这一路没什么人，就把车扔路边了。"我说，"看来，下次还是要注意，还好是阿峰你这样的大好人，要不然，后果不堪设想呀！"

"我当时要是还有点劲儿，也会想办法顺走的！"阿峰说完，哈哈大笑起来。

我躺在床上，看着窗外照进的星光，脑海里慢慢映出这么一幅画面：在一条古老冰川的边缘，有一片透明如镜的翡翠绿湖泊，湖岸边的树林里，隐藏着一个小小的村落。清晨的阳光透过树梢照向笼罩在薄雾中的宁静村庄，除了偶尔传来的几声犬吠，没有其他任何声响。当一股股青烟不约而同地冲向头顶的天空时，村口的栅栏旁，走过一个和景色一样秀丽的藏家姑娘。

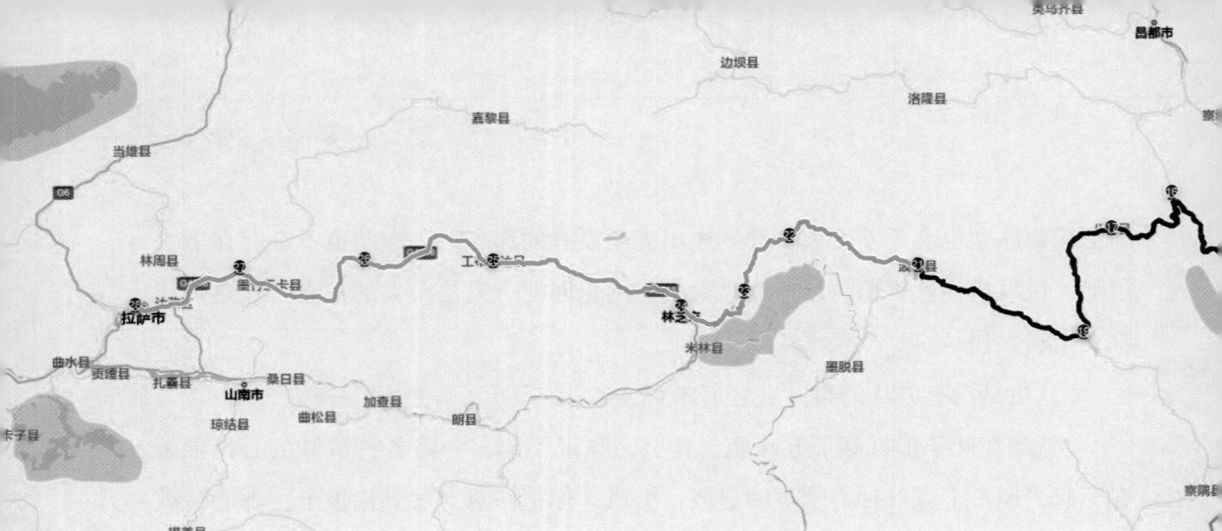

卓龙沟树葬探秘（上）

决定在波密停一天上山采蘑菇，是在去波密的路上决定的。

出发前一天晚上，然乌镇下起了雨，多大不清楚，只记得房檐上的水滴不间断地嘀嗒了一个晚上。这里无论是小雨还是大雨，只要不刮风，总是下得悄无声息，像是习惯了这里的安静似的，小雨也好，大雨也好，都漫不经心地飘向地面，如同知道地面是唯一的归宿，并不急着立刻到达一样。

早上起来，雨淅淅沥沥地下着，眼前的雨是小雨无疑。吃了一碗面条，在邮局附近的小餐馆买了两个大饼便匆匆上路了。顺便提一句，店家的女孩可真漂亮。要不是着急走，我定会和她聊点什么，但去意就像河中的树叶，即使极其不愿意，也只能随河水漂向远方。我像那片落在河里的树叶，极不情愿但不得不出发了。

离开然乌镇，帕隆藏布江在路与山之间形成一个巨大的湖面，公路沿着河的一边蜿蜒。天水相接，两岸崇山峻岭云雾缭绕。除了淅淅沥沥的雨，一切都还未苏醒。过了瓦村，在一处塌方前传来江水震耳欲聋的响声。宽大的湖面在塌方前戛然而止，帕隆藏布江终于作为江出现了，往下便是穿行在峡谷与森林之间的澎湃江面。离波密越近，路两边的森林就越稠密。公路从森林中间穿过，松树和各种苔藓植物的气息带着浓重的水汽扑鼻而来，像蜘蛛网一样的松萝从树梢一直挂到树腰，埋在白云深处的冰川和雪山接踵而至，美到让人应接不暇。途经的龙亚村更是密林深处的一大惊喜：蓝色屋顶、全木质房屋，屋后的原始森林云雾缭绕，房前大片良田，牛羊成群，可称其为世外桃源，但实实在在超出了我对世外桃源的所有想象。在这里，只能用超乎想象的非现实性感受来形容。

林芝地区地处藏东南，受印度洋暖湿气流的影响，8 月正值雨季。离波密还有 70 公里时，已经停了一会儿的小雨突然变得疯狂起来。雨水将人从头浇到脚，相机掏不出来，只能用眼睛记录下眼前的一切。小时候每逢雨季都会进山采蘑菇，上山采蘑菇作为雨季里的日常活动，比采到蘑菇更令人欢喜和难忘。时至今日，我已记不清哪一年的哪一天在哪一棵树下采到哪一种蘑菇，甚至今年的同一时期也回想不起去年的这个时候有过什么样的收获，像是"喂喂，去年就在这棵松树下采到一株牛肝菌来着"更是从未有过，但每年每一次进山采蘑菇带来的感受都一样令人难忘。骑车横穿过森林，看着山里熟悉的植被，感受到山里熟悉的气息，进山采蘑菇的想法如潮水般涌上心头。

"书培，我们在波密休息一天吧，我带你去采蘑菇。"在横穿密林的路上，我对书培说。

"我没采过蘑菇，"书培继续踩着脚踏，"我听说颜色好看的蘑菇都有毒，我不知道什么蘑菇能吃，什么蘑菇不能吃。"

"你不是乐山的嘛，乐山周围不都是山吗，你怎么会没采过蘑菇？"

"有没有我不清楚，但我确实没去山里采过蘑菇。"书培一本正经地说。

"没事，我知道，我带你去。"

到了波密，被雨浇得没有半寸身体是干的。波密县城规整地分布在一块平坦的河谷中，穿城而过的帕隆藏布江，即使在宽大平整的河床里也显得波涛汹涌。城的两边是茂密的森林，不论是山顶还是山腰，都缠绕着云雾，山体被茂密的高山松和云杉围得水泄不通。安顿好住宿，换下湿衣服湿裤子，本打算洗一个热水澡再出去吃饭，可新修的客栈公共设施显得不得要领，厕所拥挤不堪，洗澡间设计得不伦不类，让人顿时失去了想要洗澡的念头。不洗澡，太阳已埋入山中，长时间浸泡在雨水中的身体怎么都暖和不起来。带着一身寒气出门，看到地面上的水，身体就不由自主地打哆嗦。这时候，要是能吃上火锅该多好。说来也巧，出了客栈，沿着街道没走多远，一家火锅店猛然出现在眼前。巨大的落地窗上贴着"自助火锅"四个大字。我和书培自不用商量，有自助必然不会去考虑什么炒菜，直接就走到火锅店里去了。

服务员比吃饭的人多，以至于让我误认为吃饭的人站着而招待的人坐着。服务生像在确认我们是否在此就餐似的，等我和书培找好位置坐下才慢吞吞走到跟前，用打量自然历史博物馆中史前生物展览室内三叶虫化石般的眼神看着我和书培，以精心调整过的音调问道："两位先生吃点什么？"

我和书培面面相觑，我将用仅有的体温暖过的眼神抛向面前的这位头戴白色头巾，身穿白色女士长袖衬衣，一条围巾牢牢系在腰间的年轻女服务生："这里，不是只有火锅吗？"

"是的，先生。"服务生不紧不慢地说道，好像每说一句话都会耗尽她体内已经储存好的能量，下一句或多或少要花点时间蓄好能量才能脱口而出，"不过，本店也提供炒菜和米饭。"

"宝哥，"书培坐不住了，"我饿得很，我们吃火锅吧，快一点。吃炒菜，点少了不够吃，点多了还不如吃自助火锅呢，你说呢？"

"我也这么认为。"说完，我把脸转向服务生，"我看窗户上写着自助火锅每位 50 元，这个包括锅底吗？"

"不包括的，先生，"女服务生习惯性地停顿了一下，"每位需要再加 5 块钱，这样的话，两位一起是 110 块钱。"

"这可不比吃炒菜便宜。"我说，"书培，你怎么看？"

"宝哥你说怎么办我就怎么办。"

"既然来了，就要吃到爽嘛。"我说，"服务员，给我们来一个麻辣锅底，要你这里最辣的。还有，其他的我们什么都不要，请尽快把餐具和锅底送上来。"

说话间，书培已经不自觉地走向了取食材的台子，手里托着一个不锈钢盆挑起菜来。

"多搞点儿肉，什么都行，好久没开荤啦！"我坐在桌前对书培喊道。

书培一面挑着菜，一面漫不经心地说："宝哥，你不要吓人哦，在然乌不是才吃过牛肉嘛。"

"恍如隔世。"说完，我把目光转向窗外。作为县城的入口，这里人流量不大，天色已晚，路上的人更是少之又少。连日来的降雨，凹凸不平的地面上积满了雨水，汽车一过，掉进坑里的轮子将厚重的泥水溅到不宽的人行道上，偶尔也会有几滴飞到玻璃窗上，泥水在玻璃窗上慢慢地滑落，留下长长的泥印。

抢在书培的前面，老板娘模样的一个胖嫂端着锅底笑嘻嘻走了过来，把银色不锈钢火锅盆放在煤气灶上，随即打上火，说道："不好意思，让你们久等了。"

"没事。"我说。

"马上就给你们送餐具过来，马上。"说着，老板娘迅速地离开桌子，朝厨房门口走去。

看到锅底上来，书培跟跟跄跄地跑过来，一手托着蔬菜，另一手托着肉。

"终于可以开吃啦！"书培眼珠都快掉出来。

"除了这些，还有其他什么菜吗？"

"有，有，菜品不怎么多，但肯定够我们吃。"

锅底开始沸腾，干辣椒段和各种香料在红油沸水里翻滚不止。我让书培把肉全部放进去，先吃肉，蔬菜看情况随便加点儿，总之，要保证肉的绝对主角地位。

这里火锅的味道已经不想和之前的任何一次火锅相比较了，如果实在要比较，那得出的结论自然是味道欠佳，不过就吃得舒服程度而言，却是有史以来印象最深刻的一次。菜品除了白菜、粉条、土豆、莲藕、冬瓜、木耳、平菇，还有鸭肠、鸭血、鸡翅、鱼头、毛肚、猪皮、牛鞭。这些菜品中，要说印象深刻的，自然是牛鞭了。牛鞭是整个煮好后切成片整整齐齐码放在不锈钢托盘里的，刚看见时不知道是什么东西，类似切成段的牛蹄筋，问站在一旁的女服务员这是什么，女服务员不吭声，倒是走到一旁去了。我没想太多，遂取了一点。下锅煮了很久，看到类似明胶的浅棕黄色"牛蹄筋"浮到红油表面，我用筷子夹到碗里，蘸了点儿调料放进嘴里。"牛蹄筋"弹性十足，在嘴里滑溜不止，口感算不上坏，但隐隐约约嚼出类似尿骚的味道，吃猪腰时有过同样的感觉，莫非是牛鞭？我有些不确定。

"书培，尝尝这个，有嚼头。"我用筷子指了指着在锅里翻滚的类似明胶的浅棕黄色"牛蹄筋"。

书培把眼睛从碗里移开，看了看我指的东西，用筷子夹起来，放在嘴边吹了吹，一股脑儿塞进嘴里，眼珠像在跟踪飞行不止的蚊虫一样左右转个不停，冷不丁打了一个长长的嗝，说道："宝哥，我觉得这不是一般的东西。"

"你觉得是什么？"我往嘴里送进一片已经煮得没了脆气的藕。

"怎么说呢，"书培若有所思地说，"感觉像是某种动物的内脏之类的东西，具体是什么说不上来。"

"你觉得会是牛鞭吗？我问服务员来着，她什么都没说，出于好奇，我弄了点儿。"

书培目不转睛地看着我："呃，这时候吃哪门子牛鞭嘛。"

"这么说，是牛鞭了？"

"你这么一提醒，我十有八九肯定，这就是牛鞭。"书培用筷子夹起碗里的鸭肠，又放下。

"第一次吃。"说着，我夹起锅里随水翻滚的看似明胶的浅棕黄色"牛蹄筋"，放在嘴边吹了吹，小心翼翼地放进嘴里。

一直吃到不能移动半步，我和书培像被挤在墙角的篮球，圆滚滚地坐在椅子上，连呼吸都觉得肺叶顶得胃难受。

"老板娘，对面的山上能捡到蘑菇吗？"结账的时候，我看着窗外黑得已经辨识不清轮廓的山峦对老板娘说。

"有是有，不过很少有人上去。"老板娘热情地说。

"为什么没人上去？"

"因为树林子太密嘛，没有路，进去不容易出来。其实也没什么路可言，都是上山采药的人随意砍出的便道，不好走。"

"宝哥，要不我们就不去采蘑菇了吧，明天好好睡一觉，不想动啊！"书培在一旁无奈地说。他拿起手边的水杯，看了一眼又放回到桌面，看来他连再喝一口水的空间都没有了。

"嗳！老板娘，要是我们上去，能捡到蘑菇吗？"我继续问。

"这个嘛，捡肯定能捡到，不过应该不会太多，季节快过去了。对面的山最好不要进去，当地人进去都出不来，我到这里十多年了都没上去过。"

"唔，我们不上去就是，"我取了一根牙签拿在手上，"除了这边的山，河那边的山也和这边一样密得很吧？"

"嗯，这里的山都很密，你们怎么对这里的山感兴趣，前几天到我这儿吃饭的一群人，和你们一样打扮，也说这里的山好看。"老板娘笑眯眯地说。

"没见过这么美的山，这以前。"

"唔。"老板娘犹豫了片刻，继续说道，"河那边的山倒是好走一些，你们要是实在想去山里面，可以去那边，就是不要走太远，一定要保证能看见县城或村子，这样能找到路回来。"

"谢谢您，我们会考虑的。"我说。

第二天睡到自然醒，看着从窗户透进的阳光，以为是个好天气，我拉开窗帘，才知道太阳只不过透过一个不大的云缝照向地面的，天空还是阴沉得很，周围的山峰隐藏在薄薄的雾中。我叫了书培起床，自己先到楼下看车的情况，今天要出去，需要把车收拾好放进车库里，避免淋雨。到楼下，老板没在，座席上是一个清秀的小伙子，看到我进去，仰起头朝我微笑，我也微微一笑："老板没在？"

"还睡着呢。"小伙朝里屋使了个眼色，"今天不走？"

"今天不走，打算在附近逛逛，明天再走。"

"去岗村吗？"小伙突然想起似地问，"听说那里有中国最美、保存最完好的原始森林，要不要一起去。"

"岗村？多远？"对小伙突然提出的这个建议，我还没来得及充分考虑，书培就来到我面前。

"不远，就在318国道旁。包一个车不要多长时间就能到。"

"就是说，如果明天我们出发，会经过?"

"嗯，这个嘛，"小伙有点儿犹豫起来，"我也是第一次去，所以具体在不在国道旁，或距离国道还有多远我不是很清楚。"

"有车，就不想干花钱包车这种勾当。岗村，我们明天再去。"我说。

"哦，那你们今天打算去哪儿?"

"我们嘛，就是想到后山采点儿蘑菇，有收获就到县里找家馆子做了，没有也无所谓。总之，不至于一直待在客栈，毕竟是出来玩的。"

"唔，这样的话，给你们推荐个地方。"小伙犹豫了一下，"就是不知道你们愿不愿意去。"

"什么地方?"书培来了兴致。

"听说过树葬吗?"小伙说。

"树葬!"我和书培异口同声地叫道。

"对，树葬。波密有中国最大的树葬群。"小伙不紧不慢地说，"具体怎么样我也不清楚，但听说距离波密县城七八公里的卓龙沟密林里有树葬。树葬的都是出生不到一年的婴儿，用木盒子或箱子装着挂在树上，或放在树根前。说是什么婴儿没有做过什么善恶之事，之所以进行树葬，是希望他们轮回后，像大树一样茁壮成长。"

"这样啊!"我叹道。

"对啊，这样啊!"书培的话语中散发着寒气，似乎要把眼前的一切都封冻起来。

"是害怕了点儿，我自己是不太愿意去的。"说完，小伙呵呵笑了出来。

"怎么样，感兴趣?"我转向书培。

"没什么事就去呗，我比较感兴趣。"

"那行，我们吃过午饭，一面捡蘑菇，一面上山，去看看这传说中的树葬到底什么样。"我问小伙，"知道卓龙沟怎么走吗?"

"嗯，到河对面去要过一座桥，"小伙思索了一下接着说，"过了桥是一条水泥路，沿着水泥路顺着河下游走，一直走出村子就进山了。进山会看见一个寺庙，过了寺庙有一条河，那条河就是卓龙沟，沿着卓龙沟一直走进去就能到树葬地点了。在山里。"

"那座寺庙叫什么名字？"

"具体叫什么不清楚，在卓龙沟边，应该就是卓龙寺吧。你们可以问问。"

"行，这算是一次不错的安排。"我对书培说。

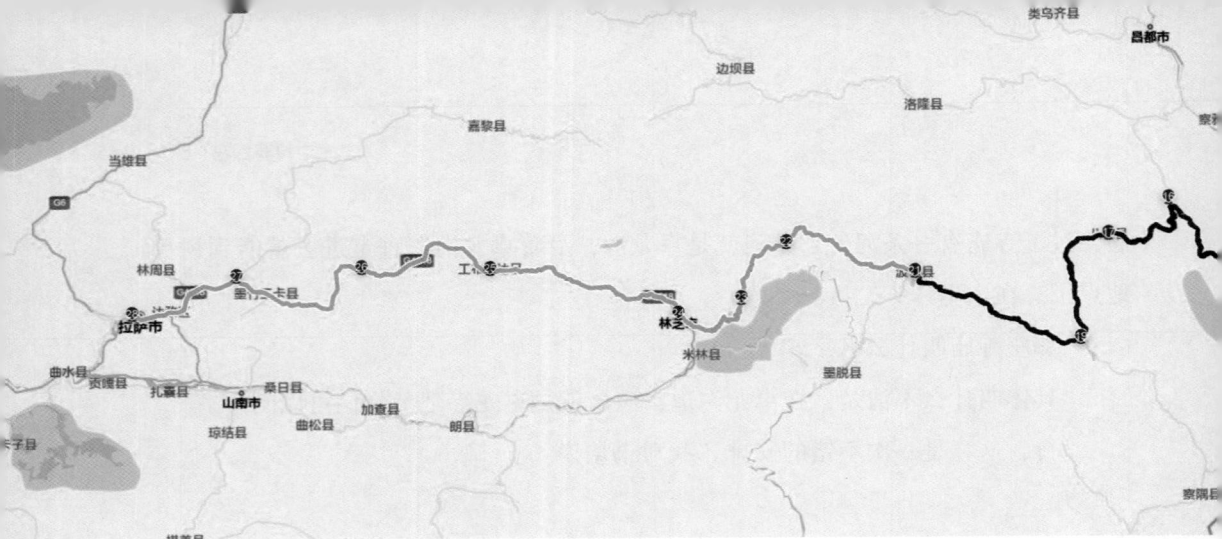

卓龙沟树葬探秘(下)

　　还没过桥，天空就下起雨来，这已经是第四天连续降雨了。藏东南下起雨来一点都不含糊，空气潮湿得不像话，风要是大一点，怕是能把空气吹到墙上砸出水来。过了桥，来到客栈小伙说的水泥路上，这边是农村，路两边都是民宅。精致的二层小楼，一楼是砖木结构，砖或石头砌起来的墙体上方方正正地安装着画有藏式风格图案的窗户；二楼是涂成暗红色的木质结构，墙体、屋顶都用木头或木板建成。房顶有不同的颜色，青色偏多一些。在村尾，算不上拥挤的地方，房前的院子变得开阔起来。喜欢藏区民居的布置，不仅仅是民居看起来鲜艳无比，民居周围的院子也是精心布置好的场所，大多有片石围起的不高的围墙，也有用木板做成的栅栏，用油漆涂成红白相间的模样，墙角是劈好的长五十厘米左右的柴火，码得很高，堆得很长。正门对着的院子是生活的场所，碎石铺好的院子里，稀疏翠绿的小草从石缝中冒出头来，房檐下，或茂盛或高大的花卉把院子装饰成一个大花园，不得不感慨这到底是一个极会审美的民族。房屋的背面是菜园子，不大的菜园子分成好几块，每一块种上不同的作物，多的是蔬菜和豆角。不约而同地，菜园子和正门对着的院子门口，总能看见几棵随意生长的苹果树或梨树。8月里，苹果红的、绿的挂满枝头，有的枝头甚至被拽着重重地坠向地面。几条黑狗从身旁跑过后又突然想起什么似地停下转过身来，颠着脚跑到我们跟前嗅来嗅去。遇到这种情况，我是不敢再动一下的，只能等着面前的狗带着满意的表情离开。当然，也会碰到不满意的时候，不过狗也只是吹着鼻子离开，没有什么过激的行为。对于选择离开，狗可能不太乐意，但面对身高高过它很多的我，它也只能选择妥协，殊不知，我怕得要死。

走到一座石桥旁，一条河从茂密的森林里流出。河流本身不大，但因连日来的降雨，水量变得相当可观。浑浊的河水夹杂着碎石从山里摔出来，流过眼前的石桥，在开阔地带卸下碎石后，轻装上阵地流向不远处的帕隆藏布江。河里掀起的水雾和绵绵细雨湿润着石桥，石桥两边的护栏上挂满了白色的哈达和五彩的经幡，护栏下方堆满了玛尼石，玛尼石上刻着经文，有经文的一面被涂成红色或黑色，一如看不懂藏区房屋上的图案，玛尼石上所刻的经文我也看不明白。

"宝哥，你说这会不会是卓龙沟？"站在一旁盯着河水的书培问我。

"不太像呀！"我不知道这条看上去不太温柔的河到底是不是卓龙沟，"听说车能开到沟口，走进去也只有一公里左右，从这里看不出有路进去的样子。毕竟，也没有看见所谓的寺庙，要有寺庙来着。"

"宝哥的意思是再往前走？"

"再往前走走看吧！"说着，我过了石桥，朝前面出现的柏油路走去。

与水泥相连的是一条柏油路，它隐隐约约绕进了不远处的山里。前面开始上坡，高山松像用长焦镜头拉到眼前一样出现了。路的下方是已经收割完毕的青稞田，金黄色麦秆下隐约可见的深色土壤，已经褪去了怒江峡谷特有的绛红色。从城中探出头来的帕隆藏布江此时出现在眼前。雨加强了一些，雨点打在身上开始有感觉了，路两边的森林传来"沙沙"的响声。走了半个钟头，有一辆皮卡从身边驶过，除此以外看不到任何车辆。

"差不多可以进山采蘑菇了。"我对书培说。

"到寺庙还远着呢，我们再走会儿吧，路上能走一点。"

"上山是盘山路，走树林能抄近道，这样是不是比走公路快一些，关键是能捡蘑菇，你说呢？"我想把书培引进树林里。

"我没捡过蘑菇，不知道什么能吃什么不能吃。"

"我给你个袋子，你只需把看见的蘑菇都捡到袋子里，我负责鉴别。"

"蘑菇一般长在什么地方？"

"你跟着我就行。"说完，我走下路基，在路边的水沟里拾起一根约一米长的木棍，朝着山里走去。书培紧跟在后面。

走进树林的瞬间，就像走进了时空隧道，一下子把自己拉回童年。如昨日火锅店老板娘所说，森林密不透风，走在树林里，看不见雨的身影，但能听到从树冠处传来的"沙沙"声。地上横七竖八躺满了腐朽的树干，树心已经腐烂塌陷，唯一剩下的坚硬外壳被各类苔藓包裹得严严实实，走上去软软的，有水从里面冒出。高大的松树上挂满了松萝，高过头顶的灌木挂满水珠低着头，没过膝盖的蕨类植物把脚底围得水泄不通。看样子没有砍刀是没办法通行的。不便继续深入，我就调头沿着与公路平行的树林行走，一面走一面对身后的书培说："注意脚下，这雨天不至于碰到蛇，但还是小心为妙。"

"哦。"书培紧跟着。

我扒开前面的一大片灌木丛，来到一块较为开阔的草地，地上落满了松针，不远处的坑里横躺着一截直径超过半米的木头，什么树种辨识不清，长满苔藓的树干上生出别的一些灌木来。"蘑菇喜欢腐殖土壤，也喜欢生长在朽木上，这些地方一般都能找到蘑菇，树木太密实的地方反倒是不多见。"我指着眼前稍微开阔些的空地对书培说，"至于什么能吃什么不能吃，现在还没见到蘑菇的影子，不好跟你描述，总之见到蘑菇就捡起来交给我。"

刚说完，我便在前面的草丛中看见一个像是随意摆放在草地上的烟盒状的物件，表面反射着滑润的光泽，像极了田鸡光滑的背。直觉告诉我那是一朵蘑菇。我朝着蘑菇走去。果不其然，这是一朵趴在地上的松乳菇。粉色的菌帽被落在上面的针叶遮去一半，深色的纹理从中心一圈一圈向外扩散，菌帽的边缘泛着几点绿。

"宝哥，这是什么蘑菇？能吃吗？"书培兴奋地喊道。

我拨去菌帽上的杂草，把松乳菇小心地放进随身携带的塑料袋中，说："这是松乳菇，很常见的一种食用菌。找到一朵，一般在周围还会有，我们再找找看。"说完，我用木棍翻着面前的草丛和灌木丛。"既然这个地方能找到松乳菇，那其他的应该也有，像什么青头菌呀、珊瑚菌呀、牛肝菌呀……"

"宝哥，你快看这是什么？"书培指着一根腐朽不堪的树桩对我说。

我凑过去看了一眼："这是木耳，怎么，到山里就不认识了。"

书培也感到好笑："这不是没见过山里的嘛。"

捡到第一朵也就来了精神，我们不顾密林上方纷纷洒落的雨水，在草丛和灌木丛中翻来翻去。我让书培打开电子地图，确定我们的位置，避免迷路。手机信号很弱，但地图的加载不成问题。

我们在树林里穿梭不止，可收获不尽如人意，除了红菇、蜜环菌这类平日里怎么都不愿意要的杂菌外，没有什么可以称之为收获的东西。也许是过了季节，也许是来错了地方。离开公路很久，现在已不知道公路绕到何方去了。远处隐隐约约传来机械声，我们打算朝着那个方向走。

走出了以高山松为主的森林，过了一个山谷，对面的山就成了云杉的天下。不知是否因为树龄的缘故，云杉比高山松要大得多，甚至有三四个人才能围起来的巨树出现。云杉的树干很粗，但枝条细得多，树下灌木也较为简单，相对于松林，云杉林要好走得多。爬出云杉林，一条土路出现在眼前，土路下方不远处就是传来机械声的地方。那里是一个木材加工厂，土路上堆满了三四米长的直径超过一米的云杉树干，想到木材是当地最基本的建筑材料，但如此大规模的砍伐让人看着不免有些心疼。我和书培没有去往木材加工厂的方向，而是朝着山上走去。

沿着土路走了一段，拐过一个弯，一排白塔出现在眼前，白塔下堆放着牛头骨和玛尼石，路的正前方是一个很大的院子。过了白塔，坡口出现一条水泥路，上了水泥路，院子出现的同时也看清了侧前方是一间寺庙。寺庙算不上大，除了殿堂，院子的一角有几个单独的建筑，像是喇嘛起居的场所。殿堂正对着的方向是波密县城，站在院子边上的挡墙上，看向波密方向，整个波密县城尽收眼底，远近的山峰均笼罩在薄薄的云雾中，唯有县城开阔明亮。青色的、黄色的、红色的屋顶点缀河谷中，像极了花园中的各色花朵。从里程上看，这里似乎就是卓龙寺，可附近并没有存在树葬的可能，除了来时的路，寺庙后方并没有多少树木，森林的方向唯有喇嘛生活区后面的一个台阶可以到达。可到底是不是从那里进入呢，我们没了主意。这时候，从生活区走来一位年轻的喇嘛，我走了过去。

"小师傅您好，请问这里是卓龙寺吗？"

年轻喇嘛小心翼翼地打量着我和书培，然后摇了摇头。

"那这里是什么寺？"

"多东寺。"年轻喇嘛用不标准的普通话答道。

"听说这附近有一个树葬群，您知道怎么去吗？"书培问。

年轻喇嘛的脸突然一沉，好像打在他油亮面部的阳光被突然抽走一样。"没有，没有的。"说完，年轻喇嘛头也不回地朝我们来时的方向走去。

"宝哥，怎么办，还要不要去？"

"六七公里能看见一个寺庙，再沿着卓龙沟走一公里就能到。按理说客栈小伙说的寺庙就是这个，他说寺庙叫卓龙寺，应该是他记错了，可这里有没有所谓的卓龙沟还是个问题。你查一下这附近有没有一个叫卓龙寺的地方。"

书培掏出手机，打开地图输入"卓龙寺"，电子地图缓冲了一会儿，果真跳出一个结果，显示的卓龙寺也在附近，书培查了它和我们之间的距离，是11公里。

"宝哥，真有个卓龙寺，还有11公里，怎么办？"书培把手机凑到我面前。

"怎么还有这么远？"

"地图给出的是公路里程，而且既然存在卓龙寺的话，树葬怕是在那边才对，这里毕竟离县城太近。而且，也没有沟。"

我掏出手机看了看时间，说："时间不算晚，现在过去，快一些还是能在天黑前回来，蘑菇也还没捡够的样子。怎么样？"

"行，听你的。"

我和书培穿过院子，走上喇嘛住宿区后面的台阶，走到头就到了寺庙的后山。树不多，但缠满了经幡，台阶的尽头是一条窄窄的土路。我和书培沿着土路穿梭在经幡构成的彩桥下。过了狭窄的土路，走上了一条宽敞点的道路，道路两边的树丛中稀疏地放着截好的木材。沿着土路走了大约五十米，柏油路重新来到眼前。按照地图的指示，我和书培决定不再穿过森林，而是沿着公路一直走下去。我们处在半山腰，所以不论朝上看还是朝下看，都是密不透风的森林。云杉上挂满了树须，一些云杉已经死去很多年，枝干全然不见，只见主干屹立在山中。看着远处从云中露出的金字塔形的雪峰，让我想到了红塔集团的广告词：山高人为峰！

越往山上走，柏油路两边的护坡就越密集，除了山一侧的护坡，山谷另一侧的挡墙也渐渐多起来。每走几公里就会看见一个搭在路边的工棚，从山里牵下来的水管呼呼向外淌着清水，全身湿透的看守工棚的狗没了力气叫唤，用不容易睁开的眼睛看了看我们，又闭上眼睛睡去。公路在一个巨大的山谷中拐了一个弯，山谷中的水直接流过路面，水面很宽，几乎占据了整个弯道，虽然是八月底，但公路的下方还是厚厚的冰块。过了冰冷刺骨的河水，前面是一处巨大的塌方，工程车正在抢修。我和书培提起裤腿，蹚过泥水。前方不远处又出现草绿色的工棚，工棚边上，三个工友正在水管旁清洗蘑菇，蘑菇全是白帽白柄，看上去同属一类。看时间已是下午五点，到达卓龙寺不成问题，可想到还要赶回波密县城，一来没带手电，二来不确定是否有车回县城，书培好几次因走不动而坐在路边，看来今天无论如何都到达不了了吧。这时，工棚里走出来一位年纪稍大的大叔，我走过去打招呼，他乐呵呵地朝我招手，有颗门牙不知什么原因在什么时候已经掉了。

"大叔，您知道卓龙寺还有多远吗？"我问大叔。

"卓龙寺啊，远得很。"大叔的脸朝向天空想了想，"从这里去还有二十四五公里的样子。"

"咦？"我很惊讶，"刚才在下面很远的地方，我查过地图，好像只有十一公里哦，现在怎么还越走越远了，方向没错的。"

"错不了，我们修的路，前几天刚把里程碑弄好，从这里开始，大概数 24 个路碑就到了，你们现在要上去？旅游的？"

"哦，我们不是旅游的，就是随便走走，今天想去卓龙寺来着。听说那边有树葬，是真的吗?"

"有没有树葬，我没听人说起过。"大叔若有所思地说，"但是现在去卓龙寺有点晚了，你们要是来得早，我们刚好有拉沙的车上去，去的就是卓龙寺，可以捎你们一段。"

"现在还有吗，上去的车?"

"快收工了，都下山了。"

我把距卓龙寺还有 24 公里的消息说给书培听，书培像听到噩耗般翻起了白眼："宝哥，我走不动了，我们不去了吧。"

我看着袋子里不多的蘑菇，说道："卓龙寺去不成了，树葬怕是也看不上了。不如到山里再找点儿蘑菇，也不算白跑一趟，怎么样?"

"宝哥，听你的。"

拽着书培又走了两公里，到一处不算高的护坡，我们走进了树林。这里的云杉变少了，也没了高山松，茂密的森林由常绿阔叶林组成，石头和腐烂的树干被苔藓和蕨类植物覆盖得严丝合缝，石头像一顶顶放在一起的绿色草帽。看不到土壤，除了枯树干就是满地的石头，这样的地方当然找不到蘑菇。

树林中没有任何可以称之为路的玩意儿，全凭脚下的感觉一步步摸索着前进。有时误将树干当成了石头，一脚下去，枯树干发出西瓜摔在地上般沉闷的响声，小腿以下就掉进了树窟里。好不容易走过一条小溪，来到对面的山上，山体却变得陡峭起来。眼看着前方再无可以通行的道路，我和书培决定放弃，沿着小溪朝山下走去。走了一段距离，出现了人工痕迹，小溪被堵成一个水塘，一根水管插在了水塘中央，这想必就是工棚引水的源头。我和书培顺着引水管朝小溪的下游走，小溪两边的植被越来越稀疏，远处的森林开始闯入眼帘，不一会儿，一条黝黑的柏油路出现在眼前，我们终于长舒了一口气。

不知是下坡的缘故，还是返程的心理在作祟，返回途中，身体变得轻盈起来，心情也不坏。走到遇见大叔的工棚旁，工友们已经吃过饭，正走出工棚。大叔看到我们往回走，高兴地打了声招呼："不往前走啦?"

"太晚了，怕没车回县城。"我说。

我们走进人群里，和大叔聊起来。

"知道这是什么树吗？"大叔指着山下高大的云杉问我。

"云杉吧，也可能是冷杉，我分不太清楚。"我不好意思地说道。

"嗯，杉树，在老家哪里看得到这么大的树嘛。没得。"

"大叔哪里人？"

"四川的，我们都是四川的。"大叔说着，用手指了指余下的工友，"你们这一路看到的工棚都是我们四川兄弟的。"

"嚯！"我感叹道，"四川人好像哪里都有啊，不论是条件好的地方，还是像这样条件艰苦的地方。"

"没得办法，这里的人都不会嘛。就拿眼前的墨脱公路来说，除了一些土石方的活，当地人可以帮忙外，像什么修路、勘路、浇筑都是我们外地人在做。"

"嗬！这就是大名鼎鼎的墨脱公路呀！"我惊叹道。

"对，这就是墨脱公路。"

"可墨脱公路不是两年前就通了吗？"

"要正儿八经通车，估计还有两年。"大叔吸了口烟。"我们现在做二期，你们要是再往前走，过了卓龙寺，前面一期工程还没完工呢。"

"什么是二期工程？"

"二期工程就是修沟、修挡墙、搞护坡，二期搞完了还有三期，三期就是设指示牌、车道分界线、里程碑什么的。所以墨脱公路真正弄好，没有几年怕是不行。"大叔思考了一下，继续说道，"严格来讲，就算二期做好了，我们也不能马上撤，你看前面。"说着，大叔指着我们上山时碰到的泥石流现场，"这里雨多，西藏的雨都下在这里了，比四川还潮。这边的山不稳，一下雨就掉石头塌方，我们要负责清理路上的这些东西。"

大叔像好不容易遇到一个愿意听他说话的人一样，指着山，望着水，给我们讲这一路上他的所见所闻。

"看到前面弯道里的水没有？"大叔问。

"看到了。"我说。

"你别看现在是水，再过一个月就全是雪了。墨脱公路一年没有雪的时间不长，现在是八月，看不见什么雪，但沟里还是有，你看挡墙下面就全是冰。一年冬天有个工程队从这里经过，没想到就在这条沟里发生了雪崩，当场没了八个人。"

走到弯道中时，我特意抬头看了看上方的河谷。河谷从山顶一直延伸下来，和两岸茂密的树林比起来，河谷里的植被要稀疏矮小得多。河床距两岸大约五米的范围内更是石头裸露、寸草不生，形成一个深深的"U"形槽，这是容易发生雪崩的地貌形态。

过了冰河，下方的工友朝山上走来，两个工棚的工友相互打着招呼。天色暗了下来，下山的路还有很远，我们告别大叔后，一刻不敢停留地沿着公路下山，等走到山脚时，脚底疼到骨头里了。

走到"中国终极越野之路"起始点的石碑前时，太阳刚好没入山中，波密县城里亮起了万家灯火。作为波密的观光之旅，今天只能到这里了。

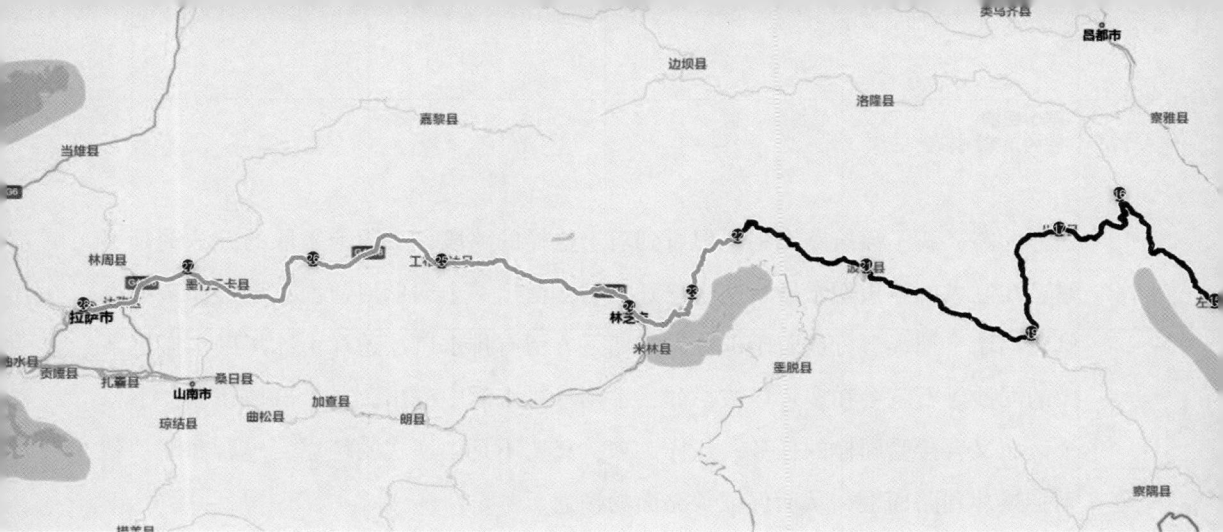

消失的排龙乡

波密到排龙乡，要经过著名的 102 塌方群、通麦天险和排龙天险。老天像是知道我们要通过排龙天险一样，几天的阴雨绵绵，今天等来了一个大晴天。淋了几天的雨，捡蘑菇弄湿的鞋还没有干透。书培决定穿拖鞋上路，今天没有大山要翻越，起伏路坚持一下也能过去，他把湿哒哒的鞋放在驮包上。

岗村附近的帕隆藏布江无疑是美的。出了波密县城，帕隆藏布江并没有立即钻进紧凑的峡谷，而是在宽阔的河谷间缓缓流淌，像一条巨大的辫子。远处，浓密的森林笼罩在白白的雾中，白云像是被树梢拽住而挥之不去，如裙带一般。公路沿着江或上或下，一会儿钻进森林，一会儿来到江边。这样在晴天里倒显得清凉。河中央的沙洲长满了云杉，形成一个个翠绿的小岛，稍显浑浊的江水并不影响把"美如仙境"这个词抛给眼前的一切。如果说有没有一段路是我最想再走一遍的，那便是然乌到古乡这一段，尚行走在其中就给人一种离别前的伤感，就是这般地不愿离开。

林芝地区温暖湿润，多山多水，一路雪山随处可见。作为季节性冰川，在温暖的夏季，山顶的积雪融化，携带着泥沙和石头奔向山脚，最后汇入山谷中的帕隆藏布江。在冰川融水的下行通道与国道交汇处，普通的排水涵洞在这里就不适用了，冰川融水携带的泥沙和石头会堵塞涵洞进而破坏路面。出了古乡就遇上了这样的路，我不懂筑路工程，但看到对于这样的路段，工程上采取的办法倒是不错：在巨大的冰川融水通道两边修好挡墙，留出一个扇形河道面，扇形河道中再修建挡墙，把扇形分成若干部分，挡墙下方留有排水口。这样由冰川融水搬运下山的泥沙碎石就会在扇形区被拦截，水则从排水洞中流出。一个区域填满，下一个区域又会接受同样的任务。这样一来，只要不是山崩式的垮塌，碎石和泥沙就不会被冲到路面上，从而保证了路面的畅通。

几天的降雨让古乡遇到的一处过水路面上水流不小，看上去清澈无比的溪水冰冷刺骨，裸着脚踩下去像针扎一样。水流太大，水面太宽，骑车不能冲过去，只能推过去。在整理驮包准备过水的时候，书培突然大叫了一声："哎呀，我的鞋丢了啊！"

我把车停在一边，问他怎么回事。

书培看上去很着急："宝哥，我的一只鞋肯定是掉路上了，不见了。"

"怎么会，你再仔细找找。"

"找遍了，没有，只有一只。不行，只有一只，接下来我还怎么赶路。宝哥，你在这里等我，我回去找找看，半个小时就行。"

"犯不着吧，"我说，"丢了到前面买一双就可以，解放鞋就不错，你看我。走了这么远，还跟新的一样。"说着，我把脚抬到书培面前。

"宝哥，我那鞋贵呀，要是解放鞋我就不回去了。现在只剩一只还怎么穿，就半小时，半小时。"说完，书培把车骑到对面，卸了驮包，骑着空车就往回赶了。

我慢慢推车过水，冻得牙都快碎了，到路的另一边，一起过水的骑友都没有急着往前赶，而是把车歪在路边，坐在路基上晒太阳。在波密待了一天，现在遇上的都是一些没有见过的骑友了。基本上都是大学生，也有高中生，都是趁着暑假出来玩的，假期临近结束，路上都不敢怎么歇息，一直赶路。进出拉萨的火车票不好买，飞机票上哪儿都不便宜，他们都在路上提前买好了返程票，越早赶到拉萨，心里越踏实。

等了许久不见书培的影子，一起过水的骑友打过招呼都朝前走了，剩下我一个人，顿时觉得无聊起来。不敢把车单独扔在路边，也就不能走出太远，我在路边光着脚踱来踱去，早上还是半干的解放鞋已经干透，身上只穿了一件短袖 T 恤和皮肤风衣，能真真切切感受阳光照在身上的感觉。天空干净透明，阳光异常明亮，锐利得像绣花针一样扎进皮肤，烤得脸难受。

书培回来时，我都快晒虚脱了。鞋子没找到，书培把剩下的一只留在了路边，他说无论谁捡到，希望能凑成一对。重新出发，阳光明媚，路面是上好的柏油路，遇到缓缓的下坡不想刻意减速，就让自行车按照自己的节奏冲下山，产生的气流从身体两侧划过，掀起的衣角"吧嗒吧嗒"响着，和林中知了的叫声交织在一起，让人有种说不出的舒适感，像在听一首节奏优美的粤语歌，歌词本身听不明白，但心情却跟随音节荡漾。额头上的汗水不知不觉被气流吹干了，两边茂密的树林里看不到任何人，只有阳光穿过树梢留在平整草地上的斑驳光影。

102 塌方群在通麦之前，我们赶到时，两辆挖掘机正在处理路上的塌方碎屑，塌方上方是一个长达 100 米左右的光滑坡面，表面的土壤植被已经整个脱落下来掉进了眼前的帕隆藏布江中，坡面上不时有石头滚落。武警在指挥这一段的交通，过往的车辆单向放行，我们趁着单向放行的空当，头也不敢抬地铆足了劲儿从塌方区迅速通过。穿过塌方区，心脏狂跳不止，不知是因为累还是紧张害怕，总之，在喉咙深处都能感觉到心跳。这一段路，我们丝毫没敢停留，才缓了缓又继续朝前面骑去，经过一个不大的下坡就到了通麦。

通麦在一个不大的河谷中央，几间矮小的房子简单地分布在国道两侧。麻雀虽小五脏俱全，通麦还有一些基本的设施，如信用社和邮局。在邮局盖了邮戳，买了两瓶水，继续上路，没走多远就看见一条河横在眼前，同时出现的，还有一座钢丝拉桥。钢丝拉桥看上去很陈旧，桥下来势汹汹的易贡藏布江在不远处汇入帕隆藏布江。几个骑友等在桥的这边，我把车骑过去和他们靠在一起询问前面的情况。其中一个骑友说桥面宽度有限，同一时间只能有一辆车从上面通过，这边上一辆，下去后再从对面上一辆，如此交替着通过。此时，桥上正有一辆越野车通过。我想这样等下去不是办法，交警也不会单独留出时间让自行车通过吧，再说，自行车小巧，应该不至于影响机动车的通行。武警在桥头的哨岗里做着来往车辆的登记，我一边朝前一边看着武警的反应，如果小战士叫停我就停下来，如果小战士不管，我就上桥。我这样想着，果真上了桥，小战士看了我一眼，叫我立刻通过。我窃喜，连忙点头说是。桥面很窄，由木板铺成，基本上就是大车的宽度，还有两条横在桥面上、与车肩齐宽的木板，木板之间空隙很大，骑车从木板上通过时，掌握不住方向就可能让车轮掉进中间的缝隙，巨大的钉子从木板中伸出，尖头随意地弯进木板。

颤巍巍过了通麦大桥，公路从柏油路变成了土路。前几天的降雨让两边的山吸足了水分，正通过泉眼将尽可能多的水分从肚子里挤出，土路上黄水横流、坑坑洼洼，不平整的路上等待过桥的各种车辆歪歪扭扭地停在路边，车队末尾的司机在树下玩起了扑克，看样子已经等了很久。在路边见到两个背包的女生，她们竖起大拇指喊着"加油"，我也回了一句"加油"，又问了一句今天到哪儿，她们说八一。对于我，那还是一个遥远的名字。

过了桥又回到帕隆藏布江的怀抱，不过这一次回归，帕隆藏布江显得有些陌生，江水较之前变多不少，也显得更加澎湃，河岸变得陡峭，一侧的山开始直上直下，并有泉水从石头缝里"汩汩"流出，土路很窄，也极其不平整，遇到上坡时还有些吃力。不知不觉中我们骑进了排龙天险，刚放下的心又提到了嗓子眼儿。天气无可挑剔，在晴天通过排龙天险是老天给我们的最大恩泽，但冒水冒个不停的山体让人害怕，这样的山体任何时候都可能由于一次不经意地震动而失去脆弱的平衡。我们在只容一车通过的狭窄土路上颠簸着前进。

土路是在山体上开凿出来的，随着山体上下起伏。上一个离谱的大坡到坡顶，又是一个陡得离谱的下坡，路面朝着江面倾斜，内侧高外侧低，在这样的路上自行车都不好应付，更何况是有一定体积和重量的机动车。有的急转弯半径很小，很佩服开挂车的司机，在这样的路上也能穿梭自如。对于很小的急转弯，他们不断地前进、停车、打轮、后退，再前进、再停车、再打轮、再后退，一步一步把车拗出来，有时半个轮子悬在江面上，司机也无动于衷，按照自己的节奏调整着车身。每一个司机在转弯前都长按喇叭，提醒山那边的车辆，山那边的车也是如此，山这边和山那边仅一弯之隔。遇上挂车，自行车也不得不停下来，挪到路边紧贴着山体，即便如此，挂车还是擦着身体通过，汽车尾气呛得人头脑发昏。

一路跌跌撞撞，超过了几个推车的骑友。今天要到排龙，可两边除了高山和一直咆哮的江水，从未见到有人类活动的迹象。在桥头遇见的两个背包女生上了一辆拖拉机，拖拉机吐着黑烟从身旁驶过，坐在车厢里的两个女生像两只篮球，在晃动的车厢里被高高抛起，嘻嘻哈哈喊着"加油"！真佩服她们的勇气啊！要是我，宁愿走路。

继续往前走，遇到一处建筑工地。工地很大，施工地点在山里，从机械上看，应该是筑路队，施工内容不清楚。过了建筑工地，公路终于离开帕隆藏布江，拐进一条支流——拉月曲河，拉月曲河虽说是支流，水量却毫不含糊，水声震耳，水势滔天。沿着公路骑进河谷，河谷不宽，两侧的山看上去就快要搭在一起，似乎能从一侧跳到另一侧，在茂密的丛林遮隐下，看不清河水的样子。

排龙乡是突然出现在眼前的，之所以感到突然，是因为对于眼前出现的破败的村庄，要不是"村口"立着"排龙乡"三个字的路牌，我会毫不犹豫地从中间穿过，丝毫不想停留。排龙乡从头到尾约五十米长，路面已经被水冲刷出一条条深浅不一的沟壑，路两边简陋的房屋歪歪扭扭立在山脚，唯一的一座两层混凝土楼房，是已经废弃的林芝县排龙中心小学。校门口的大门已经不翼而飞，大门的柱子上写着"林芝县排龙中心……"，"心"字掉了一半，后面的内容全掉了，但能判断是小学无疑。靠着山体的教学楼，所有窗户玻璃全碎了，窗框变形，墙上的瓷砖缝里长出绿绿的青苔。派出所是一栋独立的全木质房屋，石棉瓦的房顶，窗户破旧，门紧闭着。之所以确定这是派出所，是因为马路对面竖着一块指示牌，箭头指向这里，上面写着"排龙警务区"，而且也只有这一座房屋看上去较为完好。除了这两处已经废弃的公共设施，剩下的便是十余户在这里生活的当地人（为了更贴近眼前排龙乡的实际情况，下文我不得不用"村"称呼之，请看官谅解。需要提醒的是：即使我已经把乡改成了村，但还是和内地的村有很大的不同）。村口的一间坍塌一半的房屋顶上，插着一面已经褪色的五星红旗。在用的、废弃的，所有建筑加起来不超过20座，却存在三家驴友之家。我们到得比较晚，村口和村中间的两家已经住满，村中间这家的老板娘看见我们在路边东张西望，就问需不需要留宿。

"前面还有住的地方吗？"我问老板娘。

"再往前走几步就离开排龙啦，排龙就这么大，往前什么也没有。"老板娘说。

我回头看了一眼五十米长的公路，得，排龙就这么大。"还能住宿吗？"

"这里没有了，那间屋子还有床位，你们要住的话，可以住那里。"老板娘脸上堆满了笑容。

老板娘说的那间屋子离我们大概十米远。我和书培，还有路上遇见的几个骑友别无选择。老板娘拿来钥匙给我们开门，开门进去，低过头顶的屋檐只能弯着腰通过，走过一条狭长的过道，来到一个院子里，院子里长势良好的野草高过膝盖，年久失修的房屋怎么看都觉得随时可能坍塌。不敢想象这样的地方还能住人，我问车子放在哪里，老板娘指了指墙角的一个储草间，我把车推进储草间，脚下除了牲口吃剩下的秸秆，就是猫的、狗的、猪的、牛的、人的粪便。哦，天啊，我到的是什么地方！

我正要卸行李，门口匆匆跑进来一个小女孩对老板娘说了些什么。老板娘听后神色一变，突然说这里不能住了。

"为什么不能住？"一个骑友哀叹道。

老板娘难为情地说："这地方不是我家的，那家人突然回来，这是他们家的房子。"

"哇！这都行！"骑友不淡定了，换成谁估计都淡定不了。

"不怕不怕，"老板娘急忙说，"这里不能住，我给你们另外找一家吧，我们都是熟人。"

"那价格可不能变了，"我说，心想终于可以离开这里了，之前碍于找不到理由。"说好的二十，那就是二十。"

"二十，二十，一定二十。"老板娘笑呵呵地走出去了，我们跟在后面。

老板娘把我们带到她家对面的一户人家，一位大娘坐在门口，看着我们进去，又灰着脸出来。老板娘和大娘说了几句话，大娘点了点头，老板娘示意我们可以住在大娘家里。大娘家有专门为骑友准备的房间，不大的房间里紧凑地放着四张床。除了大娘，屋里还有大叔和一个小女孩儿，小女孩儿是大娘的孙女儿，爸妈在四川，暑假和爷爷奶奶在这里，开学了回去，她还在念小学。屋中除了床位，还有一个不大的餐厅，提供早晚饭，大叔掌厨。与住宿的房间对着的是一个小卖部，售卖一些基本的食品和饮料。房屋虽然简陋，但比刚才看到的要舒服明亮得多。

晚饭时就让大叔下了碗面，面的种类没得挑，只有清汤面和鸡蛋面。清汤面18元，鸡蛋面20元，我要了清汤面。等面条做好了，看着没有油花的面条，葱姜也不见踪影，除去调味的酱油，基本上算是白水煮面，我又让大叔加了一个鸡蛋。等大娘把煎蛋送上来，空碗已经在桌上放置多时了。

"大娘，"大娘收拾桌子的时候，我问道，"排龙乡怎么没几户人家？"

"都搬走啦！"大娘不带表情地回答。

"唔，不好在？"

"不好在。"大娘把残食倒进门口的白瓷碗里，"十一年前这里发生了一次滑坡，几乎把整个镇子都淹了，死了不少人啊。那以后就陆续有人搬出，没有再回来。你看现在学校也撤了，邮局也撤了，年轻人都走了。"

这让我想起几百公里外的地方，为了服务人类，人们正在大刀阔斧地改造着大自然，大自然面对人类的疯狂似乎束手无策。而这里，人类显得如此渺小。"大娘为什么不走呢？"

"我？"大娘笑了笑，"我走不动啰，这辈子呀，就在这里啰。"说完，大娘走进厨房给大叔打下手，我坐在桌前，不知道说些什么好。

书培问我要不要去泡温泉，从排龙乡出去，沿着公路走十五分钟就能到。没电，更没其他事可干，泡温泉不错。我换上衣服，带上洗漱包，穿着拖鞋出发了。走出去约一公里，有一个隐藏在草丛中的指示牌，指示牌指向江底。我心想，陡峭的河岸下就是滔滔江水，怎么看都不像是有温泉的地方。沿着贴在河岸上的羊肠小道下到江边，果然，只见四个不大的水池子挨着河边，依江而建，与江水只有一墙之隔，现在已经泡满了人。走下去的时候，遇到两个中年妇女，可能是看到男人越来越多，不好意思再待下去就提前离开了。

都是骑车的同伴，我脱了个精光，跳进池子里泡了起来。有些烫的泉水不知来自哪里，由钢管引到这里，出水口处是水闸，分冷热水。这时候自然不考虑什么冷水，直接放热水，虽然开始时烫得站不住，但等身体适应下来，整个人没入水中，体会那种绝妙的享受。闭上眼睛，侧耳听着江水咆哮不止，这样的雨季，河水必然是一年中最欢腾的时候。

我不知不觉睡了过去，等醒来，已不剩几人。书培在另一个池子里泡得忘我。眼看着天色暗了下来，我提醒书培抓紧时间，洗完走人。洗完澡穿好衣服，半个月亮已经挂在了江对面的山顶上，河谷中刮起了风。出来时没带手电，没想到天黑得这么快。摸黑沿着小道爬到路口，正好撞见几个自驾的男女，车就停在路边，提着衣物准备去泡泉——这时间选的，真让人浮想联翩呀！

往回走的路上，眼睛适应着越来越浓的黑暗，在皎洁的月光下，山的轮廓显得更加狰狞。远处的灯光似作为一种附属物存在，零星地点缀在山谷中。回到大娘家里，住在一起的两个骑友给小女孩看一路拍的照片，大娘坐在门口，怀里多了一只虎皮猫，小猫缩着身子，随着呼吸，身体有节奏地上下起伏，喉咙里传来"咕咕"的声音。大叔坐在桌前抽着烟。屋外发电机的"轰隆"声盖过了河水的咆哮声，不稳定的电压使得灯泡时明时暗，让人有种地板在晃动的错觉。

没多久，整个村子的"轰隆"声戛然而止，一起消失的，还有时明时暗的白炽灯光。我躺在床上，听着江水的声音，想象江水中泛起白色水花的样子。上一次睡在河边，是什么时候来着？

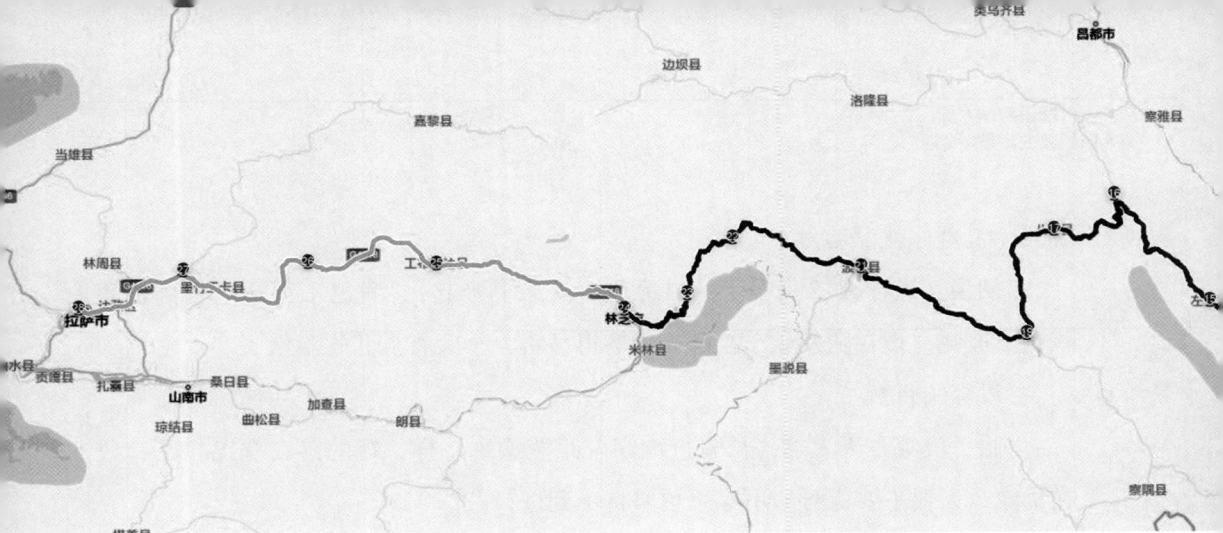

夏日里的极寒体验
——色季拉山的冰雹

已经五天没有翻山了，对于今天需要翻越色季拉山这个事实，我还没在心理上做好准备。

从然乌镇开始，虽不是纯粹意义上的下坡，但随帕隆藏布江顺流而下，每天的骑行都很轻松，很晚出发也能较早到达。遇上好天气，还能空出时间在河边睡个觉。排龙到鲁朗算是翻越色季拉山的前期准备路段，从排龙出发不到一小时，就在路边的巨石上看到"色季拉国家森林公园"的字样。此后便是无休止的上坡和炎炎烈日。排龙到鲁朗不到60公里，按往常的状态来说，这样的运动强度不算大，可当天怎么都不愿爬坡，在路边睡了两觉才到鲁朗，裆部有点儿不舒服了。想起进入川西的日子，几乎每天都在翻山，有时一天两座，虽然累但不觉得难熬，可现在歇了几天后，斗志全无，身体也娇气起来，稍感疲劳或不适就想停下来休息。在鲁朗小镇，住一起的骑友开始打包，准备出发，我还躺在床上，看着天花板发呆。

"宝哥，起床哦，我俩又要最后出发啦！"书培穿好衣服，正在往外搬行李。

"书培，我走不动了。"我有气无力地说，眼神想必也是呆滞无光。

"不会吧，宝哥，昨天那点路就把你干趴下了？"书培轻蔑地笑了笑，"最难走的路都熬过来了，接下来简直就是享受啊，要景有景，吃住不愁。难道，没有挑战，宝哥你就没动力？"

"胡说八道什么。"我吸了一口冷气，从床上坐起，"我巴不得从这里到拉萨一直下坡呢。现在腿发软，裆部昨天磨得厉害，今天有点儿吃不消了。"

"没穿骑行裤？"

"唔，没穿。天太热，长骑行裤穿着跟蒸桑拿一样，短的落在登巴村了，我在犹豫今天要不要穿呀！不穿恐怕坚持不到垭口。"

"要不，"书培想了一下，"给你来一片川藏神器，我这儿还剩几片。"

"护垫呃？"我眯起眼睛看着书培。

"嗯，爬山的时候我都用，效果很好，裆不仅不磨，还舒服着哩。"说着，书培从包里扯出一片护垫扔给我。

我捡起床上的护垫，看着那透明包装内的棉状物。骑川藏的前辈们推荐过这个东西，我也早想尝试一下，现在就剩最后两座山了，要尝试，所剩的机会不多，但当这玩意儿出现在眼前时，我又怀疑起来。薄薄的、小小的，拿在手上毫无重量，这个真有用？

书培见我拿不定主意，说道："怎么样，用吗？"

"我……今天还是穿骑行裤吧。这个替我保管着，我需要的时候问你要。"我把护垫扔给书培，从床上起身。

今天还是大好的天气，出发时，太阳早就挂在了蓝色的天空。毫无意外，我俩又是最慢的，自从邓走了以后，我和书培每天都是最晚出发的，在路上追赶同伴成了我们最感兴趣的事情之一。有时把目标定为 10 个，超过 10 个就休息，有时把目标定为 20 个。休息的时候，数着超过我们的骑友，重新出发时，又把他们超过去。如此这般，一天的路程就在嘻嘻哈哈中完成了。今天，我们也想这么做。

鲁朗镇很漂亮，川藏线上的东方小瑞士说的就是它。鲁朗镇在雅鲁藏布江大拐弯的西侧，距离小镇 23 公里的色季拉山垭口是川藏线上欣赏南迦巴瓦峰的最佳位置。除了著名的南迦巴瓦峰，这里还有加拉白垒峰、高山杜鹃、鲁朗林海。我们赶到的时候，鲁朗镇已经搬迁，现在由西藏和广东两省共建，计划在鲁朗建一个世界级的旅游小镇。城建正进行得如火如荼，我不由地想，旅游小镇对外开放的那天，会不会是川藏公路对外收费的那一天呢？

无休止的上坡从出镇的那一时刻便开始，太阳毫无遮挡地将百分之一百的阳光洒向大地，还没过中午，柏油路上就升起了热浪，两边虽是原始森林，但没有在路上形成树荫，实在晒得坚持不住，我们就歪到树林子里躺下，等感觉不到有汗水沁出再上路。路上终于又遇见了骑车的女生，最后一次见到骑车的女生，还是在怒江 72 拐的时候，不必说，我和书培毫不犹豫地超了她，这是我们的乐趣之一。

一路上坡，将鲁朗林海踩到脚下的同时，两边的云杉林也被杜鹃和灌木代替。这是我第一次在路两边看到如此茂密的杜鹃林，要是开花的季节经过这里，岂不是如同在花海中遨游。随着海拔的升高，杜鹃和灌木逐渐萎缩，最后完完全全被高山草甸代替了。远远地看到垭口的经幡时，距离垭口还有五公里，一如往常，见到经幡总让人喜出望外。从鲁朗到垭口花了三个小时，在烈日的烘烤下爬上山，垭口的风却大得很，没多会儿身体就凉了下来。我把抓绒穿上，准备吃午饭，吃完午饭就下山。

午饭是在然乌镇买的两个大饼，带着一直没吃，今天是第五天了，取出来一闻，已经发酸，馊了。大饼不能再吃，只能吃应急的压缩饼干和士力架，身上还有两包咸菜，书培不吃，我就一个人吃了。坐在色季拉山垭口的时间里，天空渐渐被乌云笼罩，鲁朗方向能看到从乌云底部伸向地面的灰线，鲁朗下雨了。我们的头顶上也不乐观，一半的天空笼罩在乌云里，南迦巴瓦是看不见了，但说沮丧，倒算不上。总之，对于我来说，能看到最好，看不到也无所谓。林芝方向的乌云也相当密实，并隐隐约约传来雷声，下山的路同样被乌云底部伸向地面的灰线遮得严严实实。我想在垭口等山下的雨过去，可鲁朗方向的雨开始朝山上蔓延，波密连续不断的降雨让我担心这里的雨是不是也一样下起来就不会停。

我穿上雨衣，坐在色季拉山垭口的巨大石碑后避风。书培的鞋丢了，这一路都是穿着拖鞋上来的，现在要下山，又遇上下雨，他开始找东西裹脚，避免在下山途中冻伤。垭口别的没有，塑料袋到处都是，书培捡了几个塑料袋套在脚上，再穿上拖鞋，看上去古里古怪。

"我很佩服你哩，"我缩着身子，看着蹲在一旁的书培，"骑车一直都快，现在换成拖鞋了也毫不逊色。"

"习惯了嘛，暑假里蹬三轮车卖水果，我也是随便穿一双拖鞋就出去了。"书培笑着说。

书培是大一学生，今年暑假决定骑车远行一次，于是从乐山骑车到成都，跟着川藏骑行大军出发了。这一行的开销都是空闲时间卖水果赚的，车是朋友送的。自行车看上去很陈旧，也有不少毛病，不过书培骑起来似乎毫不费力。书培这一行还有另外一个目的，那就是减肥，他看上去不胖，不过他的意思，希望骑完川藏后或多或少能减点儿体重，可事与愿违，体重不但没减，反而增加了。骑行川藏以来，无论是谁，食量都大得惊人，每天感觉燃烧了很多脂肪，可饭量也长到原来的两倍。后来，书培想出一个近乎自虐的办法，不分阴天雨天晴天，他都把雨衣雨裤穿上。阴天雨天时，我没有特别注意，但晴天时，一起上坡的书培喘着粗气，脸涨得通红，汗流不止。我建议他不要这样，稍不注意就会中暑，但他一直坚持。到休息的地方，书培都会拉开袖口，袖子里的汗水便像倒水一样"哗啦啦"涌出来，看得我目瞪口呆。到拉萨后，体重减没减下来，我没问他，不过按照他的理论，应该有所成效才对。

在垭口等了 40 分钟，雨没有停的迹象，身体也慢慢僵硬下来。再这么等下去也不是办法，我和书培决定出发，一起到垭口的同伴都已经冲下山去了。

我们沿着盘山公路冲下山，看到前方的乌云但避开不了，就这样，公路把我们引入了暴雨中心。

下山不到 3 分钟，我们就华丽地滑进了暴雨圈。算不上冻雨，但雨点温度却低得相当可观，打在手背上像在手背上放了一块冰，冰凉透顶。路上有积水，为了减负，自行车前后都没有装挡泥板，地面上的雨水随着轮子的转动被高高抛起，鞋子瞬间被浸湿。鞋子浸湿的同时，脚心脚背脚趾头也跟着迅速冻僵。下坡时身体没有任何动作，只能眼睁睁忍受着冰雨将身上的温度带走。脚离潮湿的地面最近，最先失去知觉，冻得疼痛难忍，但我只能咬牙坚持，丝毫不敢怠慢。视线被雨水模糊，这种情况下，稍不注意就会酿成大错，我只能双手紧紧捏着刹车，反正手被冻僵是迟早的事。

不知走了多远，雨点打在身上和手上变得有力起来，头盔上传来"吧嗒吧嗒"的声音，紧接着像有人向自己撒沙子，雨点打在手上和脸上很疼。我的眼睛不敢离开地面，就用余光看了码表的时速，码表的时速维持在三十五至四十之间，这样的时速，雨点打在身上不至于如此有力的，那会是什么？正想着，停留在雨衣皱褶里的透明晶体引起了我的注意，这不是冰吗？遇上冰雹了。说时迟那时快，才意识到遇上冰雹，冰雹就真真切切出现在眼前，黄豆大小的冰雹在路面上狂跳不止，打在头盔上噼里啪啦地响，不时会从头盔的缝里砸进一颗，砸得人头脑发昏。双手死死捏着刹车，绷紧的指头与冰雹的正面交锋，指甲盖被砸得渗出血来，手指青一块儿紫一块儿，失去了知觉。前方的长途客车很远就按响了喇叭，我试着把车停到路面，但刹车没有想象中的给力，等客车和自己擦身而过时，我的时速还在二十以上，吓出一身冷汗的同时，耳根处也突然剧痛，我想找一处避雨的场所躲一会儿，什么都行，可周围什么都没有，没有树，也没有桥洞。我忍着手指的剧痛继续前进，眼前的冰雹开始变得稀疏起来，但雨势有所增加。用嘴吹开鼻梁上流下的雨水，我朝着远处的山谷骑去。

到了山谷的边缘，冰雹停了，取而代之的是冻雨，我已经冻得瑟瑟发抖。我想如此下去肯定会出事，根据前面的经验，进入山谷后弯急路窄，现在的双手一点知觉也没有，不可能很好地控制车速，要想办法把手暖起来才行，至于双脚，已经木得让我完全放弃了。我找到一块开阔地，把车停到路边，弯着腰，把藏在抓绒里的打火机掏出。本想用一只手挡风，另一只手打火，可手指僵硬得动弹不得，打火机的开关都按不下去，双手像是封上了铅封，手指不能弯曲，接收着大脑的指令却毫无反应。我用手掌夹住打火机，两个拇指同时往下按开关，坚持了几次，打不出火，又把打火机塞进兜里，用嘴呵气，用腿弯夹住双手取暖。十分钟后，雨小了许多，手也暖和了点。我重新上车，开始穿越山谷，身体仍冻得瑟瑟发抖。

"一山有四季，十里不同天"，这句话在色季拉山得到了很好的诠释。还没到山脚，只觉得雨在一点点变小，最后像被风吹到别处似地突然停止了，眼前出现一条干燥的柏油路。想来刚才经历的一切就像做梦一样，眼前是平静的河谷，远处是沐浴在阳光里的村庄，头顶一片蓝天，只有自己冻僵的身体和水流不止的雨衣，能够证明刚才遇到的大雨和冰雹是真实的。沿着公路来到河边，开始有阳光照在身上，赶着牦牛从路中间走过的放牛娃惊讶地看着我，似乎在想：这人搞什么名堂！其实我想说："我也想弄明白，为什么从山顶到山脚要经历这么一段让人摸不着头脑的遭遇。"

山脚处是林芝镇。看着镇子周围的青山、尼洋河谷中整齐的农田和鱼塘，要不是事先知道这里是西藏的林芝，会让人误以为自己在某个南方小镇。到林芝武装部门口，我把车停在一边，脱下鞋子倒出水，把鞋子和拧干的袜子放在一边，驮包里的所有衣物全部掏出来放到太阳底下晾晒。我捡来一个废纸箱，放在墙角，靠着墙坐下，从旁边看，像极了一个摆地摊的。东西都湿了。

到西藏，白天变长了，由于时差的缘故，林芝镇的下午两点刚过，相当于内地的中午，时间尚早，我就在武装部门口睡了一觉，后来被太阳烤醒，全身上下舒服透了，全然不想动，但还有路要赶，不得不起身收拾东西。

离开林芝镇，沿尼洋河逆流而上，尼洋河一直陪伴我们到川藏之行的最后一座山：米拉山。尼洋河是美的，它在所有河流中的出众就像西藏的湖泊在所有湖泊中的出众一样，碧绿色的河水看不见任何污点。轻盈、柔美、晶莹剔透，纯净得像少女的眼泪。我想但凡见过尼洋河的人都会被它感动，不论你之前对美如何定义，它都会超出你对美的诠释。尼洋河是一种超凡脱俗的存在，它不需要迎合任何人，也不需要任何人迎合它，它以自己的方式，或急，或缓，或刚，或柔，流过眼前的河谷。你可以在脑子里随意摆弄尼洋河的形状，但最终它都会告诉你，在无数种可能中，只有现实中的这种可能才是最美的。世间不允许有完美的东西存在，尼洋河是一个例外。

我和书培像喝醉的汉子，一路飘飘然，时不时倒在河边胡乱睡一觉，即使一侧的国道上车来车往也无所谓，此景只能天上有，人间能有几回闻。其实最让我感动的还是：作为穿城而过的河，尼洋河如何做到经过八一镇后还如此纯净，碧绿的河水还是一如既往的碧绿，直到注入雅鲁藏布江。

在一个坡顶，八一镇以一种陌生的姿态出现在眼前，所有人都欢呼不止，我不知道别人欢呼什么，但总算嗅到所谓现代文明的气息了。经过市区时，几次不敢过十字路口，看着眼前车马如龙，就连简单的"红灯停，绿灯行"都要在脑子里过上好几遍，才敢神情紧张地通过。按理说 20 天不见红绿灯也不至于紧张到如此程度，可过去的 20 天不同于以往的平常的 20 天，这个关键的节点到底在哪儿呢？

住在村里的家庭客栈，客栈的名字很有意思：4228.8 家庭客栈。为什么是这么个名字不得而知，经营者是一对老夫妻，内地人。这是一个不容易的晴天，天空还未黑尽，我就开始找月亮。不是想了解什么月的阴暗面，只是想看一下，仅仅是看一下，从不同屋檐下看，它有什么不一样。

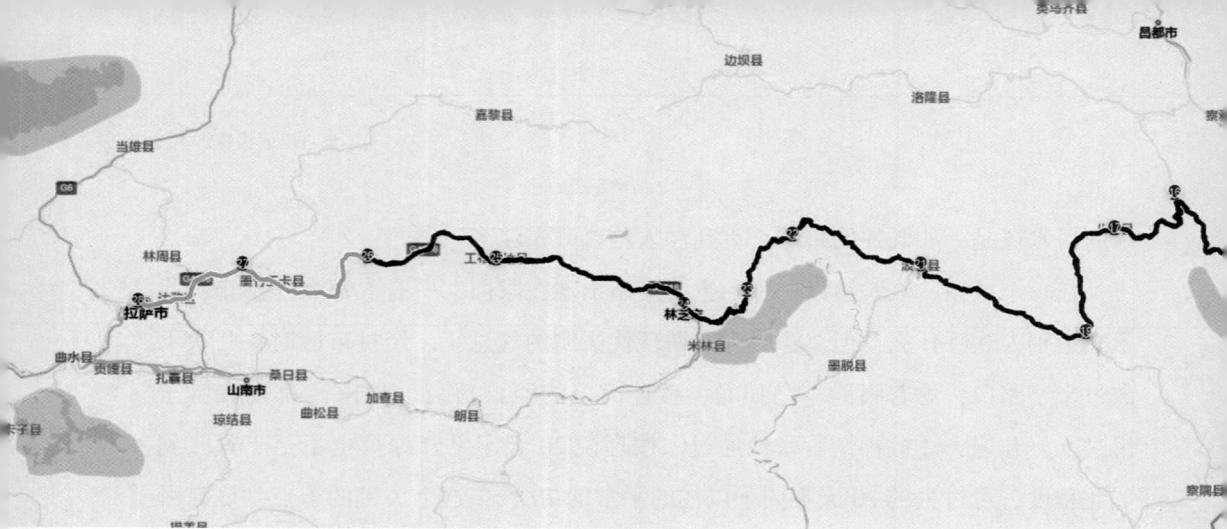

松多夜话

我站在工布江达的泉州二桥桥头，等着去买早饭的书培。

早上下起了雨，虽是八月，但雨水冰冷得很，出发前，我几乎把所有家当都穿在了身上：骑行裤、冲锋裤（雨裤在八宿的时候丢了）、T恤、抓绒衣、皮肤风衣、雨衣，头上戴着鬼子帽和头盔。桥头上有两个当地人在等车，头上戴着白色小平帽，我朝他们打了声招呼。

"小伙子，去哪儿啊？"离我较远的中年男子问道。他双手插进裤兜，耸着肩，脚边放着两个装得胀鼓鼓的蛇皮口袋，装的什么看不清楚，但从表面的圆滑程度判断，应该是某种作物种子。这位中年男子一身乡村的打扮。

我搓着手说："去松多。"不知不觉，雨大了起来。

"松多哦。"中年男子说着，朝我这边走来，"松多冷啊，经常下雨。"

"松多不是比这里高吗，雨水会不会少一些？"我一直觉得越高的地方雨越少，当然，这是没有依据的猜测。

"唔，不是不是，松多为什么叫松多？"中年男子擤了一把鼻涕，擤鼻涕的手在衣角上擦了擦，接着说，"因为松多经常下雨，所以叫松多。"

"哦。"我用袖子擦去码表上的雨水，看了看时间，九点刚过。中年男子突然悄无声息地走到跟前，我一抬头，见一张满脸络腮胡子的面孔出现在眼前时，着实吓了一跳。

"这是什么?"一直站在一边的另一个年轻人也凑了过来,用手指着码表问我。

"哦,这是码表。用来记录里程和速度的小装置。"

"和摩托车上的一样?"年轻人问。

"嗯,差不多吧。"

"你这帽子好看,像日本人。"一旁的中年男人说道。

"呃,这个帽子也叫鬼子帽,遮雨挡太阳效果蛮好的。你知道,这一路太阳很厉害。"

"哪里买的?"

"内地买的,这边有没有我不清楚。"

"很贵吧?"年轻人问。

"便宜。"

说话间,书培来了,他的出现,让我有种解脱的感觉。我和两位路人告别,骑上车,头也不回地朝前骑去。

沿尼洋河逆流而上,连日的降雨没有让尼洋河显得浑浊,依然是童话般的碧绿色。陆续追上一些先出发的骑友,离拉萨越来越近,林芝又是西藏旅游的热点地区,一路上旅游大巴开始多起来。在一个不大的拐弯处,有几辆私家车停在路边。拐过弯道,前方不远处停着几辆大巴,路上挤满了人。我心想是不是出了什么事,于是把自行车往边上靠,靠边停车的同时,一座架在河边的亭子吸引了我,同时看到的还有河中央的一块巨石。莫非这就是"中流砥柱"?果然是"中流砥柱",路上来来往往的游人、响彻峡谷的相机快门无疑证明了这一点。护栏边上站满了摆剪刀手的游客,导游用随身携带的高音喇叭重复喊着:"旅客朋友们,由于游客较多,我们只能在这里停留十分钟,十分钟之后请准时上车。"我看着静静立在水中的巨石,单看景不错,但过去合影就感觉怪怪的。

穿过人群,看着被人流堵在身后的无奈的司机,我们骑着轻巧的单车继续前进。前方是尼洋河峡谷,这是唯一能感受咆哮中的尼洋河的路段。从工布江到米拉山脚下的松多镇,会途经两个不大的乡镇:金达镇和加兴乡,所以早晨没有带多余的干粮，我们打算在途中解决。到金达镇的时候，刚好是中午十二点半，此时的天气已经不是出发时的小雨，而是不折不扣的炎炎烈日。找了一家川菜馆，为了不耽搁太多时间，我和书培叫了盖浇饭。盖浇饭算不上便宜，荤素都在 20块上下。这里的盖浇饭真的不仅是盖的，还是浇的，一份盖浇饭端上来，像一份做失败的汤饭。常人看来分量已经不少，但我和书培还是担心吃不饱，就和老板商量能不能加点儿米饭，老板倒是豪爽，说米饭不限量，不够只管添。我犹豫再三，还是把一直带着的两包榨菜拿了出来。书培不吃榨菜，只能一小口菜再一大口白米饭这么吃着。我把盖浇饭吃完，让老板加了一碗米饭，把榨菜挤到碗里。书培则把剩下的菜扒到碗的一边，留出另一边让老板加米饭。这样几个回合之后，老板有点不自在起来，我和书培只能适可而止。

过了加兴乡，就是今天的目的地松多镇。把我们迎进这可能是到拉萨之前最后一个停留地的，是其间遇到的一场无休止的雨。中间的五十公里是在太阳底下完成的，早上淋湿的裤子和衣服早已晒干，雨衣也收好并绑在了货架上。本以为能干净轻松地到达松多，没想到还是遇上了雨。

离开加兴乡不到两公里，就看见前方的河谷被乌云罩住，这边烈日炎炎，那边电闪雷鸣。不想再淋雨了，我和书培打算等雷雨过了再出发，于是在路边找了一块草地，躺着就睡了。可我们判断错了方向，雨是从松多方向过来的，不一会儿，在河边就闻到了雨的气息。正所谓在劫难逃，不能逃避就只能选择接受了，我把收好的雨衣重新穿上，朝着雨的中心骑去。

在雨中淋了一个钟头，遇上了被涂得不成样子的"4444"里程碑，在天黑之前，我们终于赶到了松多镇。对自驾者来说可有可无的松多镇，于我们却是必不可少的存在。不论是翻越米拉山，还是计划一天内赶到拉萨，这里都是骑行者最好的休整地，虽然条件很简陋。

留宿的南方宾馆只剩最后两个床位，大雨在即，不想再折腾就住下了。一个在主建筑后搭建的石棉瓦房里紧凑地放着四张高低床和两张单人床，我和书培就睡剩下的两个单人床。不大的房间里，住着十个人。八位男性全是骑车的，剩下两个女生是搭车的，至于她们为什么在这种地方停留，按照阿雅的说法（其中一位女生），她们不想这么快到拉萨。这和我的想法刚好相反，我巴不得此刻就站在拉萨的大街上。第二天我们各自上路，在拉萨又碰到了一起，接下来的几天一直在一起，其间另一段旅程悄然排上了日程，那是后话了。

我把行李拖到床边，车子收拾干净后放在大厅，还没吃晚饭，天空又被乌云笼罩得严严实实，不一会儿冰雹降临了。石棉瓦发出巨大声响，冰雹似乎要把眼前的一切击穿。虽然不知道第二天能不能到拉萨，但还是做着到拉萨的准备，本想把脏衣服洗一洗，可突如其来的冰雹让我完全放弃了这样的想法。洗了干不了，干不了就穿不了，穿不了就失去了洗的意义。看着挂满泥浆的绿胶鞋和裤腿，只能这样进城了。

吃完饭，没电视没网络，一身湿漉漉，松多有 4300 米的海拔，刚下过雨，空气湿冷，如同南方的冬天，此刻躺在床上是再好不过的选择。天还没完全黑尽，十个人都回来了，躺在床上，要么写日记，要么玩手机，大家你一句我一句扯着闲话，最终，话题转移到分享一路见闻的环节。已经好久没有遇到这么多人住一起的时候了，除了我们几个年轻人，还有两位老大哥，他们的经历让我们无比羡慕。其中一位大哥是山东淄博人，已经 40 多岁，喜欢骑行，也喜欢徒步，几年时间里跑遍了很多地方，什么茶马古道、山海关到嘉峪关等。大哥话不多，但每一次发言都让在场的每个人惊叹不已。我们本来也想说点儿什么，但在两位大哥的强大气场下，就成了不折不扣的忠实听众。话毕，年轻人都争着让大哥签名，我也将随身携带的日记本塞到大哥的手上，大哥想了片刻，羞答答地说这突如其来的举动让他毫无防备，不知道写些什么好，感觉从一个默默无闻的角色突然变成众所周知的名人。我们说大哥本来就是名人。

另一位大哥则和我们分享了一次他的住宿经历。当时大家正在讨论有没有在牧民家留宿的经历，几个年轻人都表示没有，多少有些遗憾。此时，一个低沉的声音在头顶响起："我有过。"听到这样的回答，大家都躁动起来，让黑暗中的大哥讲一讲。

"是在海子山。"大哥翻了一下身，为接下来的谈话调整好姿势，钢做的床架随着大哥的翻身发出低沉的"咯吱"声，"当天的经历，每每想起来都历历在目，感觉就像发生在昨天。川藏线上，别的可以不经历，但住到牧民家里的经历一定不能少。不是说去体验什么，而是这样的经历会给你带来不一样的感受。"

我们都不说话，等着大哥开口。

大哥停顿了一下，在停顿的时间里，窗外传来稀稀拉拉的雨声。雨又下起来了。"当天出发，路上并不顺利。扎了几次胎，各种耽搁，等到了海子山垭口，天已经完全黑了。听说海子山附近有打劫的，不敢贸然前进，海子山很冷，天下着雨，一天没吃东西，身体虚得不行，双手冻得不听使唤。这种时候，无论如何都不能再往前走了，下山路上要是出事，没有人能知道，更何况这样的事在川藏线上时有发生。出发时没想到会在计划外的地点留宿，帐篷睡袋都没准备。垭口附近没有留宿点，只能往回走，去海子山半山腰看见的村子，打算在那里住一晚。

"看着山坳里零星的黑毡房，不知该怎么开口。站在路边想了很久，看着幽暗的从黑色毡房里透出的橘黄的光一个个消失，我想再不去就都睡了，要是就这样晾在外面一个晚上，不被冻死也会冻残。我推着车离开路基，朝着最近的一处灯光走去。四周安静得很，毡房附近的栅栏里挤满了牦牛。走到毡房门口，我屏住呼吸，静静地听着里面的动静，没有任何声音。我清了清嗓子，对着门口叫道：'里面有人吗？'紧接着周围的一切像被用蜡封住一样，自己也动弹不得，整个僵住。只有心脏强有力的跳动声，咽口水的声音也变得异常大声，就像把一只空桶扔进枯井传来的枯燥乏味的声响，在耳边回荡不止。过了好一会儿，门帘子被掀开，面前出现一个精瘦的中年男人，凌乱的头发小心地背在脑后，不算长的胡子简单又随意地长在嘴唇上方，像秋收后田野里的麦秆，古铜色的肌肤在火光的照耀下忽明忽暗，像用极快速度播放的一组土林日落的照片。我微笑着点了点头，试着问能不能留宿一晚，天已经黑了，不能再赶路。中年男人好像很怯生，嘴唇开始蠕动但最终没有说话，他拉开门帘，示意我可以进去。我急忙把车靠在离门不远处的地方，踉踉跄跄进去。

"不大的毡房里住着四个人，除了中年男子，还有两个小孩和一个妇女。看得出来他们有一个家庭。毡房中央有一个火炉，妇女看见我进去，起身挪到一边，我谢过后坐下。两个小孩十岁左右，躺在一张牦牛皮做的褥子下面，眯着眼睛看着我，我朝他们点点头。中年男子给我递了一碗酥油茶，我急忙起身从他手里接过来，显得有些难为情。喝过酥油茶，中年男子示意我要不要吃点糌粑，那种东西我之前吃过，对我而言，不是很合口味，我摆手说不需要。从进屋到喝完酥油茶，不论是谁，都没有说一句话。他们不会汉语，可几个表情和动作下来，我们用肢体语言交流已不成问题。我表明了来意后，中年男子显得很为难，他和女主人说了些什么，又回到我身边，双手合十放到耳边，然后摇摇头。他说家里没有多余的地方可以留宿，不大的毡房，四口人横竖一躺就只剩下中间火炉的位置了。如果实在要留宿，就只能到外面的栅栏里和牦牛一起过夜。"

说到这儿，大哥深深地吸了一口气又吐出，气流有些发颤。当一个人将一件最不愿意提起的往事说给别人听时，就是这样的表现。我们等着大哥开口。

"我也不想打扰他们一家，无论如何都不想。"大哥叹了口气，接着说，"可这么晚也没地方可去，只能将就一晚了。这样想着，我向中年男子表达了愿意和牦牛过夜的决定。中年男子像了却了一桩心事，心情变得放松下来，女主人也突然喜上眉梢，给我递来酥油茶和糌粑。我试着吃了点，双手捧着酥油茶坐在炉子旁。炉子里烧着晒干的牛粪，火很旺，女主人在上面加了一些潮湿的灌木条，灌木条不断地往毡房里释放着烟雾。没一会儿，毡房里就塞满了滚滚浓烟，熏得眼睛直流泪。我一面揉着眼睛，一面用肢体语言和男主人聊天，聊他们家的生产情况，聊他们家的牦牛，中间一直在感谢他们家的收留。男主人渐渐喜欢上我这个陌生人，也打开了话匣子，哦，这里用话匣子感觉不太妥，但也不好用其他词来形容，总之，就是各种动作交流，基本上把广播体操从第一套做到第八套。"

听到这里，房间里响起了阵阵笑声，让人顿时有种宿舍卧谈的感觉。大哥清了清嗓子，继续说道："就这样，我们蹲坐在火炉边，隔着青烟，我一面流着眼泪，一面和男主人聊天。在他看来我可能是一个感情脆弱的人，或者称之为容易感动也未尝不可。对他们的举手之劳，我竟然感动到流泪不止，他开始试着安慰我。同志们！同事们！我流泪真的不是因为什么感动，我确实感动，感动得恨不得把眼前的这个男人当爹，可真的是烟熏的，烟熏的呀！"

房间里再一次爆发出笑声，几个人甚至笑得接不上气，我早已笑得热泪盈眶、腹肌隐隐作痛。大哥稳了稳情绪，等我们恢复平静，又继续说："泪流得差不多，两个小孩儿都睡了，不好再打扰，第二天还要赶早上路，我示意大哥这就到牦牛堆里睡觉。男主人对女主人示意，女主人递给我一块牦牛皮做的铺盖，让我带上。他把我带到屋外，来到栅栏前，指着靠近毡房的一个角落说可以睡在那里，那里背风，把牦牛皮盖上不会冷的。我谢过他，抱着牦牛皮来到他说的角落，牦牛躺在一边，一动不动，我走过身旁时，能感觉到牦牛身上隐约传来的一股热气，那是牦牛的体温。我把牦牛皮的一半铺在地上，躺进去，再把另一半撩起盖在身上，把自己严严实实地裹在牦牛皮里，就露出半个脑袋。看着牦牛屁股过滤过的天空，吸一口凉气，睡了。"

所有人都笑得人仰马翻，整个房间的床铺开始躁动起来。

大哥也忍不住笑了笑，接着说："后半夜冻醒了，就再也睡不着了。在牦牛堆里数着天上的星星等天亮，我想这辈子不会有多少人有这样的经历吧。我很想抱着牦牛一起睡，可怕它踢我。"

这会儿的笑声更是爆了棚了，各种"犀利"的建议在房间里飞来飞去，什么抱着小母牛睡啦、找个毛多的老牛啦、装成小牛躺到母牛怀里啦，等等。大哥说，第二天早上起来时，牦牛皮上结了一层厚厚的霜，人也冻感冒了。不过好在有牦牛皮，身体并没有冻坏，整个晚上牦牛也是一动不动。早上起床，他和这家的男主人道别，还要给钱但对方死活不要，只能由衷地表达谢意，继续上路了。

这是在松多听到的、最印象深刻的、来自一位无名大哥的经历。这样的经历是无数没有经历过的人极其向往的，同时也是经历过的人会竭力逃避的。向往也好，逃避也罢，它都作为一种人生经历而存在。对一些地方，我们心存感激；对一些地方，我们心存敬畏。正是因为我们有不同的遭遇，某天机缘巧合坐到一起，你说你的故事，我讲我的故事。分享，才有无限可能。

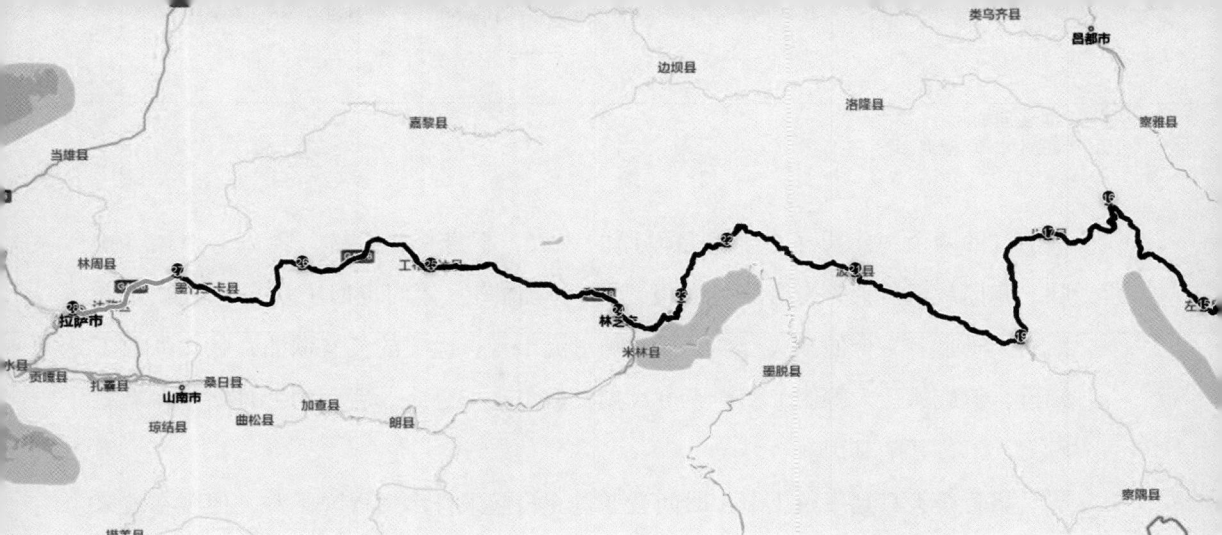

最后的决战

——米拉山又遇冰雹

　　松多的雨下了一整夜，天蒙蒙亮，已经有骑友出发了。我翻了一下身，收紧被褥，侧耳听着外面的雨声。山的那边就是拉萨，但不像期待的那样，现在我却不想那么快到达了。昨天阿雅说不想太快到达时，我觉得不可思议，现在也站在了她这一边。终归是要出发的，我想。

　　天亮后雨变得很大，但并没有阻止同伴出发的脚步。等我和书培起床，昨天被自行车围得水泄不通的大厅就孤零零地剩下三部自行车了。其中一部还是同一房间睡觉的骑友的，看着搭车的两个女生将被褥裹得紧紧的，心中不免生出一些嫉妒来。站在门口等着雨停，不想再经历什么淋雨了，现在只想轻轻松松到拉萨。

　　早上十点，雨终于有气无力地停了下来。我跟书培说今天只能赶到墨竹工卡了，就这么一两天，在哪儿都是住，就住在墨竹工卡好了，这样第二天到拉萨也不用赶，也有大把的时间安排住处。书培认为这样安排很合理。

　　一起出发的不仅有我和书培，还有几个住在别处的一起避雨的同伴。出了小镇，算不上新的柏油路代替了被雨水冲得满是沟壑的土路，离拉萨越来越近，公路也越来越好。路在山谷里延伸，两侧看上去不高的山坡挂满了薄薄的雾气，矮小的侧柏和草甸紧紧地抓着地面，被雨淋过的山体，远远看过去像牦牛的背。我们前方的两个中年男子，上身是厚厚的风衣，下身是骑行裤，膝盖上都戴着护膝。我们从两位大哥身旁骑过，报了一声"加油"，他们也回了一句"加油"。前面的大哥带着一个便捷式音响，从音响里流出一首优美的英文歌曲，什么歌曲不知道，但旋律让人舒服，女声无可挑剔，歌声直入心底。后面的大哥略显得有些吃力，不过紧随其后。

想着今天只到墨竹工卡，时间就变得充裕起来。出发得晚了些，但现在看来也是无关紧要的事儿。走走停停，拍拍照，遇到牧民堆在门口的牛粪，也俯下身研究起来，看纹理，看质地，看堆砌方式。这样不知不觉地，两位大哥超上前来，带音响的大哥喊了一声"加油"，后面的大哥艰难地抬起右手比了一个手势，我们向他点头，也喊了一句"加油"。分开没多久，我们追上了后面的大哥，这时候，两位大哥相互之间已经拉开了一定距离，大哥感慨年轻人就是不一样，精力旺盛，体力让人望尘莫及。我们半开玩笑地说大哥是人老心不老，从这个层面上说，可比我们年轻多了，说得大哥直乐呵。追上前面的大哥时，他已经停了下来，蹲在路边抽烟，见我们过来，就问后面同伴的情况，我们说大概还有 500 米的样子。大哥说后面的同伴已经 47 岁了，身体有点儿胖，加上海拔高，东西也不少，有些吃不消。

"宝哥，我的车出问题了。"我正低着头前进，听到后面的书培说。

我转过身去，问："怎么了？"

书培弯腰注视着后轮，推着车前后移动："我的后轮不会转了，只能朝后，不能朝前。"

我一听，感觉事情不妙，于是把车推到路基上停好，返回书培身旁："你往前走走，我看看。"

书培往前推车，后轮完全抱死了。我看了看刹车，没有摩擦的迹象。我让书培往后，轮子正常转动。书培来回试了几次，都是往前轮不转，往后轮毫无问题。

"轴承完蛋了。"我蹲在地上，看着书培的后轮说，"没有磨蹭，表面没有明显的损坏，轮子装得也没问题，唯一能判断的，就是轴承出问题了。现在的情况是车只能后退，不能朝前，不妙。"

"宝哥，你会修轴承吗？"

"这活不好搞，我们没工具，轴承修不了。"

"我把轮子卸下来看看。"说着，书培把车放倒在路上，从驮包里拿出扳手和钳子，把螺丝拧松，往后一拉，后轮活脱脱从车架上分离出来。看着搁在一边的车架和后轮，我们显得力不从心，不知所措。

"轴承出问题，我们怎么都解决不好的。"我说。书培看上去很沮丧。

带音响的大哥慢慢悠悠地跟了上来，在我们面前停下，问出了什么事。书培把事故跟大哥说了一遍，大哥摇摇头："不行的，你们修不好的，这一路没人能修好，只能坐车到拉萨了，拉萨才能修，换轴承或轮子。"说完朝前走了。

"怎么办？"我问书培。

"不行就坐车到拉萨了。"书培低着头说，"其实，能到这儿我已经很满足了。下了高尔寺山，到相克宗的时候，后轮就已经晃得很厉害了，从那个时候起我就觉得这个轮子迟早要出事。可没想到除了扎胎，这一路还算风平浪静，所以，"书培停顿了一下，"今天突然坏了，也是预料之中的事情，只是，呵呵，就差那么一百多公里，有点让人不能接受啊，老天是故意让我不能圆满吧。"

"可惜固然可惜，两千公里都坚持下来了。结果而言，这也是没有办法，可作为经历，已经很了不起了。"我说。

"嗯，宝哥，我再试试，不行就坐车，到拉萨等你。"

书培把轮子放进车架的凹槽里，我帮着他把车扶正，书培往前推了一段，说："嗯，宝哥，你看，不上螺丝就行。"

我惊讶地看着书培："兄弟，这未免太危险了吧，万一过一个坑，后轮就掉了怎么办，而且，这样蹬起来很费力，不能换挡的。"

"宝哥忘了，我可是蹬三轮车卖过水果的，有劲儿。"书培笑着说，但不难看出失落。

"行。"我说，"你在前面，我后面跟着，帮你看着点儿。有状况了告诉你，速度不要太快。"

书培装上轮子骑上车，我在后边跟着。书培的鞋丢了之后，他就一直穿着拖鞋，下色季拉山的时候我们遇上冰雹，虽然套了塑料袋，但书培的脚还是被冰雹砸得青一块紫一块。几天下来，现在连脚趾头都晒成了古铜色。如果说之前脚踝和小腿还有一条明显的界线，可现在已经完全分不出了。在平整的路面上，后轮还算安分，除了车轴跟着轮子一起转动，和一部正常的自行车没什么两样，可在坑洼路面或碎石路面，能明显地看到后轮和车架不在一个频率上，要不是驮包压着，说不定早就各奔东西，我提醒着书培避让碎石和水坑。走过平路后又开始上坡，书培的自行车像一架老朽的机器发出沉重的金属摩擦的声音。雨过天晴，浅棕色的鼠兔开始出来觅食，听到这样的声音都立在洞口，一动不动，像一座雕塑，忽而又想起什么似地跑到其他地方去了。骑过一个不大的缓坡后，书培停了下来，喘着粗气说："宝哥，不行，摩擦太大，现在，越来越蹬不动了。我……我放弃了。"

我也停了下来，对他说："既然这样，那等你坐上车我再走吧。"

"不用，不用。"书培连忙说，"我坐车快，一百公里路，两个小时就到了，你还要翻山呢，你赶紧走吧，今天出发本来就晚，再耽搁，刚才赶回来的时间都要搭进去了。宝哥你赶紧走吧，我没事。"

"好吧，那我陪你一会儿。"我把车停在路边，陪书培一起坐在路基上。

路的一边是缓坡草甸，缓坡上零星地分布着一些毡房，毡房周边有垒起的牛粪堆。路的另一边是已经变成小溪模样的尼洋河，河水还是清澈的模样，但已经由河变成极其普通的随处可见的一条溪了。回想起出发到现在，队伍分分合合。瓦斯沟遇上王海、王明和书培，后来王海为了证明多少天能走完川藏，在新都桥就离开了我们，王明和小杯具在巴塘选择了搭车到拉萨，就这样最初的三个人变成了重组的三个人。在然乌镇，邓随王伟等人先走一步，剩下我和书培，本想着这样不至于再分开了吧，无论如何也不会因为日程上的安排而分道扬镳。可最终还是只剩下我一个人，在这最后的一百多公里，在这最后的一座山。

坐了一会儿，和书培道别，我该出发了。还没完全放晴的天空，乌云又开始从四周聚拢，这样的天气，有可能还会下冰雹。往前骑了几公里，拐进一个弯道，河谷的另一面山上横着米拉山的上山路，山路上的卡车如火柴盒般慢慢移动。

在平坦河谷中，一个一百八十度大拐弯把我送上了上山的路。在山的这边看着来时的路，除了几辆机动车，看不见一辆自行车。这样的时间这样的位置，想必除了被我远远抛在后面的47岁老大哥，就剩我了吧。我低着头，一个人，节奏完全由自己掌握，这让我想起独自一人骑行在北京郊区的日子。那时候也是一个人，整条路就我一个人。

爬过眼前的这段路，拐一个九十度大弯，一段很长的上坡路出现在眼前，不过，已经能看到垭口的位置了。天空零星地下起雨来，我把雨衣穿上，继续前进。远远的，看到带着便捷式音响的大哥，他向我打招呼，我加快速度朝着他骑过去。

"你那位同伴呢？"到大哥身旁时，大哥问我。

"没有办法，自行车彻底坏了，他打算坐车到拉萨，也就是说今天他就能到拉萨了。"

"唔，可惜。"大哥叹了口气，"见到我的队友没有？"

"上山的时候，看山下的路，没有骑车的人，想必还需要一个小时。"

"那只能到垭口去等了。"

"大哥今天到拉萨？"

"到不了，分两天走，你呢？"

"我也分两天，今天到墨竹工卡。"

告别大哥，没骑多远就听到书培的声音，我急忙跳下车，只看见迎面驶来一辆小型卡车，从驾驶室的窗户里伸出一个小脑袋，是书培，他挥着手大声说："宝哥，加油！拉萨见啊！我就先去啦！"

我朝他挥了挥手，心想：我也会有这一天呀！一路上一起走了很远的兄弟在车上对我喊"加油"！

距离垭口越近，风越急。虽然一直在运动，但下雨，空气湿度大，汗水排不出，内急。没办法，实在憋不住，只能在路边解决，对于过往的车辆，我只能无视，顾不了那么多。距离垭口约五十米的时候，我终于拿出吃奶的劲儿往上冲，不会摇车就死蹬。前方一位女士正拿着相机对着我拍照，我也配合地比出了剪刀手，露出可能我都不敢直视的笑脸。

米拉山垭口算不上川藏线上最特别的垭口，也不是最漂亮的，但作为川藏线上海拔最高的垭口，也是川藏线上距离拉萨最近的垭口，米拉山垭口成了一个旅游景点，就像北京的天安门会作为一个景点向游客推荐一样，米拉山垭口作为西藏旅游线路中林芝段的一个必经路口，成了可有可无但足够吸引游客眼球的存在。垭口观光平台的正中是一块刻满各种图腾的一人高的花岗岩，岩体正上方刻着"米拉山口海拔 5013M"的字样，岩石底座上方刻着的两头牦牛，一头通体黑色，另一头只是在石头上勾勒出轮廓。三只铜铸的牦牛神采飘逸，牛角上圭满了白色的哈达，身后是密集的五彩经幡，牦牛脚边的岩石上用藏汉双语刻着"牦牛颂"。我把车搁在一边，举起相机刚要拍照，这时有人拍了拍我的肩膀，我转过身，是刚才对着我拍照的女孩。

"哎！一直叫你帮我们拍照，你都不理人家。"女孩说。

"对不起，我没听到有人叫我。"我不好意思地说。

"故意的吧。"女孩一副生气的样子，"不过，现在不需要了，我们找到别人了，哼！"女孩说完转过身，走向中间那块刻有米拉山字样的石头。

我丈二和尚摸不着头脑，我们认识吗？听她说话的语气怎么感觉我们应该是熟人一样。至于她说的拍照的事，当真没听到，故意的？何至于。正当我郁闷时，头脑中突然闪过一个念头：难道是松多住一起的那个女孩儿？如此一想，我又看了一眼正在拍照的穿着红色风衣的那个姑娘，没错！就是她，另一个女孩也在不远处。确认无误，我苦笑着摇了摇头，走了过去。

"嗨！美女，"我对那位红衣服的女孩说，"给我拍张照。"

她斜看了我一眼，说："切！你不是不用人帮忙的嘛，也不帮别人。"

"你误会了，我真的没听到，骑车不比坐车，上来耳鸣，还有雨声和经幡的声音，没听到就是没听到的嘛。"

"那我还要拍。我要用你的自行车拍。"

"同意。"

拍完照，我问她怎么称呼。"叫我阿雅就行了。"她说，她指了指同伴，"她和我一起的，你可以叫她阿丹姐（也就是晓薇）。"

"阿丹姐？"我诧异地看着她。

"叫阿丹姐怎么啦，她喜欢别人叫她姐。"

我半开玩笑地说："不叫妈就行。"

雨较之前大了许多，我说现在就得下山，照片只能回去再说。

"再不走会遇上冰雹的。"我对阿雅说。

"你怎么知道会下冰雹？"

"这地方除了雪就是冰雹，而且都集中在午后两三点钟，再不走就来不及啦！"我看了一眼码表上的时间：下午一点十分。

"哇哦，你比天气预报还准哩。我们要在这里避雨，雨停了再搭车下山，到哪儿算哪儿。"

"不坏。"我说，"那回头再见，下山了。"

"再见。"阿雅说完，就跑到路边的小房子里避雨去了。

这时，拉萨方向开来三辆大巴，在停车坪上停稳后，一群穿着迷彩服的年轻人从车里挤出来，跑到刻有米拉山字样的石头前争先恐后地留影。一个老兵模样的年轻人喊着只留三分钟时间，三分钟后出发。一群新兵蛋子。我没有停留，裹着雨衣下山了。

和色季拉山的冰雹如出一辙，在毫无防备的情况下，雨点变成了冰雹。我之所以这么快判断是冰雹，并不是因为打在手上的不明物体让手顿时失去了知觉，而是看到了眼前路面上蹦跳不止的白色圆球。已经被雨淋湿的防风裤紧紧地贴在腿上，如此一来，没有任何缓冲的黄豆粒儿大小的冰雹径直砸在腿上，让人有一种过电的麻酥感，慢慢地腿也麻木了。冰雹打在车身上发出金属撞击的声音，从头盔缝隙里钻进的冰雹打在头皮上如针扎一样疼。一方面努力控制着下坡的速度，另一方面又想尽快离开冰雹区，以不算慢的速度在广袤的山谷里滑行，迎面而来的冰雹毫不吝啬地在脸上释放着势能。有人形容川藏线上的冰雹能把人砸哭，我信了，从色季拉山开始我就信了，可没想到的是，今天又碰上了。

眼镜被雨水遮住，我用舌头舔了舔嘴唇，一股咸咸的味道充满口腔。路面湿滑，不敢低着头，在冰雹的密集攻势下，嘴唇还是未能幸免，被砸出了血。骑出乌云区，冰雹小了很多，但我不敢停留。看着笔直公路尽头的天空一片明亮，我想只要骑到那片区域里，就不用担心遇到冰雹的事了。我顾不上已经不听使唤的双手，朝着公路尽头的那一片光亮骑去。

乌云在头顶消失，明亮的天空越来越近，可路却有些不妙。就在快要进入明亮天空区域的时候，来了一个九十度大拐弯，而这个拐弯又把我引入另一片乌云中心。这弯拐得太"提神"了，赶了半天，又回到了雨圈。这一次不仅有冰雹，还有电闪雷鸣。两侧不时出现的闪电和震耳欲聋的雷声，震得山峦也跟着颤抖，在宽广的河谷里，没有任何的遮挡物和较高物体，除了不断移动的我，再无其他，我停下车，把手机关闭。这样的地方，除了电线杆，就我最高，我可不想成为活靶子让雷劈。电闪雷鸣过后，大雨如期而至，就像头顶上一直挂着一个完全打开的水龙头，雨水从头浇到脚。大雨过后便是肆无忌惮的冰雹，这一次实在坚持不下去了，我停在路边，弯着腰趴在自行车上，缩着脑袋。面对这样的天气，我已无能为力。冰雹打在身上，传来阵阵麻酥感，脚趾头胀痛得简直要裂开，手指如钢铁般僵硬，早已失去了活动能力。

感觉到身体微微发抖时，我重新骑上车，动起来会让身体好一些。前方一辆厢式货车侧翻在路上，保险杠和前后视镜摔得粉碎，散落在路上，没有驾驶员，没有其他人。地上没有血迹，希望不要有什么伤亡才好。我不知道自己是一副什么模样，在快到墨竹工卡的时候遇上一个骑友，他当时看我的眼神就像在看一具无法辨认的尸体。他急着赶往拉萨，说已经买了第二天的火车票，今天必须赶到。我说今天只想到墨竹工卡，不想再往前赶了。一起走了一段，我渐渐超过了他，最后完全把他抛在身后了。

到墨竹工卡时，刚好下午五点，可我已经不想再往前走半步了。身上的衣服全湿，裤子也脏得一塌糊涂，满是泥水。洗是不想洗了，只想把湿衣服湿鞋子湿裤子晾干，不想再这么折腾下去了，要是好不容易到拉萨但病倒了，那就是天大的笑话。

在墨竹工卡县城找了一圈，没有看到像样的客栈。最后在城郊的客运站宾馆住下了。四个人的房间，当天就住了我一个人，我收拾出两个床铺，把淋湿的家当铺开晾好，室温低得很，但还是希望第二天能干。鞋子倒过水，放在外面的窗台上让冷风吹着。打开电视，八个频道，除了央视一套，剩下的七个带着雪花、讲着藏语。得，关了电视，我出门找吃的。

吃完饭回到宾馆，收到邓的短信，他订了第二天的火车票回北京，问我在哪里，约我晚上一起吃饭。我看了一眼挂在西边的晚霞，告诉他我还在墨竹工卡。

邓："你怎么这么慢！"

我："是你太快了。"

邓："算了，回北京再聚吧！"

我："旅途愉快！"

邓："一路顺利！"

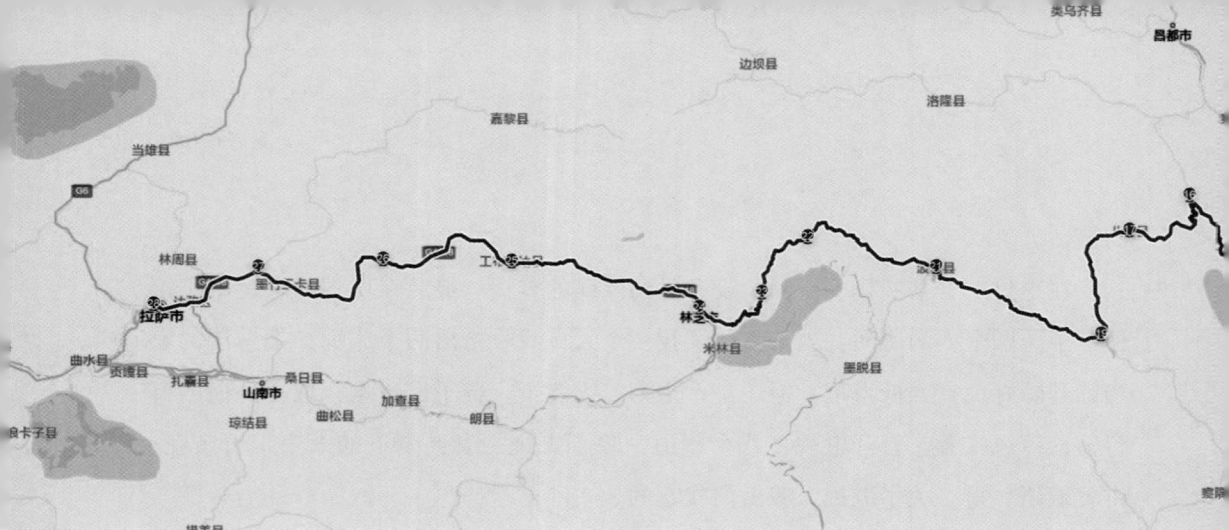

就这样骑到了拉萨

第一次起床后只有我一个人。

不知是没有人在墨竹工卡停留，还是都已经出发，十一点出发的我在路上没有碰见一个骑车的同伴。从松多出发的人自然还没有到这里，这一路只有我骑着车去拉萨。

出发时下着小雨，想着到拉萨会不会淋得一身狼狈，可没走几公里，雨就悄无声息地停了。头顶的云渐渐散去，最后变成薄薄的云停在山腰上。宽阔的拉萨河在公路的一侧静静地流淌，几只野鸭在并不湍急的河面上朝着河中心的沙洲游去，它们偶尔将身体没入水中，又从另一边像强行按在水下的气球突然撤去外力一样蹦出水面。河岸边整齐的白桦树还是绿色，但靠近河水的一些树，叶片已经微微泛黄，偶尔见到几棵树的叶片已变得通红，红得如同枫叶一般。

过了章多乡，太阳终于羞答答地从云里探出头来。此时的拉萨河看上去要优美好看得多。过了米拉山垭口，高原特有的贫瘠开始逐步显现，山体没有植被，也没有附着物，只有不时从山后升起的白云配合着头顶的蓝天，变换各种形态。山脚是与河岸平行的带状分布的村庄，在村庄与拉萨河之间是成片的农田。这里的农田是进入西藏以来我所遇见的面积最广、最为集中的。八月底，地里的青稞已经收割完毕，农家院里堆满了脱完粒儿的麦秆，青稞麦平摊在路面上。农民用手上的簸箕将麦粒儿高高举起，从半空中撒下，利用风力除去麦粒中残留的麦壳和麦秆。

一路没有大的坡，但还是提不起速度。到半路时感觉内急，可一路车来车往，村庄也较为密集，没有合适的地方。看着路边的房子，寻思着如果看见厕所就停下来。这样骑了很远，看见马路对面一段隐藏在密林中的围墙，作为遮挡物没什么问题。我把车停下，左右看了一圈，没人没车，我走过马路，朝着断墙走去。下了路基，跨过一条水沟，走进庄稼地，就要到达断墙边时，突然从一旁窜出两条狗来，用前爪刨着土，蹦着叫着。这突然窜出的狗差点儿把我吓尿了。我看着狗，吹着口哨，慢慢往回撤，退到水沟旁也不敢纵身跳过，只敢小心翼翼地走到沟底又爬出来。两条狗随我的后退慢慢靠近，和我保持一定的距离，我能感觉到背部似有暗流涌动，从头顶一直凉到脚跟。撒个尿碰上这档子事，搞什么名堂！走上路基，看着没车，我迅速通过马路，又赶紧回头看了一眼两条狗，它们没有跟过来，叫声却丝毫未停。我小心跨上车，起步后使出全身力气疯狂加速，自行车上的我尿意全无。

往前赶了一阵后，还是想办法解决了内急问题。我坐在马路边，打算把最后一根士力架和压缩饼干吃掉，这些东西，安顿下来就不会再想吃了。我不喜欢吃太甜的东西，对于我，这两者一个太干，另一个太甜，平时都不会进入我的食谱，而在旅途中不得不靠它们补充能量——就补充能量而言，这两者绝对不差。

到达孜时已经是午后，高原上不仅水清澈，天空也异常清澈，太阳毫无遮挡地照向大地，强烈的紫外线照得这里的人脸红扑扑的。二十八天下来，我不是红了，而是黑了，和古铜色比起来还有一段差距，但黑得相当可观。从墨竹工卡出发就只带了一瓶水，一方面因早上下雨，另一方面想着七十来公里路一瓶水足够，可出发没多久天气变得炎热，一瓶水不知不觉已经见底。达孜到拉萨一路都是大大小小的蔬菜大棚，撤去棚顶的大棚种满了绿油油的蔬菜，有白菜、辣椒，也有西红柿、茄子，哈密瓜和西瓜也不少。

决定在路边吃一个西瓜再走，水不想再续了。我在路边的一个水果摊前停下车，没人，我朝着后面的屋子吼了几声，走出来一个个子不高、身材略胖、腰间系着深灰粗麻布围腰、头发花白的大妈。我向大妈打了声招呼,把车推到院子里,让大妈给我切个西瓜。大妈指着竹篓里的西瓜问我要哪个,我说哪个都行。

"这瓜真甜。"大妈给我找来一个不锈钢盆,我把西瓜放进去,西瓜不大,张开手掌就能整个托住,皮很薄,瓜瓤甜脆,水多。

"这瓜好,自家种的。"大妈说,"你从哪里来?"

我把瓜皮放到盘子里,用手背擦了擦嘴,又拾起一块。"成都,要去拉萨。不过,快到啦!"我咬了一口瓜,"大妈不是本地人?"

"哦,不是。"大妈端起脚边的葡萄,开始收拾起来,把好的坏的分开,"西昌的,我是西昌人。"

"离成都不远嘛,哈哈。"我高兴地说,"大妈为什么想到来这里?"

"我嘛,没想说要去什么地方,儿子早些年出去打工,后来在这边安顿下来,有房子,也有几分地,我就跟着过来了。"

"嗯,不错。"我说。我请大妈一起吃西瓜,大妈不愿意。

"像你这样的,每天都有很多从门前经过。"过了一会儿,大妈说,"你们都是从成都过来的?"

"哦,不是所有人都从成都来,也有从昆明过来的。"

"哦,成都到这里远着呢。"

"是,两千多公里哩。"我一面吃着瓜,一面说。

"你们怎么来的,不会找不到路吗?"这好像是困扰大妈很久的问题,她把脸转过来,目不转睛地看着我。

"噢,这个嘛。其实就是沿着眼前这条路一直走就行。"我扬了扬下巴。

"这条路能到成都?"大妈好像第一次听人说门前这条走过千百遍的路能到达成都。

"啊,对。从成都过来,沿着这条路能到拉萨,返回去也就到了成都。"

"哦,没走过。"大妈半信半疑地把眼神从我身上移开,喃喃地说,"去成都不是只能坐火车吗?"

吃完西瓜,我问大妈到拉萨还有多远,大妈说快到了,就七八公里。谢过大妈，我重新混进眼前的车流，朝着拉萨城的方向骑去。

拉萨河依然静静地躺在右侧，远处的山脚下，开始出现城市的轮廓，较高的现代建筑渐渐进入视野，我开始寻找布达拉宫。不知道拉萨有多大，也不知道拉萨的城市布局，期待着能在某一个位置、某一个路口看见布达拉宫。也许在进城的路上根本就看不到也未可知。就这样，我看着对岸的城市慢慢闯入视野，在越来越多的建筑中寻找着布达拉宫。

在一个拐弯处，是的，就在一个拐弯处，至于是第几个拐弯或距离拉萨多远的拐弯我说不出，但就是无数个拐弯中的一个，拐到一半时，布达拉宫像电影的序幕一样呈现在眼前。当我在无数建筑中发现那块既熟悉又陌生的暗红色墙体时，心里咯噔一下，一种无法言表的感情蔓延全身，就像在毫无准备的情况下，喜欢很久的女孩突然对自己说"我好喜欢你"一样。本想试着平静下来，抛开惊喜、抛开因布达拉宫的突然出现而产生的情绪波动，想从这些情绪中找出真正由布达拉宫引起的纯粹的情感，可突然好想笑，又好想哭。这种感觉在曾经的某个时刻有过体会，可我怎么也想不起来是在什么场景下发生的。

见到布达拉宫，拉萨市的整个轮廓开始在脑子里慢慢形成。一路上，我还是抬头寻找着布达拉宫所在的位置，看着它慢慢变大，又淹没在前方的建筑里。到了拉萨大桥，我终于长长地舒了口气，把目光投向桥下河边的一片滩涂，阳光下，河水泛着涟漪。青翠的草地上铺满了树荫，我想下云睡一会儿，什么也不想。这时，手机响了，是阿雅。

"你到哪儿啦？"电话那头传来阿雅尖锐的声音。

"刚到拉萨桥。"我看着远处被云遮去一半的山。

"你又不理人家，刚才在车上，看见你一个人坐在路边吃东西，喊你加油来着。"

"唔，我没听到。"确实没听到。

"找到住的地方没，我们没地方住了。"

"我还没找呢。"我把自行车从人行道上推到车道上，朝前走着，"我问一下我的同伴，看一下他那边的情况。他说到拉萨给我安排住的地方，我问问有没有多余的。"

"我们在哪儿见面？"

"见面嘛，能叫得上名字的现在只有布达拉宫，就在那里吧。"

"OK。不过到时候你要负责背包，走不动了。"刚说完，阿雅麻利地挂断电话。

我拨通了书培的电话。

"喂，宝哥，到啦？"书培似乎比我还激动。

"到啦。你住在哪里？有没有多余的床位？"

"宝哥呦，"书培的兴奋劲儿一下子没了，"我到的时候找不到地方修车，就这样拖着车满街走呀。一面走一面找客栈。我现在住的地方在小昭寺路，不过已经满了，我都是和别人拼床睡的哦，今天早上我还问了一下老板，说这几天都没有空下来的屋子和床位，全订出去了。"

"这么火爆呀！"第一次听到客栈的生意做成这样，我不免有些吃惊。

"便宜嘛。"书培说。

"好，不说别的了，你没什么安排吧？"

"没有。"

"那到布达拉宫广场，帮忙背个包。"

"背包？"书培提高了嗓门，一股带有不可思议气氛的声音传到我的耳边，"背什么包？"

"在松多时一起住的两个女生还记得不？"

"记得，怎么了？"

"后来遇上了。"我说，"她们刚到拉萨，还没找到住处，我们约好在布达拉宫见面，现在你那边没床，我们只能再找找。你来，我们安顿好了，正好一起吃饭。"

下了拉萨桥，过了一个十字路口，看着写有"布达拉宫"字样的指示牌，我拐上了北京路。沿着北京路一直往西，就像国道上远远地见到布达拉宫突然出现在眼前一样，城中的布达拉宫也是突然出现在眼前的。骑着车从布达拉宫下面通过的感觉，和第一次坐公交从天安门前经过相似。可能看习惯的人不觉得有什么不同，但对于第一次看到的人确实是不小的震撼。

布达拉宫广场不知道从什么时候开始执行戒严的，自行车不能进入，我失去了和爱车在布宫前合影的机会。其实，并不是非到布宫广场不可，马路对面的布宫前也可以，只是不知为何，当时就是不愿意跨过那区区的十几米到马路对面到布宫前，和爱车留一张合影。

我站在护栏外，看着在广场里漫步、拍照的人。收到阿雅的短信，说她们已经到布宫西侧观景台下的白塔旁，让我赶紧过去。我把信息转给书培，骑着车就过去了。

"你早说嘛，早知道没有地方，我们就不过来了，还大热天大老远地赶过来。"阿雅听到我说住的地方没搞定的时候，假装生气地说。

"如果不过来，你们想住哪儿，不还得到市区里面来的嘛。"我说。

"可不用这么赶了嘛。"站在一旁的晓薇说，"你骑车比我们坐车快，不想让你久等，我们都是打的过来的。"

"好吧，我错了，不该让两位美女为我破费。我给钱。"我假装可怜状。

"不用，晚上请吃饭就行。"阿雅说，"那我们现在怎么办？"

"我一个哥们儿过来，他到了，我们再做打算。"我说，"不过，拉萨有几家青旅还是很出名的吧，像什么平措、东措，没考虑过？"

"一开始就没有纳入考虑范围。"阿雅说，"价格是其次，人太多了，各种奇葩，想睡个觉都不行。等在拉萨好好地睡上几天，哪天不想睡了，就考虑搬过去住两天。"

"去当几天奇葩？"我笑着说。

"你——什——么——意——思？"阿雅把声调拖得很长，表示某种抗议。

"没有，开玩笑。"我挠了挠后脑勺。

这时，书培穿着拖鞋，骑着另一辆车过来了。他住在家乐宾馆。

四个人在白塔下商量了一阵，决定先到家乐宾馆看看有没有人退房，没有的话再做打算。走路到小昭寺街不算近，到了家乐宾馆去问老板，但还是没有床位。之后我们在小昭寺附近问了几家，也不合适，不是价格太高就是环境叫人难以接受。

"看来，不得不考虑备选方案了。"阿雅说。

出发时，对于拉萨的住所，阿雅提前做了了解，现在联系的这一家，因当时觉得离市中心较远，环境如何也不清楚，所以只作为备选把联系方式留了下来，没想到，最后还是用上了。宾馆位于当热中路的某个巷子里。我们去时还剩下一个八人间，床位每人三十元。环境不错，大厅上方是一个大玻璃天窗，白天采光很好。这样一来，我们当然不想再挑，索性安顿下来，川藏骑行算是有了完美的结尾。

吃过晚饭，散步到布宫广场——虽然住在北二环，但去到拉萨河，我们都坚持走路，甚至从色拉寺走路回宾馆，倒不是喜欢走路，而是从住所走到哪儿都不算远。巨大的橘黄色路灯照亮广场的每一个角落，布宫在景观灯下显得威严端庄。对于布宫，我只能用两个简单的字进行描述，那就是：庄严。至于更深层次的意义，我想看也看不出，也不明白那些白的、黄的、黑的、红的图案和雕塑的含义。我只是隐隐约约感觉到这些东西拥有某种力量，这些力量也显而易见地影响着一些人。

蹲在广场中央，看着手持转经筒和佛珠的老者从身旁走过。广场的广播里高声播着《天路》《青藏高原》《喜马拉雅》《卓玛》……我没想过有一天，我会在布达拉宫广场听到这些歌曲。歌曲固然是原来的歌曲，可心情却不同往常了。在这里，歌声传达出一种直入心底的触动，每一个音符都撬动着心房，莫名地催人泪下。

今夜没有星空，云像哈达从天的这边挂到天的那边。眼睛注视着相机取景框里的布达拉宫，耳边回响起那首歌的旋律：

> 走吧走吧　天亮就出发
> 骑车到拉萨
> 战胜自己勇向前

回首美丽在心间

转动的车轮

满载酸甜苦辣的梦想

拥抱自然的臂膀

展翅在世界屋脊上飞翔

骑车到拉萨

不怕路多远

不怕高原险

一路的汗水

一路的泪水

骑车到拉萨

骑车到拉萨

……

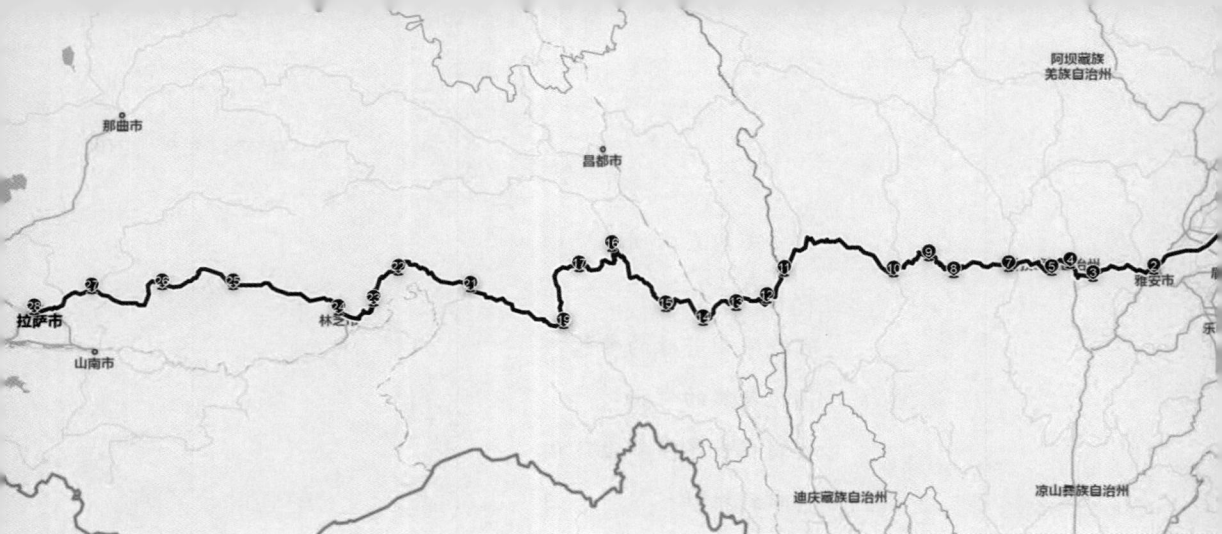

阿路

想讲点阿路的事儿。

有这个想法是因为阿雅说我是个神经病，而阿路表达得比较委婉，他说我风流儒雅。

第一次见到阿路是在波密的一家餐馆里，在我和书培到波密的第二天。当天决定到山里捡蘑菇，顺路去卓龙沟看树葬，当然，最终还是与树葬失之交臂。餐馆不大，拥挤的餐厅靠墙放着几张四人位的长方形餐桌，中间留着一米宽的过道。刚过中午，吃饭的人不少，我和书培坐在靠近门口的左边的餐桌。阿路和另一个同伴面对面地坐在右侧的第二张餐桌。骑车的人一眼就能认出来，当时阿路戴一顶绣有五角星的迷彩帽，穿灰黑色外套、深蓝色防风裤和潮湿的球鞋。我向他打招呼，他朝我挥了挥手。我要了面条，在等待的时间里，我和阿路聊了起来。

"也是昨天到的？"我问。

"是，昨天被雨淋得一身湿，今天打算在波密休整一天，明天再走。"

"打算上哪儿看看去？"

"没打算一定要去什么地方。"阿路挠了挠后脑勺，"只想在城里随便走走，今天天气不好，想好好睡一觉，让明天精神状态好一点儿。"

"不坏。"我说，"那说起来，你们也是昨天从然乌出发的?"

"对。"

"够快。一路上没遇到过。也是成都出发的?"

"没有，我们俩从昆明出发的。"

"唔，滇藏过来的，不赖。"我钦佩地说道。

"川藏也还行。"说完，我们都会心一笑。

他们的面条上来后，我们就没继续往下聊。离别前相互留了联系方式和QQ，说回去了一起分享照片。这是我们的第一次见面以及简单的对话。和遇到的大多数骑友一样，相遇是暂时的，分别才是永恒的主题。对于有没有第二次见面的可能性，当时我没多想。而第二次见面的情景对于我来说却很滑稽。

在排龙乡时，很巧的，住在大妈家里的四个人，除了我和书培，就是阿路和他的同伴。当时再见到阿路，我只觉得面熟，想着这人好像在哪里见过，可又怎么都想不起来，无论如何都不能把眼前的阿路和脑子里浮现出的阿路重合在一起，何至于这样我不清楚。当天晚上没有指名道姓、有一句没一句地聊了会儿，断电之后就睡了。

第二天一大早，我蹲在杂草丛生的厕所里，无所事事地玩着手机，移动信号塔就在厕所后面的丛林里，所以信号还算稳定。一阵混乱的脚步声伴随着几句抱怨之后，阿路出现在厕所门口。阿路看过剩下的几个蹲位后，选择我旁边的一个蹲下，喃喃地说："这是本世纪我遇见的最脏的厕所，在外面都比这里强，跟进雷区似的，大白天都让人防不胜防。"

"平常心，有这么一个场所让你不冒着大雨爬上山就已经烧高香了。"我看着不远处的不明物说道。不明物处在一堆混乱的脚印中间，看上去是猪的脚印，可不明物分不清是猪的粪便还是牛的粪便，是人的粪便也未可知。从通风口洒进来的雨水在墙脚汇集，地上和墙上长满了厚厚一层苔藓，从苔藓的茂盛程度来看，这里的空气十分纯净且营养。

"这种地方，让人很扫兴呢，拉不爽。"阿路说。

"哪能事事如意，想拉就拉本身就是一个不小的要求，更何况现在我们还做到了，虽然环境不尽如人意。"

"得，听歌好了。"说着，阿路点开手机里的音乐。

"兄弟，把 QQ 留一下。"起身之前，我对旁边的阿路说。

阿路念过号码，我添加好友，当"冬季阳光"的网名映入眼帘的时候，我像突然从梦中惊醒。这不就是前一天刚在波密遇到的阿路吗？我说怎么那么眼熟，可就是怎么也想不起来。不知道阿路在接收好友请求时会不会感到惊讶，或者他也忘了呢？如果没忘，何至于把 QQ 号码告诉我两次，他完全可以说"已经给过你了嘛"。可他没说，总之，我也是完完全全忘了。

出发时，阿路的同伴不想走，想在排龙乡停一天。阿路就和我们走了一段，我们只打算到鲁朗，而阿路要赶到八一。这么的，我们又一次分开了。我想我们不会再见面了吧，即使再见面，也不会遇上今天这样的尴尬场面。可碰巧的，在八一，我又遇上了阿路。

我们到八一较早，书培是一个"邮戳王"，每到一个地方，可以先不吃饭，不找住的地方，但一定要把邮局找到，在日记本的特定位置戳上邮戳。我们在邮局门口见到了阿路。

"阿路，怎么是你？"我当时很惊讶，因为阿路提前一天到的八一，我们还能遇见，而且还是在八一镇这样的地方，这么巧的时间这么巧的地点。

"是啊，宝哥。"阿路说，"你们是不是要去盖邮戳？"

"有这个打算。"我说。

"邮局不给盖呀！我都第二次来了，不行。"

"什么情况？"书培急了。

"工作人员说现在不给盖邮戳了，她说这是上面的规定。"

"走，过去看看，这么邪门。"我说。

到了邮局，我拿出日记本，到处理邮件包裹的服务台，告诉工作人员需要盖戳。

"不行，上面有规定，不能随便在白纸上盖邮戳了。"一个穿着深绿色工作服的身材略微发胖的工作人员说。

"什么是白纸？"我不解地问。

"白纸就是除了信封、信件、明信片外的所有纸张，你们这个本子就不行。"工作人员理直气壮地说。

"可这一路上别的邮局都没问题呀。"

"别的地方我可管不了，反正林芝不行，这是规定。"

"您说的是林芝地区还是仅仅是八一镇？"我追问道。

"整个林芝地区。"

我把本子翻到盖戳的那一页，指着在波密盖的邮戳说："波密也属于林芝地区，可那里能盖。"

工作人员看了一眼本子上的邮戳，回过头指着墙上盖有红头章的通告对我说："我没骗你们，也不是不给你们盖，确实是上面下了通知。"

我看了一眼通告的内容，确实如工作人员所说。我恳求工作人员能不能破例，就给我们仨戳上就行，大老远从成都过来，希望能以这种方式留点念想。

"不行，真不行，不能给你们破例。"

"那行。"软磨不行，我只能想想其他办法了，"刚才您说有邮票就能盖戳，那我买一枚邮票贴在本子上，能给我在本子上盖一个邮戳吗？"

"这样可以。"工作人员随即露出笑脸。

"给我来三枚最便宜的邮票。"

工作人员转身去取邮票时，阿路跑到我身边说："宝哥你太牛了，我来两次都搞不定，你才来就搞定了。"

我说："办法是人想的嘛，又不是三顾茅庐，不然这里来几次都白搭，别人只认文件不认人。"

工作人员给我三枚邮票，一共三块钱。"不是有8毛的吗？"我问。

"8毛的卖完了。"工作人员说。

得，三块就三块吧。

离开邮局，我问阿路当天什么时候到的八一。

"我到鲁朗时三点刚过。"阿路说，"当天天气很好，宝哥知道，鲁朗真的很漂亮，要是平时，我肯定停下来不走了，可离拉萨越来越近，心就静不下来，就想赶紧骑到拉萨，实现梦想。随后到馒头店买了四块钱的馒头、几包榨菜、一根火腿肠就重新上路了。之前已经骑了六十公里上坡路，从鲁朗开始坡度有所增加，没走几公里体力就跟不上了。我将档速降到最低，可这样骑起来比走路还慢，我就下来推。折腾了几个小时，还是未赶到垭口，天色越来越暗，于是我果断地，一不做，二不休，竖起大拇指——搭车，不能拿命开玩笑不是。"说到这里，阿路难为情地笑了。"过去几辆越野车，拦住了一些，但都坐满了人。后来遇上中国电信的皮卡车，藏族大哥很豪爽，把我的车放在车厢里，我就搭车上了色季拉山。二十分钟不到就到了垭口，还看到了南迦巴瓦的全貌，你不知道当时我有多开心。"

"运气相当不错嘛。"我对阿路说，"我们当天遇上雨了，什么都没看见。"

"对啊对啊。"阿路一副意犹未尽的样子，"那位藏族大哥说，以往的南迦巴瓦都藏在厚厚的云里，轻易见不到的，要是能看到，会带来一整年的好运气。我想我的好运已经来了。在快到八一镇的路上遇到一个背包客。当天晚上我就睡在他的帐篷里。"

"哇哦！"我惊叹道，"这是上天送你的礼物？"

"不是你们想的那样。"阿路才说完，我和书培就乐得差点接不上气。"遇见大哥时，他戴着红军帽，背着一个很大的背包，手里还提着一个袋子。背包上插着一面红旗，红旗上写着一行字：为人民服务。我很好奇地过去和大哥聊起来。大哥说现在的人都缺乏信仰，作为普通人，他只想以自己的方式，在不受任何干扰下，了解中国农村最底层人民的思想和实际经济情况。大哥从毛主席家乡韶山一直走到八一，一天大概二十公里，我遇到他时，已经走了四个多月了。"

"318上怎么都是牛人啊！"我说，"在工布江达的路上我们也碰到一个小伙，从大理一路走来的，说要走到拉萨，还坚决不搭车，乖乖。"

阿路已经在城里住下，我们也在城郊找好了住所，出邮局一起走了一段就分开了。这一次分开后一直到拉萨就没有再遇到阿路，也没有联系过。到拉萨的第七天，我和阿雅、晓薇到布达拉宫西边的酸奶坊吃酸奶。就在布达拉宫前，没有任何预兆、纯属偶然地，我又遇上了推着车的阿路。

"阿路，我们又见面了。"我高兴地跑过去和他拥抱。

"宝哥，"阿路说，"我很好奇你怎么和她俩混在一起了？"

原来阿路在八一停留的时候，和她们住同一家客栈，已经先于我相识，而我和她们的第一次会面，是米拉山下的松多镇。

"说来话长啊，你现在要去哪儿？"

"我要去买票，准备回家了。"

"我们四个这么旺的缘分，怎么也得坐下来聊会儿呀！走，吃酸奶去，聊聊。"我说。

"不坏。"阿路兴高采烈地答应下来。

四个人到了酸奶坊，点了酸奶，和阿路聊起他后边的事。

"从松多到拉萨是一天。"阿路舀了一勺酸奶放进嘴里，嘴瞬间瘪得像一根腌黄瓜，"好酸！好酸！"

"提醒你要放糖的嘛。"阿雅在一旁说道。

阿路耐着性子把嘴里的酸奶咽了下去，把桌子上装白糖的罐子揽在手中，往酸奶里舀了几勺白糖，搅了搅，把牛奶表面的一层葡萄干也一股脑儿地铲进碗底。"六点刚过，所有人都起来了。我也糊糊涂涂跟着起庆，天还没亮就出发了。骑出十几公里，下起了雨夹雪，跟东达山的天气简直一模一样。不过毕竟是最后一座山，大家都士气高涨，一路摇车摇上去的，多少天的忍耐，要的就是这一刻的爆发呀！"

说着，阿路用调羹小心地刮着碗边的酸奶，慢慢放进嘴里，比起开始时的夸张表情，现在看上去要正常得多。"在翻越米拉山途中，各种哥们儿，各种状况。有个哥们儿在距离垭口几公里的地方爆了胎，补好胎继续上路，没骑多远胎又出问题了。最后一天遇到这样的事情，真够倒霉的。"

我想说我这里有更悲催的，但没有打断阿路，让他继续说。阿路继续说道："还有一个哥们儿把车停在路边，结果被经过的客车来了一个漂移，后货架直接被撞坏了，一起摔坏的还有刮胡刀、吹风机、水壶。可这哥们儿却是各种乐，把坏的东西全扔了，只留下几件衣服和相机，破货架直接挂在腰上。时不时地，还翘起屁股在车上跳起舞来，把其他人都乐坏了。到拉萨时是夜里十点，天下着雨，肚子里没有一颗粮食，可我们还是直奔布达拉宫。进了城，雨衣也不披了，我就想让拉萨的雨把我淋湿淋透，就算病倒也无所谓。当然，这个还是未能如愿，第二天起来好得很。"

"嗯，接下来呢？"我问。

"正当我到了拉萨。"阿路看上去好像在沉思着什么，语气变得沉重起来，用调羹不断搅着白瓷碗里的酸奶。"我发现追随我七年的梦想突然实现，内心却空了。比起目的地，我更爱那种在路上的感觉、路上的风景。在路上尽管累、尽管无聊、尽管经常不洗澡，可每一天都那么令人激动。那是一种凡人无法感受的自由。"

"追求得到之日即其终止之时，寻觅的过程亦即失去的过程。何尝不是！"我说。

"宝哥这话说出我的心声呀。"阿路如梦中惊醒大声叫道，就差从桌前站起来了。周围人的眼光无不看向我们这桌。我示意他的声音小一点。

"这话不是我说的，我只是觉得在理。不是有人说嘛，我们一直在赶往拉萨的路上，其实等到了拉萨才知道，原来拉萨不在拉萨，拉萨在路上。"

"嗯。"阿路露出若有所思的神情，"到了拉萨，我去了大昭寺、小昭寺、罗布林卡。那时我住在火车站附近的宾馆里，三十块钱。住了四天，住在一起的骑友都走了，剩下我一个人。我始终向往能一个人，一辆车，一路向西。一个人的时候，我与自己对话，可以发现最真实的自己。到拉萨后我迷茫了一段时间，迷茫是因为到了拉萨之后，突然没了目标而感到迷茫，我想继续上路，我想到樟木，有一天走在大街上我对自己说。于是跑回宾馆，洗了车，收拾好行李，出发了。

"当天出发得很早，九点不到就出门了。一出来就看见岔路口，我什么也没想顺着大道就一路朝前，后来在路上遇到一个骑友，和他打了招呼，他告诉我这是青藏线。上错道了。我又往回骑，骑到刚才的那个路口，问路人 318 怎么走，问了好几个，这才算是走上道了。骑出去三十公里，又见到了我熟悉的山，熟悉的水，真的特别开心，我一路拍一路玩，还看到了正在修建的拉日铁路（拉萨到日喀则）。就当我距日喀则还有一百五十公里的时候，我突然不想往前走了。路上没有碰到一个人，心也慢慢凉了下来，没了激情，我终究还是抵挡不住寂寞，害怕一个人，尽管我已经足够努力和寂寞做斗争。离开家快五十天，我突然很想家，我想回家了。

"我调头，不朝西走了，打算看完最后一个地方就回家。我要去羊卓雍错，听说那里比纳木错更震撼人心。我往回走到了曲县，过了由水大桥，在那里碰到一个刚走完新藏线的哥们儿，他去拉萨，我去羊湖，在路上遇见骑友总是让人心情愉悦。我朝着冈巴拉山垭口进发，在一个坡口遇见一辆旅游车，游客看见我是骑车的都下来和我合影。他们告诉我前面是盘山路，路很陡，估计要爬很久才能通过。我说没关系，已经习惯了。临走时，他们塞给我几块巧克力。如他们所说，越往前坡越陡，呼吸变得急促起来，体力有些不支，身上除了几个梨和刚才游客送的巧克力再无其他，水也耗得差不多了，肚子很饿。这时在路边看见一个藏族妇女，招呼我停车，好像是说她家有吃的。我在她面前停下，妇女搓着拇指和食指，意思是要钱，我问多少钱，她说五块钱。我给了她五块钱，问她饭在哪儿，她开始摇头，然后用不太标准的汉语说'糌粑，糌粑'。我当时就懵了，要是糌粑，我何必花上五块钱，我吃不惯。可这钱都给了，又不好意思要回来，而且前方看上去也没有能吃饭的地儿，糌粑也好，什么也好，吃一点儿总比什么都不吃强。我跟着妇女朝一栋民居走去。

"刚到门口就被她家的狗来了一个下马威，后来我看清楚了狗被链子拴着，就理直气壮从它身旁走过。她家不大，正屋里放着几条凳子，一张大大的木板床，正屋中央有一个圆桌，圆桌上放着茶壶，至于其他的，我没有仔细看，进门就问糌粑在哪里。这时，在家里的一个大妈给我递过来一只碗，在碗里倒了一些酥油茶，紧接着放进去一些面粉一样的东西，用筷子搅了搅。我惊讶地看着手中这稠不稠稀不稀的食物，这就能吃？我往嘴里送了些，喉咙噎得难受，但心想吃点儿总比不吃强，我强咽了几口，实在撑不住了，告诉大妈这太干，咽不下。大妈好像明白了我的意思，就从茶壶里到了些茶水进去，搅了搅递给我，我试着喝了一口，感觉更难吃了。实在吃不下去了，我把碗放在圆桌上，起身要走。大妈惊讶地看着我，好像在说你怎么不吃完。我当时考虑不了那么多了，只想赶紧离开。出了门，来到路上，我又骑上车继续前进。往前便是一座山挨着一座山，路从一座山盘向另一座山，我只顾低头蹬着脚踏，不想看眼前的路有多远，当时心里只有一个念头，天黑之前赶到垭口。

"过了八点，在山腰上看见一个小卖部，我已经累得不行了，就在小卖部前停下车。我有了搭车的想法，是的，这个时候无论如何都骑不到垭口了，这里不像国道上车来车往，这里什么都没有，我可不想在这种地方过夜。我开始找车搭，可车怎么都不停。我看着没人的小卖部，动了邪念，要是坐不上车，我就在那里过夜，没有帐篷，没有厚衣服，这是最好的选择。门锁着，关得很严实，我用撬胎棒撬了几次，门纹丝不动，最终，在与门的较量中我败下阵来，瘫坐在门口，眼睁睁看着车一辆接一辆从眼前驶过。后来，一辆货车在离小卖部不远的水沟里给刹车降温。我顿时像看到了希望，跑过去和司机大哥打招呼，司机大哥看我一人在这荒郊野岭，于心不忍。他说只能把我安排在货厢里，我说在哪里都无所谓，只要能把我拉上山就行。就这样，自行车和我在车厢里左右摇晃着到了冈巴拉山垭口。到垭口后我下了车，谢过司机大哥，开始四处打探有没有住宿的地方。四周漆黑一片，除了山顶一个不大的房子亮着灯，周围什么都没有。我顾不上考虑那是什么地方，摸黑走了上去。到楼下我喊了许多声，一直没人应，就当我要放弃的时候，从楼上走下来一个人。后来我才知道那里是羊湖的售票中心。下楼接我的是工作人员扎西，扎西问我有没有吃饭，我说没有，他给我找来一点米饭和面条，还有一些火锅底料，说热一下将就着吃。他不知道，那是我一路来吃过的最好的一餐。没有被子，扎西给我找来一个棉被，还有水，我真的被扎西感动得一塌糊涂。没多久又来了一个骑友，戴着眼镜，尖下巴，长头发，从山下一路摇车摸黑上来的，他比我有毅力。他说本来想扎营，可是看到这里亮着灯就寻着灯光过来了。就这样，我在海拔 5030 米的冈巴拉山口睡了一夜，很美的一个夜晚。"

我让服务员给我加了一碗酸奶，阿路一直说话，没顾得上吃，或者是牛奶太酸不合胃口，总之，他的酸奶还剩大半碗。"你要不要来点儿别的？"我问阿路。

"不用，我吃这个就行了。"说着，阿路舀一勺酸奶放进嘴里，夸张的表情又出现在那张布满沧桑的脸上。"第二天，洗了脸，终于看到了此生最美的风景。狭长的羊湖就静静地躺在群山中，简直如仙境一般，蓝得如此科幻，如此不真实，就像一颗绿松石。远处的雪山就像一个雪糕筒。"说到这里，阿路的眼里泛着光，好像在他眼前的不是我这张老脸，而是不久前看到的绿松石一样的羊湖。

阿路接着说："后来，我和一起住在售票处的同伴从冈巴拉山垭口冲下山，一直冲到羊湖的岸边，途中湖水从深蓝变成了天蓝，又从天蓝变成浅蓝，到湖边又成了无色透明的。真的太神奇了。而且在下山的途中遇到一件奇事，在经过一个地方时，仅仅是一小块地方，百分之一都不到，飘起了小雪，在太阳高照的天空就只有那么一小片乌云带来那么一小片降雪，说不可思议着实不可思议。这就是西藏神奇的地方吧。"说着，阿路闭上眼睛深深吸了一口气，好像在重新感受当时的气氛。

"让人羡慕。"我说。

"羊湖一定要去，宝哥。"阿路又回到现实中，看着碗里的酸奶，摇着头对我说，"那是不一样的美，不能说其他地方不美，而是它会给你另外一种震撼。"

"嗯，要去，打算从纳木错回来就去。"

"纳木错？宝哥要去纳木错？"阿路激动地说。

"对，有没有兴趣？"

"可我想回家，其实纳木错也想去一下，只是……"

"你要决定去，我们今天就走。"阿雅说。

"你决定不去，我们也是今天走。"我说。

阿路犹豫了一下，说："那我，回来再买票。"

就这样，在布达拉宫西边的酸奶坊，阿路讲了他的故事，之后，我们又一起成就了一段故事，故事如何？妙不可言！（这段故事，见作者的《苍穹之下有银河——从藏南到北疆的背包之旅》）

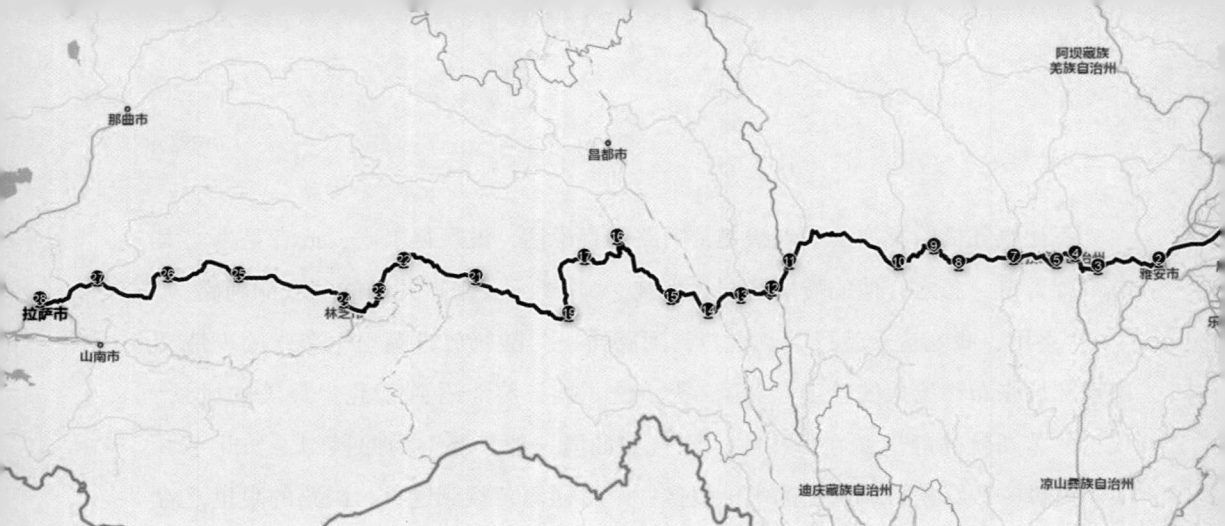

计划外的旅行

  还躺在床上就收到书培发来的告别短信，虽然他说不必相送，但相识便是缘，更何况一路风雨兼程怎能不送。我和阿雅，还有晓薇坐上 14 路公交车赶往拉萨站，和书培做最后告别。

  书培在骑行路上没有买到回成都的火车票，于是托在郑州的姐姐买了到郑州的火车票，可郑州到成都的火车票是一周以后的，这样一来，书培就耽搁了近 10 天，他的学校早已开学。书培只能打电话给老师说明情况，请假几天，老师最后没同意。头一次碰上这种事，书培挂完电话，眼泪在眼睛里打转。我安慰他迟到一星期不是什么大不了的事，到学校了再找老师谈谈，阿雅一个劲儿在旁边煽情，她对书培说："我想让你哭，你就哭一个吧！"书培还给她一堆笑脸。

  送走书培，我们又回到丹杰林路的光明港琼甜茶馆喝甜茶。光明港琼甜茶馆设施算不上精致，相反，到处充满了生活气息。长长的木头板凳、高低不一的油漆脱落的木桌、拥挤的大厅、扰人的苍蝇，可这里却是整个拉萨人气最旺的甜茶馆。按照阿雅的说法：只有这样的地方才能感受最纯真的拉萨情怀。本地人、外地人、年轻人、老年人、中国人、外国人，在营业时间里总是把甜茶馆围得水泄不通，像一个菜市场。进到馆子里，取一只干净的玻璃杯，找一个没人的位置坐下，在桌上放好零钱，举手示意，提着茶壶来回穿梭在过道里的服务员就会来到面前，倒上一杯甜茶的同时，捡起手边的零钱，再将找回的零钱放到桌面上。喝茶的杯子相当于一次性纸杯的三分之二大小，六毛钱一杯，奶茶的奶腥味儿很重，但比起酥油茶，更容易让人接受。喝完了，只需要举手，服务员便会来到身边，倒茶，捡零钱。没钱了就掏出一些，不想喝了，收钱便可走人。要说气氛，确实如阿雅所说，很接地气。

"真想好了，和我们一起办边防证？"在甜茶馆里百无聊赖地喝了一会儿茶，阿雅抬起头对我说。

"没见过嘛，想看看。"我看着泡在桌面上的甜茶里的一元纸币，想用手拿开可怎么都不想动，要是此时意念能起作用，纸币早就待在了干净的地方，可实际依然泡在甜茶里，一点点被浸湿浸透。

"你好无聊。"

"不无聊能在这儿坐一上午？喝水都喝撑了。"

"我们去玛吉阿米坐坐吧，我一直想去，可这么多天了还没去哩。"晓薇在一旁说道。

"玛吉阿米？"

"你没听过玛吉阿米？"晓薇用异样的眼神看着我，"除了知道拉萨怎么走，你还知道什么？"

"我还知道布达拉宫。"我说。

"还有呢？"阿雅在一旁调皮地问道。

"没了。"我认真地说。

"唉！都不知道你们大老远来拉萨干吗，除了吃饭睡觉什么都不干。"晓薇玩弄着手边的玻璃杯。

"那还要干吗？"我不解地问。

"逛街呀，体会民族风情呀，寺庙呀，很多很多。"晓薇说。

"还是拉萨河边晒太阳来得舒服呀！"我仰起头长长舒了口气。

对于我，在哪里待都是待，现在就算换个地方待着吧。出了甜茶馆，走过八廓街，来到一栋黄色小楼前。这座八廓街拐角处唯一的黄色二层小楼就是玛吉阿米。通过狭窄的楼梯，走到餐厅的门口，此时不大的餐厅已经坐满了人，楼道上的休息厅里有人在等待排位。我们仨找了一个角落坐下，休息区的木板台子上整齐地放着一些留言簿。这些都是玛吉阿米餐厅给游人准备的小册子，上面写满了字。有祝愿、有告白、有涂鸦、有接龙，其中不乏一些妙趣横生的话语。翻看着留言簿，不觉得时间过得快，等服务员叫我们时，过道里已经没有别人了。

在一个靠窗的桌前坐下，虽然喝了很多甜茶，还是又要了一壶。

"这地方不错吧？"晓薇看上去很满意。

"茶可比光明贵多了。"我说。

"到这里不是来喝茶的。"

"那来做什么？"

"是来感受气氛的。"话还没说完呢，晓薇倒是先进入了状态，像一只清晨疯狂采集露水的昆虫，疯狂地扫视着眼前的一切。

"你知道吗，"晓薇两眼泛着光，"这里是仓央嘉措与玛吉阿米幽会过的地方。"

"仓央嘉措是谁？"

"晓薇别跟他讲，他就是个文盲，你说了他也不懂。"阿雅在一旁斜眼看着我，好像我脸上有我未察觉的污秽物。

"怎么了嘛。"我心里感到委屈，"不知道就是不知道吗，不知道干吗要假装知道。我不知道仓央嘉措，不知道他有情人，更不知道这里还是他什么幽会的地方。不过，算是长见识了。"

我喝了一口木碗里已经凉透的甜茶，把目光移向窗外。透过大开窗，笔直的老街映入眼帘，古色古香的装饰，还有街道两旁拥挤的地摊。路上除了摇着转经筒的老者，就是挎着相机的游人，驻足看新鲜的人永远多过正经买东西的人。等我收回目光，坐在对面的阿雅正翻看着窗台上的留言簿。我找到还留有空白页的一本，写下当时一闪而过的念头。至于写的什么已经全然记不清了，名副其实的、一闪而过的念头。

离开玛吉阿米，我们走到拉萨河边的仙足岛看夕阳。一直想看一看拉萨的夕阳，可一连几天到傍晚就下起雨来，这让我感到莫名其妙，怎么拉萨一到晚上就下雨呢。今天云有些厚，还是想碰碰运气。

仙足岛是拉萨河中的一个沙洲，面积不小，上面建起了房子，像个镇子。我们走到河边时，太阳的位置恰到好处，挂在乌云背后但没有被完全遮住。宽阔的河面反射着阳光，远处的河岸边，几个微微移动的剪影在拾掇着什么，近处的河滩上放风筝的人开始往回收着线。没有精心布置过的河岸成了附近居民的游乐场所。我走到一处正对着河谷的河滩坐下，看太阳一点点下沉，把云一点点从近及远染成绚丽的红色。等太阳完全沉进山里，没了太阳的照射，拂过身子的微风开始带来一丝凉意。

办下来的边防证让我们大跌眼镜，我们三个被写在了同一张纸上，去问旅行社，解释是只能这么办，现在办不了个人的，只能办集体的。三个人在一张纸上，队长是阿雅，我们可以不行动，但只要行动，就必须和边防证持有人一起行动，这无形之中把三个人捆在了一起。

有了边防证，我的心又蠢蠢欲动起来。什么山南、珠峰、阿里，到拉萨一直没买票也买不到票的我，正寻思着要不要到别处看看。这一决定终于在晓薇提到拉姆拉错时坚定了下来。

"拉姆拉错嘛，"一天，在宿舍里收拾东西，晓薇说，"是西藏最神奇的湖了，比其他任何一个湖都要神奇。听说寻访达赖喇嘛活佛的转世灵童，都要提前到那里观湖下相。"

"而且还能看一个人的前世来生，有的人还真看到了。"阿雅在一旁继续说。

"这么神奇。"我在一旁搭话道。

"信不信由你。"阿雅说，"反正我俩都要去，我们去肯定要带上边防证，你自己没有，要去需要边防证的地方，没有我们可不行。"

没有边防证就没有办法去阿里，在拉萨等她们回来还不如跟着一块儿去。更何况经她们一说，不管是真是假，我也想看看自己的前世来生是个什么样，这么的，主意定下来，就开始张罗出发的事了。

拿到边防证的第二天，我去邮局把多余的东西寄回家，同时寄出的，还有近

100 张明信片，这些明信片我足足写了两天。在邮局门口又撞见了阿峰，天哪！然乌一别，没想到在这里碰到。当天晚上，我们和阿峰的队友一起，在北京路上的冈拉梅朵喝酒，第一次喝青稞酒，酒不烈，口感也不错。

各有各的事，大家都订了返程票，就等着上车的那一天。聊了路上的见闻，也聊了接下来的打算，得知我们要去山南时，队友菠菜来了兴致，接下来的事就自然而然发生了。山南之行，有了菠菜的身影。

临别时，阿峰把他的牛仔帽送给了我，说是送我的祝福。

走回宾馆的路上，阿雅问我："大宝，现在突然从骑车变成背包客，心里有什么感觉？"

"说不出来，不会有什么不同吧。"对于从未考虑过搭车的我，对这样一个问题自然给不出确切的答案，甚至对搭车这一行为，我都还处在摸不着头脑的状态。

"一定会有所不同吧。"说着，阿雅把眼前的一颗碎石踢出去很远。

"也许吧。"一张白纸被突然刮过的风卷起扔进车道，随着汽车搅起的气流在橘黄色的路灯下左右飘摇着下落。我抬头看了看没有星光的天空。

不要下雨才好。